U0535372

Norman Mailer
诺曼·梅勒作品

硬汉不跳舞
Tough Guys Don't Dance

〔美〕诺曼·梅勒 著 范革新 臧永清 译

上海译文出版社

Norman Mailer
TOUGH GUYS DON'T DANCE
Copyright © 1984, Norman Mailer
Simplified Chinese edition copyright:
2023 SHANGHAI TRANSLATION PUBLISHING HOUSE (STPH)
All rights reserved.

图字：09-2021-904号

图书在版编目（CIP）数据

硬汉不跳舞/（美）诺曼·梅勒（Norman Mailer）著；范革新，臧永清译. —上海：上海译文出版社，2023.3
（诺曼·梅勒作品）
书名原文：TOUGH GUYS DON'T DANCE
ISBN 978-7-5327-9125-5

Ⅰ.①硬… Ⅱ.①诺… ②范… ③臧… Ⅲ.①长篇小说—美国—现代 Ⅳ.①I712.45

中国国家版本馆CIP数据核字（2023）第035698号

硬汉不跳舞
[美]诺曼·梅勒　著　范革新　臧永清　译
责任编辑/龚容　装帧设计/张志全工作室

上海译文出版社有限公司出版、发行
网址：www.yiwen.com.cn
201101　上海市闵行区号景路159弄B座
上海盛通时代印刷有限公司印刷

开本 889×1194　1/32　印张 10.5　插页 7　字数 174,000
2023年5月第1版　2023年5月第1次印刷
印数：0,001—5,000册

ISBN 978-7-5327-9125-5/I·5668
定价：78.00元

本书中文简体字专有出版权归本社独家所有，非经本社同意不得转载、摘编或复制
如有质量问题，请与承印厂质量科联系．T：021-37910000

目 录

一 ………… 001
二 ………… 033
三 ………… 065
四 ………… 105
五 ………… 145
六 ………… 185
七 ………… 221
八 ………… 265
尾声 ………… 323

作者附言 ……… 331
译后记 ………… 333

是薄雾还是枯叶

抑或是死人——十一月之夕。

　　　　　　——詹姆斯·埃尔罗伊·弗莱克

有些错误太严重了,我们无法懊悔……

　　　　　　——埃德温·阿林顿·鲁宾逊

一

　　天快亮时，如果海滩是低潮，我一睁眼就能听到海鸥的叫声。碰上天气糟糕的早晨，我总会觉得我像是死了，鸟儿在啄食着我的心。之后，我闭上眼又眯一会儿，再次醒来的时候，潮水就要漫上海滩了，迅疾得像太阳落山时小山上那向下滑落的阴影。不久，第一批海浪就要开始撞击我窗台下面平台的挡水墙了。巨大的冲击不时从防波堤那边升起，涌向我肉体中那最隐秘的航线。轰！海浪打在防波堤上，我开始像个飘零者孤独地守在漂于昏暗的大海之上的货船里。

　　实际上，我已经醒来，在我妻子逃走后的第二十四个清晨那令人凄凉的时分，独自一人躺在床上。当晚，我会庆祝这第二十四个夜晚的，我独自一个人庆祝。可能已经证明了那是个蛮不错的时机。这事后的日日夜夜，每每在我冥思苦想，要为那几件可怕的事儿找一条线索时，我就试图拨开记忆的浓雾，回想在第二十四个夜里我会干出或没干出些什么事儿来。

　　可是，我最终还是没有想起起床后我究竟干了些什么。那天可能同往日一样。有则笑话说，有个人头一次去看一位新来的医生。当医生问起他每天都做些什么时，他张嘴就来："我起床，我刷牙，我吐了，我洗脸……"这时医生问："你每天都吐吗？"

"噢，那当然，医生，"那位病人回答说，"难道别人不吐？"

我就是那个人。每天早晨，吃完早饭后，我并不去点着烟。我顶多把烟叼在嘴上，然后准备呕吐。丢了的老婆的那股臭味死缠着我。

十二年了，我一直设法戒烟。正像马克·吐温说的那样——现在有谁不知道那句话？——"戒烟并没有什么了不起的。我都戒了一百次了。"我过去总觉得这句话就是我自己说的，因为我确实在十个不同的场合戒过十次烟，有一次一年，有一次九个月，还有一次四个月。我一而再再而三地戒烟，几年来足有一百来回，可我还是又抽了起来。因为，在梦里，或早或晚，我总要划根火柴，点着烟，随着第一口烟，我吸进我所有的渴望。我感到我被牢牢地钉在这种欲望上了。那帮魔鬼困在我胸中，高声尖叫，再抽上一大口吧。改改习惯吧！

所以我可知道上瘾是个什么滋味儿。一头野兽咬住了我的咽喉，它们在我的肺脏里翻腾。我同那头野兽搏斗了足有十二年，有时我打跑了它。我通常是在令自己也令他人罹遭巨大损失的情况下得胜的。因为不吸烟时，我脾气就变得相当坏。我的反射作用就在划火柴的那个地方，而且我的大脑往往会把那些让我们保持冷静沉着的知识（至少，如果我们是美国人的话）忘个一干二净。不抽烟带来的痛苦使我可能去租一辆小汽车开开，我从不注意它是福特牌的还是克莱斯勒牌。这可以被看成结束戒烟的前奏。有一次，我没抽烟，同一位我热恋着的名叫玛蒂琳的姑娘赶了好长一段路，去见一对想过上一次换妻周末的已婚夫妇。我们让他们玩了个痛快。回来时，我和玛蒂琳吵了起来，我把小汽车弄坏了。玛蒂琳的内脏伤得厉害。我便又开始吸烟了。

我过去常说："自杀要比戒烟来得容易。"可我又怀疑这样说是否正确。

就在上个月，二十四天前，我妻子溜了。就在二十四天前。这让我对烟瘾又有了新的认识。放弃爱情可能要比戒烟简单些。然而，当你向那爱与恨缠在一起的混合物挥挥手道声再见时——啊，那让人头疼的可靠的救命仙丹，那爱与恨的纠缠！——我说，结束你的婚姻同戒掉尼古丁一样费事，没什么两样，因为我可以告诉你，十二年过后，我开始憎恨那些又脏又臭的玩意儿，程度绝不亚于痛恨该死的老婆。甚至早晨起来的第一口烟（它给我带来的满足曾经是我一辈子也不会丢掉它的原因。这个原因难以根除）现在也带给我一阵阵咳嗽。除了上瘾之外，什么乐趣都没有了，而上瘾仍是打在你心灵最底层的一个烙印。

我的婚姻情况就是这样，因为帕蒂·拉伦走了。如果我在知道她那些可怕的缺陷时还曾爱过她——甚至在我俩像一对快乐的魔鬼似的吸着烟，把几十年后可能会得肺癌的念头抛到九霄云外时，我总是觉得，在某个始料不及的夜晚，帕蒂·拉伦将成为我的末日，不过，即使真是这样，我还喜欢她。谁知道呢？爱情会刺激我们变得迷狂。那是几年前的事了。前一两年，我们一直试图改掉习惯。夫妻间的厌恶跟着季节的推移不断增长，直到将旧情全部耗尽。我开始讨厌她，讨厌早上那支烟，最终我真的戒掉了那支烟。只有在十二年后，我才终于感到我从我生活的最大嗜好中挣脱了出来。一直这样，直至她离我而去的那个夜晚。那天晚上我发现，失去妻子也是一次万分痛苦的旅行。

她出走之前，我整整一年没抽一支烟。正因为这样，我和帕蒂·拉伦可能会什么也不顾地打起来，但我最后还是连骆驼牌烟也不抽了。然而希望不大。她开车走后两小时，从帕蒂丢下的只剩了半包的香烟盒里，我又拿了一支棺材钉①。思想斗争了两天，最后还是又抽了起来。因为她走了，每天我都是在灵魂的骚动不宁中开始度日。天哪，痛苦的瀑布就要把我吞没了。伴随着这个不争气的习惯而来的是我与帕蒂·拉伦之间的每一点旧情都来噬咬我的心。在我嘴里，每支香烟都有股烟灰缸味儿，可我吸进去的并不是焦油而是我自己那烧焦了的肉。这就是抽烟与丢了的老婆混合在一起的气味儿。

我刚才说过了，我想不起我是怎么消磨掉第二十四天的。记得最清楚的是，我打了个呵欠，想抽那第一支烟，然后往下硬咽那口烟。过了一会儿，四五点钟后，我有时才能安安稳稳地抽起来，用烟烧灼我生活中的创伤（没把我自己当回事儿）。我多么渴望见到帕蒂·拉伦啊。在那二十四天里，我想尽办法不见任何人，待在家里，也不常洗漱，喝酒喝得好像我们血液的长河里流着的全是波旁威士忌，而不是水。我自己呢，要是用个不好听的字眼来形容的话，成了个邋遢鬼。

要是在夏天，别人可能很容易就会看出我处境的可怜，可

---

① 美国俚语，指香烟。

现在是晚秋，天总是灰蒙蒙的，镇子上一个人都没有。在十一月那些短暂的下午，你可以拿上个保龄球，往我们那条窄窄的主街（一条名副其实的新英格兰小街）的单向道上一扔，保证连一个行人或一辆汽车也碰不着。小镇又恢复了本来的面目。要是用温度计来量，寒冷些是并没什么可大惊小怪的（因为用温度计来量，马萨诸塞州那边的海岸还不如波士顿西边那几座石山冷）。它只是冰冷的海风与无底之寒两相交加的结果。那无底之寒存在于神魔小说那隐遁的心之中。或者，确实如此，它藏在降神会中。老实说，我和帕蒂九月末参加了一次降神会，其结果令人不安。那次降神会时间不长，却阴森可怖，结束时，又来了一次疯狂的尖叫。我怀疑，如今我失去帕蒂·拉伦，形单影只的部分原因是，就在那一时刻，有些看不见摸不着的但无疑又让人厌恶的东西已附在我们的婚姻之上了。

　　她走后足有一个星期，天总也不变。十一月的天空冰冷而阴森，日复一日，都一个样儿。你眼前的世界灰蒙蒙的。夏天，这里的人口能达到三万，并且到了周末还会翻个番儿。好像科德角的汽车都驶到有四个行车道的国家公路上来了。这条公路的尽头就是我们住的那片海滩。那时，普罗文斯敦就同圣·特佩兹一样绚烂多彩了，但到了星期六晚间，它便脏得与贡内岛没什么两样。可是一到秋天，人都走了，小镇就又恢复了原来的模样。现在，人口数量不似以前那样与日俱增，从三万一下子跳到六万，而是降到了最低限：三千。你可能会这样说，在平时那空荡荡的下午，居民的实际数量一定只有三十个男人加上三十个女人，而且他们也还都躲了起来。

在这个世界你可能再也找不到第二个这样的镇子了。要是你对人群过敏的话，那么在夏天，人口的稠密可能会把你憋死。而另一方面，如果你受不了孤独的煎熬，那么在漫漫寒冬，你便会饱尝恐怖的滋味儿。从这儿往南与往西走不到五十英里①，有座马撒葡萄园，它目睹了群山的上长与风化，耳闻了大海的涨潮与退潮，经历了森林和沼泽的生长与死灭。恐龙曾路过马撒葡萄园，它们的骨头被深深地压进了基岩。冰川来了又去，忽而将小岛吸向北，忽而又像推渡船似的把它推到南边。马撒葡萄园地底的化石足有一千万年的历史了。科德角北岬却是一万年之前由大风与海浪吹打而成的。如果从地质学上的时间算，那还不到一夜工夫。我的房子就坐落在那儿，我就住在那块土地上，那里，狭长而起伏地覆满了灌木的沙丘盘旋地向上爬，直至科德角顶端。

也许这就是普罗文斯敦如此美丽的原因吧。它在黑夜里孕育而成（因为有人曾发誓说，普罗文斯敦是在一场黑暗的暴风雨中诞生的），它的细沙浅滩在黎明时分仍然闪闪发光，散发出湿漉漉的芬芳，那芬芳是第一次把自己奉献给太阳的原始土地所特有的。多年来，艺术家们接踵而至，想要将普罗文斯敦的迷人的光彩捕捉下来。人们把它比作威尼斯的环礁湖，要不就是荷兰的沼泽地。可等夏天一过，大部分艺术家就都走了。灰蒙蒙的新英格兰的冬天便穿起它那件又长又脏的内衣，灰蒙蒙的就像我的情绪，到这儿来惠顾

---

① 1英里约合1 609.344米。

我们了。这时，人们会想到，这片土地仅有一万年的历史，他们的灵魂还没有根基。我们没有古老的马撒葡萄园地底那残存的化石来镇住每一个灵魂，的确没有，没有我们灵魂的藏身之所。我们的灵魂随风飘舞，歪歪斜斜地飞向我们镇上那两条长街。这两条长街好似两位漫步去做礼拜的老处女，佝偻着盘在海湾。

如果这是一个公正的例子，能证明第二十四天我究竟是怎样想的话，那么很明显，我一直是处在一种内省、颓废、沮丧与坐立不安之中。二十四天没见到你又爱又恨的老婆了。毫无疑问，是害怕令你紧紧地依恋着她，就像你依恋那让你上瘾的烟屁股一样。我又开始抽烟了，我是多么讨厌那股香烟味儿啊。

那天，我似乎走到了镇子上，而后又转了回来，回到我那幢房子里——她的房子——这幢房子是帕蒂·拉伦用钱买下来的。在灰蒙蒙的下午将尽的时候，我独自一人沿着商业大街走了有三英里路，不过，我记不起我曾跟谁搭过话了，也记不起有多少人从我身边开车驶过，要我搭他们的车了。不，我记得我走到了镇子的尽头，走到了最后一幢房子与海滩相接的那个地方。移居美洲的英国清教徒们就是在那儿上的岸。是的，他们不是在普利茅斯而是在这儿上的岸。

好多天来，我一直在反复琢磨这件事儿。那些清教徒们，在横渡了大西洋之后，所见到的第一块土地便是科德角的峭壁悬崖。科德角后岸，拍岸的惊涛最汹涌时可卷起十多英尺[①]高。就是在

[①] 1英尺约合0.304 8米。

风平浪静的日子，危险也十分之大。无情的海潮会将船只卷上岸，而后把它们拍碎在浅滩上。是流沙而不是岸边岩石，在科德角，吞没了你的航船。听到波涛那永不歇息的咆哮声，那些清教徒们不知要有多么害怕。谁还敢乘着他们那样的小船靠岸呢？他们掉转船头向南驶去，那片白色的荒凉的沙滩仍旧是老样子，冷酷无情，根本就不像是海湾，仅只是一片无垠的沙滩罢了。于是他们又试着向北航行。然而有一天他们发现，海岸向西弯了过去，又继续弯向西南，甚至后来又弯向南边去了。大陆究竟在耍什么把戏？现在，他们又向东驶去，从向北航行算起，船整整走完了三个方位。难道他们是在围着大海的一个耳湾兜圈子吗？他们绕过一个小地角，找到避风处抛了锚。那是个天然港，确实，它就好像人们耳朵里面的耳孔，受到大自然的保护。在那儿，他们放下小舢板，划向岸去。纪念这次登陆的是一场瘟疫。依靠防波堤的前部堤坝才使镇子边上那片沼泽地得以逃脱大海的蹂躏。那儿就是公路的尽头，在科德角，旅游者最远也只能把车开到那儿。在那儿，他所能看到的便是当年那帮清教徒们登陆的地点。在他们上岸之后，阴晦的天气盘旋着，许久不肯离去，并且他们又发现，这儿猎物很少，可耕的土地也不多，于是仅仅住了几星期，他们便又向西航行，横渡海湾到了普利茅斯。

然而，他们是在这儿，在科德角，怀着发现新大陆后的恐惧与狂喜，首次登陆的。尽管它是新大陆，历史还不足一万年。还只是一堆散沙而已。在他们到达陆地最初的那些黑夜里，该有多少印第安人的鬼魂在他们四周嚎叫啊。

每当我走到镇边那片翠绿的沼泽地时，我就会想起那帮清教徒。在沼泽地附近，岸边的沙滩十分平坦，你一眼就能看到地平线上的那些船只，甚至都能看到那一排排露出地平线的半截桅杆。钓鱼船的驾驶台一个接着一个，看上去就好像行驶在沙滩上的大篷车队。要是我多喝了几杯的话，我就会发笑的，因为离第一批清教徒染上瘟疫的地方不到五十码[①]——美国的诞生地——便是大型汽车旅馆的入口。这座汽车旅馆即使不比其他大型汽车旅馆丑陋，也绝不能说比它们漂亮。人们给这家旅馆起名叫"客栈"，表示对那批清教徒的敬意。它的柏油停车场有足球场那么大，同样表示向第一批清教徒敬礼。

不管我怎么冥思苦想，关于第二十四天的下午，我所能想起的也就只有这些了。我走出家门，步行穿过镇子，思索着我们这片海岸的地质情况，想象着第一批清教徒们的所作所为，再把普罗文斯敦客栈嘲笑一顿。之后，我想我可能是走回家去了。我躺在沙发里，忧郁的心绪始终缠绕着我。在这二十四天里，我总是好久好久地盯着这面墙。不过，真的，我想起来了，这是我绝不能忽视的，那天晚上，我钻进我那辆保时捷小汽车，驶向商业大街，我开得很慢，就好像我害怕那天晚上我会变成个小孩子。大雾漫天，一直开到望夫台酒家我才把车停下来。在那儿，在离普罗文斯敦客栈不远的地方，有一间黑得分不清本色的小松木板房，上涨的潮水在轻轻地拍打着房基。这也应当是普罗文斯敦的一种夺人心魄的魅力吧。

---

① 1码等于3英尺，约合0.914 4米。

我还未曾留意，不仅是我的房子——她的房子！——而是商业大街靠海湾那边的大多数房子，在大海涨潮时都像一条条漂浮的航船，这时房基下面的堤岸已有一半淹没在大海中了。

今晚，大海就弥漫着这样的大潮。海水有气无力地上涨着，就好像我们这儿是热带地区，可我知道大海是凉的。在这间黑屋子那扇完好的窗户后面，壁炉内的火苗漂亮得足可以印在明信片上。我坐的那把椅子散发着冬天将临的气息，因为它有块搁板，一百年前人们就在学习室里使用这种搁板：一块由折页连起来的大大的圆形橡木板，要坐时你只要把板子往上一抬就行了，待你坐下后，它便又恢复了原状，支在你右肘下边，你可以把它当作喝酒的桌子来用。

望夫台酒家可能是专门为我开的。在秋天里寂寞的晚上，我喜欢自负地幻想，幻想我是个腰缠万贯的现代大亨式海盗，只是为了娱乐才开了这么个小店。那头儿的大饭店我可能很少光顾，不过这家墙上镶了板子的休息室和配有女招待的小酒吧却只是为我一人开的。私下里我想，别人有什么权利到这儿来。在十一月份，要保持这种幻想并非难事。平时，夜里静悄悄的，大部分就餐者都是来自布鲁斯特、丹尼斯及奥尔良等地的白人，是些上了岁数的，为人还不错。他们从家出来就是想找点刺激。他们发现，冒着风险把车开出三十或四十英里到普罗文斯敦这件事儿本身便足以令他们激动不已了。夏季的回声并未使我们那难听的名声好听多少。那些在象牙塔尖待过的人——也就是说，每一位白人退休教授与退休了的公司高级职员——看上去都不想在酒吧间里逗留。他们朝餐厅走去。我穿着一件粗蓝布夹克衫，人们只要看我一眼就会转到饭桌旁。"亲爱的，不在这儿喝，"他们的太太会这样说，"吃饭时再喝吧。我们都要饿死了！"

"对，乖乖，"我会自言自语咕噜道，"都要饿死了。"

在那二十四天里，望夫台酒家的休息室就成了我城堡的主塔。我坐在窗子旁边，盯着炉火，注视着海潮的变化；四杯波旁威士忌、十支香烟、十几块乳酪饼干（这是我的晚饭！）下肚后，我便觉得我顶差也该算是住在海边的受了伤的贵族。

作为对凄怆、自怜与绝望生活的回报，我酒性大发，想象力又回到了我身上。不管在这种保护下它们是多么不平衡，它们毕竟还是回来了。在这间屋子里，顺从的女招待令我酒性大发。无疑，她很怕我，尽管我说的最富于挑逗性的话也不过是："请再来一杯波旁威士忌。"但我知道她为什么不安。她是在酒吧间里工作，我在酒吧间里干过好多年呢。她认定我是个危险分子，我尊重她这一看法。我良好的举止集中地体现了这一点。在我做侍者的那些日子里，我也时刻注意像我这样的顾客。他们从不给你添麻烦，可一旦添起麻烦来，你那间屋子就将变成一堆垃圾了。

我不认为我是那种人。可我怎么能说女招待在这种急切期待的心绪下就没有照顾好我呢？我想得到多少关照，她便给我多少，给予我所需要的一切。经理是位年纪轻轻而又谈吐文雅的小伙子。他决心让小店保持创办期的风格。我俩已相识多年。只要有我那位殷富的太太陪我来这儿，他就会把我当作本地贵族的了不起的代表，无论帕蒂·拉伦喝醉时是如何的吵闹；财富绝对抵得上这些！由于只剩我自己了，我进来时他向我打声招呼，往外走时他和我道声再见，而且很明显，他是以老板的身份决定让我完全独自一人待在这儿的。结果便是，没有什么人到休息室里来。夜复一夜，我爱怎么喝就怎么喝，醉成什么样都行。

直到现在，我还承认我是个作家。然而从那头一天起我就没写出什么新东西来。三个多星期过去了，我还是一个字都没写。我们可能会以为，把某人的处境视为嘲讽的笑料并非什么乐事。但是要知道，当圆圈合起来时，嘲讽就也成了一座土牢。当我沉浸于尼古丁的怀抱时，最后一次戒烟的成功使我丢弃了写作。戒烟让我丧失了写作能力，我甚至一段儿也写不出来了。因而，戒烟以后，我不得不重新开始学习写作。既然我已经取得这样的成绩，那么就不能在戒了烟之后再抽烟，免得捂灭那文学创作的星星点点灵感的火花。或者是帕蒂·拉伦出走了的缘故？

这些天来，去望夫台酒家时我总是带着个笔记本儿。喝醉了，我就在原来那些字上再加上那么一行两行的。原来那些字是我心情稍好些时写下的。有时，当观光者和我一块儿在同一间屋里喝开胃酒时，我对那些妙言妙语的赞美，或是对现在听来同老酒友的车轱辘话一样乏味的嘲弄，听上去都可能既稀奇古怪又生气勃勃，就和狗叫差不多（根本不顾及休息室的体面）。它也不管身边有没有人，反正叫给你看，叫得你不得安宁。

我喝得酩酊大醉，拧着眉头琢磨着连我自己也认不清的笔记，然后，当我又看到这些灌满了酒精的曲里拐弯的字儿变作了一篇可读的文章时，我就会高兴得笑出声来，这能说我是在人前卖弄学问吗？"噢，对了，"我自言自语嘟囔一句，"这叫研究！"

我刚想出标题的一部分，这是个真正的标题，作为一本书的名字蛮响亮的：《在我们的荒野上——对心智健全者的研究》，作者：蒂姆·马登。现在，该解释一下我的名字了。《在我们的荒野上——对心智健全者的研究》的作者是麦克·马登，还是蒂姆·麦克·马登，抑或是双麦克·马登？我咯咯地笑了起来。我那位女招待，那个可怜而又过于机警的姑娘扭过身来瞄了我一眼。

我确实是在咯咯地笑着。我又想起了那些有关我名字的老掉牙的笑话。对父亲的敬爱在我心底油然而生。啊，敬爱父母那种又酸又甜的滋味儿呀。它纯粹得绝不亚于你五岁时吃酸糖球的感觉。道格拉斯·"白面团"·马登——对他的朋友与对他那唯一的儿子也就是我来说是大马登——有一次曾叫我小麦克要不就是麦克麦克，过了一阵子又叫我双麦克，叫我突米，最后还是又管我叫起蒂姆来。我一边呷着酒，一边思考着我名字的词形学意义，我咯咯地傻笑了起来。在我的生活旅程中，每改一次名字，就会发生一件事儿——要是我能把那些事记住就好了。

现在，我试图在心里给我的首篇文章盘算出第一套词组来（标题多棒啊！《在我们的荒野上——对心智健全者的研究》，作者：蒂姆·马登）。我应该为爱尔兰人说上那么几句，解释一下他们干吗要喝那么多酒。这可能与睾丸激素有关吧。爱尔兰人的睾丸激素很可能要多于其他男性。我父亲就这样。睾丸激素的跃动令他们难以管教。荷尔蒙很可能需要用酒精来化解。

我坐在那儿，手里拿着笔，喝了口波旁威士忌，差点把我舌头给辣掉。我没准备咽下去。这个标题差不多是从第一天开始直至今日在我脑海中浮现的一切了。我只能静思默想海浪了。在这寒冷的十一月的夜晚，从某种程度上说，休息室窗外的翻滚的海浪与我脑海中那汹涌的波涛有很大的相似性。我的思路枯竭了。我对酩酊大醉后想象的贫乏深感失望。这和你费尽九牛二虎之力刚刚琢磨明白宇宙的真正关系可惜你的词汇却跟不上趟没什么两样。

就在这时，我注意到，在望夫台酒家我的这片小天地里，不再是我独自一人。离我不足十英尺远的地方，有个长得和帕蒂·拉伦一模一样的金发女人与她男伴坐在一起。要是我不能给我敏感的直觉找到另外的解释的话，那么很明显，她是和那小子一块进来的。那小子衣冠楚楚，一身花呢与法兰绒料子，两腮灰髯，脸膛晒得发红，看上去活像个律师。是的，那个妇人同她的美男子坐在一起。他们桌上放着酒，所以他们一定会扯上一阵子的（用不要脸的语调来扯，最起码她的语调就够不要脸的）。五分钟？十分钟？我看得出他们已经估摸过我了，可不知什么缘故他们居然会厚着脸皮不理睬我。不晓得那个穿花呢与法兰绒的是不是有几招真功夫，看上去他不像是个武林高手，倒像是个网球运动员；也不了解这对夫妇是不是富有，富有到连陌生人都从未让他们不愉快过（他们的府第被盗除外）；更不知道他们是不是对紧靠在他们身边的这具有躯干、有脑袋、有四肢的躯体不屑一顾。对所有这些我都不甚了了，但至少有一点我是清楚的，这就是那个女的在大吵大嚷地说话，好像我根本就不存在。在这令人烦恼的时分,这是多么大的一个侮辱啊!

不久我便明白了。从他们的谈话方式上,我推知他们是加利福尼亚人。他们举止放荡,大大咧咧,同光顾慕尼黑酒吧的新泽西游客没什么两样。

由于我的注意力全都用在了那些只有情绪低落的人才能感受到的沉重的心理活动中,大脑就如一头归栏的大象,步履蹒跚,东碰西撞。最后,我终于还是爬出了我那高低不平的自我专注的沙丘,看了看他们。这下我才看出,他们对我冷漠不睬既不是因为他们狂傲自大、自信心太强,也不是因为他们单纯无知,正好相反,是因为他们正在演戏。只不过是一组亮相罢了。那个男的早就警觉到,对我这样死盯着他们不放的人决不能掉以轻心,因为弄不好我就会给他们带来真正的麻烦。而那个女的呢,正像我所估计的那样,一定认为自己的举止要是不像天使就得像荡妇,不然就太让人难以忍受了。选择其中任何一者都可以。她在往前冲呢。她希望激怒我。她想考验考验她那位美男子的勇气。这个妇人可绝不是一般的代用品,能够取代我的帕蒂·拉伦。

不过还是让我来把这个女人描绘一番吧。她很值得一看。她年龄比我妻子小些,四十多岁,但是她与我妻子有多么相像啊!以前有位名叫詹妮弗·韦尔斯的色情明星,这女人长得同她没什么两样。她长了一对丰满、高耸而又不很对称的大乳房——一个乳头向东,一个乳头向西——陷得深深的肚脐眼儿,女性的圆圆的肚子,迷人的富有弹性的丰臀。在买票饱览詹妮弗·韦尔斯美色的人群中间,不少人被挑起了勃发的淫欲。任何一个想当金发女郎的人就是真正的金发女郎。

眼下,我这位新邻居的脸和色情明星詹妮弗·韦尔斯的脸一样,绝顶动人。她那微微上翘的妩媚的鼻子,她那噘得高高的小嘴儿,都显得如此任性,如此傲慢,与性生活中所不可或缺的东西绝无二致。她的鼻孔向外翻着,她的手指——女权运动可以振作它自己!——厚颜无耻地涂上了银灰色的指甲油,同她那灰蓝色的眼睑相映生辉。真正的一个美人儿!不合时尚的尤物。西海岸的富翁们最最偏爱的那种人。桑塔·巴巴拉?拉·乔拉?帕莎登娜?不管她在哪儿,她也肯定是从桥牌之乡来的。衣装整洁的金发女郎待在这样的地方是再好不过的了,其完美程度就好似撒在五香熏牛肉上的芥末面儿。自治的加利福尼亚已潜入我的灵魂之中。

我真不知道该怎样来形容这种凌辱,它简直就像在犹太人上诉联合会办公室外面贴上一张卐[1]字一样欺人太甚。这个金发女子令我一下子就想到了帕蒂·拉伦,只看一眼就想到了,我真想揍她一顿。怎样打呢?我也不知道。但最最起码也非叫他们别那么得意不可。

于是,我便细心地听下去。她是个从头到脚着装讲究,又喜欢喝酒的女人。她能一杯接一杯地喝。苏格兰威士忌,那当然。切瓦斯雷加酒。"切维斯。"她这样称它们。"小姐,"她唤女招待,"再给我上一杯切维斯。多加几块宝石。"她把冰块叫作宝石,哈哈。

---

[1] 希特勒所用纳粹标识。

"当然，你让我烦透了。"她对她的男伴说道，声音大而自信，好像她能根据酒量的大小来决定屁股下面性欲的旺盛度。真是座发电厂。有些声音就像调音叉那样，能让我们心中那隐秘的乐弦产生共鸣。她说话就是这么一种声音。这么说是粗鲁点，但无疑谁都会为了这种嗓音而干出点儿什么勾当来。甜声媚语下面那湿乎乎的小亲戚会奉献出同样的东西让你去占有的，这个希望总还是存在的。

帕蒂·拉伦便有此种嗓音。每每嘴唇一沾上不掺水的马丁尼鸡尾酒，她就会变得很凶（她当然要硬把马丁尼叫成马提赛克）。"是杜松子酒，"她说道，嗓音的狂热、沙哑表明她情火已炽，"是杜松子酒让老娘要找死了。不错，是这样的，屁眼子。"在这样的戏谑中她也会十分温存地把你裹进来，就像是说，上帝呀，甚至你，屁眼子，在她身边你也会感到相当惬意。但是那时，帕蒂·拉伦是属于另外一种财富的，百分之百的派生财富。她的第二任丈夫米克斯·沃德利·希尔拜三世（她曾一度努力怂恿我，要我去杀他）是个坦帕老富翁。她把他折腾得够呛，这倒不是说她和他撕破了脸皮什么的，而是说她的离婚律师助了她一臂之力，这样一来，那个坦帕老富翁的经济基础就彻底动摇了。她的离婚律师简直像发憋足了劲的炮弹（我过去时常这样痛苦地想象，曾有一段时间，每天晚上，他可能都在揉搓她的肚皮，但是人们不久便会从这样富于献身精神的离婚律师那里捞到好处——律师提供证据时的表现就足以说明这样做还是够本儿的）。尽管帕蒂·拉伦发育得很饱满、很健壮又很野性，并且在那段时间里，还像调料罐子那样劲头十足,他也还是把她个性中的那股子"硬劲"锤炼成了纤弱的花草。他对她进行了强化训练(他是最早为了演出而动用录像机的人之一),教她怎样在证人席上装出胆小怕事、战战兢兢的样子,从而使审判者的眼睛变成——原谅我!——位神魂颠倒的胖胖的老法官。在审判结束之前,她的那些婚姻方面的过失(她丈夫也有证人)就都已成了一位受尽欺凌、被逼得走投无路的正派女子初次犯下的错误。每位前来作证的旧日情人对她所进行的起诉都被视为再一次令人不快的尝试,他们的目的大概就是要抚慰她那颗被丈夫弄得破碎了的心吧。帕蒂可能会像个出色的高中啦啦队队长——一个从北卡罗来纳州某乡镇来的、个子不高、上了年纪的乡巴佬——那样开始她新的生活旅程,不过,此时,在她准备与沃德利离婚(与我结婚)时,她已拥有一些社会所崇尚的斯文和优雅了。妈的,她的律师同她在举止上简直就像伦特与方坦,他俩竟能在证人席上来回传着一碗汤。住在佛罗里达海岸的那个老富翁,他的一个子嗣的基本财产就这样给夺走了一份儿。这便是帕蒂渐渐富有起来的缘由。

然而,越听望夫台酒家里的那个女人谈话,我就越感到她和帕蒂殊非同类。帕蒂的智慧是绝不掺假的——这便是她能在愚昧和野蛮之间所必然忍受的一切。这个正在改变我今晚生活的金发女人,在才智方面大概还差点劲儿,但她真应该有些。她的举止如同连着金钱。要是万事顺遂,她可能会在她旅馆的房间门口迎接你,只戴着一副长到肘部的白手套(穿着高跟鞋)。

"说呀,说你厌烦了。"现在我听清楚了。"在一对迷人的男女决定去旅行时,发生这样的事是可以预料的。这些天,我们一直待在一块,这会让我们害怕丢掉幻想。告诉我,是不是我错了。"

显然,她对他如何回答是不大感兴趣的,相比之下,她更有兴趣的倒是,她让我知道,他们不但没结婚,而且,谁都可以估计到,这只不过是一次短暂而又有限制的放纵罢了。他们之间的关系随时都有可能告吹。那位穿花呢法兰绒的就像一头还没被宰掉的野兽,替换他一宿问题不大。这个女人会用一种身势语,她身段的扭动暗示出,第一宿你将受到热烈的欢迎——只是过些天后,你才会碰上麻烦。但是第一宿却是由主人来开销。

"没有,我没厌烦。"穿花呢法兰绒的用最低的嗓音告诉她,他根本没有一丝一毫的厌烦。他那沉闷的音调,好像灌入听觉装置中的噪声,令你突然感到迟钝,就想睡觉。不错,我认为,他肯定是个律师。他那自信而有节制的举止便包含了某些东西。他正对着法官席讲述一条法规,督促法官别推掉这个案子。哄哄她吧!

然而,她的正文却是吵闹与喧哗!"不,不,不,"她说,轻轻地摇了摇杯中的冰块,"我们来这儿是我的主意。你是想去波士顿,既然这样,我说,我的幻想也在吸引着我。你不介意吧?当然,你不会。才过门儿的新妈使爸爸迷恋得发狂。如此等等,"她说着,停下来,呷了一口切维斯,"可是,亲爱的,我有这个恶习。我不能忍受满足。一旦我感到满足了,一切就都会对我说:'再见了,亲爱的!'况且,我只要看起地图来就废寝忘食,这你知道,朗尼。人家都说女人看不懂地图。我就能。在堪萨斯城,老早以前在——等会儿,我想起来了——在1976年,我们那个代表团,只有我,一个从杰丽福特公司来的女人,能看懂一张把车子从旅馆开到杰丽福特公司总部的地图。

"所以,是你错了。让我看看波士顿及其郊区的地图吧。当你听出我话语里的那种腔调时,当我说'亲爱的,我想看看这个地区的地图'时,你就注意了吧。那意思是,我大脚指头痒痒了。朗尼,从五年级起我就开始学地理……"她以品评的目光斜睨了一下她杯子中正在溶化的宝石块。"我过去常常盯着新英格兰地图上的科德角不放。它向前探伸,活像个pinkie。你知道小孩儿们把pinkie当成什么吗?那是他们的小手指头,离他们近的那个。所以我想去瞧瞧科德角的顶端。"

我必须说,我还是不喜欢她那位朋友。他有一张保养得挺富态的脸,给人一种感觉,就好像是他在睡觉时,他的钱里也还会长出钱来。一点也不,一点也不,他告诉她,把他的色拉油滴在她那已经拨起的小小的遗憾之中,我俩都想到这儿来,这是千真万确的,等等,等等。

"不,朗尼。我不给你任何选择。这件事我说了算。我说:'我想去这个地方,普罗文斯敦。'我可不许你有反对意见。于是我们就来了这儿。这是幻想之中的幻想。你烦透了。你想今晚就开车赶回波士顿。这地方的人都跑光了,对吗?"

就在这时——千真万确——她死死地瞅了我一眼:要是我接受了它,那她这一眼就是最热情的欢迎;要是我没有回应,那它就成了最辛辣的嘲弄。

我说话了，我对她说："那就是你相信地图的原因吧。"

这句话奏效了。因为我记得我和他们坐到了同一张桌旁。我最好还是承认，我的记忆力真他妈的完蛋。能回想起来的，我就记得十分清楚——有的时候！——但我常常不能把整晚所发生的事儿串起来。所以再想一次还是我与他们坐在了一起。一定是他们请我过去的。他甚至是在笑。他名叫伦纳德·潘伯恩·朗尼，潘伯恩是加利福尼亚共和党中显达人家的姓。毫无疑问——她也不叫詹妮弗·韦尔斯，而叫杰西卡·庞德。庞德和潘伯恩——现在，你能明白我为什么要憎恶他们了吧？他们的举止做派是从电视连续剧中的人物那儿学来的。

实际上，我开始诚心诚意地为她寻开心了。我想，这可能是因为我有好多天没同任何人说话了吧。现在，沮丧或者，不不，一些埋藏在我心底的饶有风趣的幽默看上去都很平常了。我开始讲几个关于科德角的故事。我选择的时间十分恰切，讲起来也生动活泼。当时，我精神饱满得一定就像个被长期监禁好不容易才获准到狱外逛上一天的囚犯。我与庞德谈得如此投机，几乎使我忘掉了心中的抑郁。不久我便发现，她对物质财产特别感兴趣。碧绿草坪之上的、配有高高的铸铁大门的豪华住宅令她激动不已，满脸放光，其亮度绝不亚于房地产商将真正的买主领到合意的房子前面时脸上所放出的那种红光。当然，没一会儿我就猜到了真相。在她那与生俱来的钱堆上，杰西卡自己又攒上了一份儿。在加利福尼亚，她确实是个颇有成就的乡间房地产商。

对她来说，普罗文斯敦一定太让人失望了。我们所能奉献的建筑物是地方土造的，但它们稀奇古怪：外面安有木梯的旧鱼棚子——科德角的盐盒子。我们只能为游客提供居室大小的空间。租出去一百个房间，就会有一百个人站在阶梯外头。普罗文斯敦对任何一个找寻豪华住所的人来说，都无疑颇似十字路口边上那二十根电线杆子，东一根西一根的乱七八糟。

可能是我们这地方在地图上的优美形状欺骗了她：科德角那突出的部分绕着它自己卷曲着，活像中世纪拖鞋的大脚指头！她可能以为科德角随处都是一片片草坪，而她真正看到的呢，却是由板子盖起来的下等酒吧与如此狭窄的单行道主街，实在太窄了，要是路边停放着一辆车的话，你开过时可得憋住气，希望你那辆租来的轿车别让什么东西给刮了。

很自然地，她向我问起了我们镇子上最壮观、给人印象最深的房子。它坐落在一个小山丘上，是座五层高的法国式城堡——在我们镇子上算是绝无仅有了——四周围着铸铁做的高高的栅栏。主建筑离大门很远。我可说不好现在谁住那儿，也不清楚是他自己的还是他租的。以前我曾听说过那人的名字，不过现在却记不得了。想将这些对陌生人解释清楚是很不容易的。但在冬季，普罗文斯敦人喜欢"猫冬"。要认识新来的人并不比从一个岛旅游到另一个岛困难。此外，我那些穿着过冬衣服（蓝色粗布工作服，靴子及风雪大衣）的熟人没有一个走出过大门口。我想，我们那座壮观的城堡当下的主人一定是个家资殷富的怪家伙吧。于是，我就拽出了一个我最了解的有钱人（实在是个巧合，这人便是帕蒂·拉伦那来自坦帕的前夫）来搪塞。我将他由北而南移到普罗文斯敦，而后再把那座城堡借给他。我不想失掉得以与杰西卡小姐待在一起的机会。

"噢，那个地方，"我说，"是米克斯·沃德利·希尔拜三世的。他一个人住那儿。"我停顿一下，"过去我们认识。我们同时在埃克塞特读过书。"

"噢，"杰西卡停了好一会儿，"你看我们能否去拜访他一次？"

"眼下他不在。他很少待在镇子里。"

"太扫兴了。"她说。

"你不会喜欢他的，"我告诉她，"他是个相当古怪的家伙。在埃克塞特时，他违反着装规则，把系主任都给气疯了。我们必须穿夹克，系领带，可沃德利呢，这个老家伙却穿得像救世军的王子似的。"

我的话语里一定包含了一线希望，因为她开始愉快地笑了起来，但我记得，就在我开始要把更多的故事讲给她听时，我极为强烈地感到，我不该再讲下去了——恰如一股莫名其妙的烟味，毫无理性可言——知道吗，有时我认为，我们大家其实都同广播电台差不多，有些故事是不能播出的。还是让我们这样想吧，当时我有个十分明确的指令，要我自己别再说下去（我知道自己不会理睬这个指令。对一个迷人的金发女人有多少话要说啊！）。这时，就在我考虑下句话该说什么的时候，米克斯·沃德利·希尔拜三世的身影穿过岁月的雾霭浮现到我的眼前，明亮、清晰得就像刚从造币机中滚出来的硬币一般。沃德利，瘦骨嶙峋，身穿一条丝光卡其布衬裤与一件用晚餐时才穿的外套，脚蹬一双浅口无带皮鞋。每天，他就穿着这些去上课（令一半老师感到惊恐万状）。他西服的缎子翻领已褪色、磨损得够呛，他那紫色的袜子与紫红色的蝴蝶结都十分显眼，简直像贝加斯里的霓虹灯广告牌。

"上帝呀，"我对杰西卡说，"以前我们都喊他'怪小子'。"

"你可得对我讲讲他，"她说，"请讲啊。"

"我也不知道，"我回答道，"他的一生有好多恶劣、卑鄙的插曲。"

"噢，快讲给我们听吧。"潘伯恩说。

我根本用不着别人怂恿。"这应该归咎于他父亲，"我说道，"父亲对他影响相当大。他已去世了。米克斯·沃德利·希尔拜二世。"

"你是怎么把他们区分开的？"潘伯恩问。

"噢，人们总是喊父亲米克斯，喊儿子沃德利。根本混不了。"

"啊，"他说，"他俩像吗？"

"不太像。米克斯是个体育棒子，而沃德利就是沃德利。在沃德利小的时候，阿姨总把他的手绑在床上。这是米克斯的命令。他以为这样就能阻止沃德利手淫。"我看了看她，像是说，"这是我不大敢讲的细节。"她冲我笑笑，我觉得这一笑的意思是："我们是坐在火旁闲聊。你就讲吧。"

我讲了起来。我极其认真地胡编乱扯，把米克斯·沃德利·希尔拜三世的青少年时代详详细细地讲了一遍，从未停下来去责备自己厚着脸皮把故事发生的地点从海湾岸边的豪华住宅一下子搬到了这儿的小山北面那座法式城堡。但我这是在对庞德和潘伯恩讲。他们才不在乎故事到底发生在哪儿呢,我这样安慰自己。

我接着往下讲。米克斯的妻子,沃德利的母亲体弱多病。米克斯找了个情妇。还是沃德利在埃克塞特读一年级的时候,他母亲去世了。不久,他父亲娶了他那个情妇。他们两人谁都不喜欢沃德利。沃德利也不喜欢他们。由于他们把他们那幢房子第三层的门锁上了,沃德利就决定闯进那间屋子。然而,直到读最后一年他被学校轰出埃克塞特之后,他才有较多的时间待在家里,寻找他父亲与其新妇出去一宿不回来的机会。在那对老家伙彻夜不归的头一个夜晚,顺着大楼墙外的装饰线脚,他成功地从地面爬到了第三层,然后从窗子钻了进去。

"我赞成这么干,"杰西卡说,"那间屋里有什么?"

"他发现,"我告诉她,"墙角有个笨重的三脚架,三脚架上支着个很大的老式取景相机,上面蒙了块黑布。在图书馆所常用的那种大桌子上,摆着五本红色的精致犊皮纸剪贴簿。这都是些特殊的色情照片集。其中就有呈现米克斯同他情妇性交场面的深棕色巨幅照片。"

"现在做了他妻子的那位吗?"潘伯恩问道。

我点了点头。就像他儿子所描述的那样,第一批照片可能摄于沃德利刚刚出生时。在后面几本剪贴簿里,他父亲与其情妇变得老了一些。沃德利的母亲死后一两年,父亲新婚之后不久,另外一个人在照片里出现了。"他就是那幢房子的经管人,"我说,"沃德利告诉我,他每天都与沃德利全家一块用餐。"

这时,朗尼拍起手来喝彩。"真令人难以置信。"他说。后面几张照片所呈现的场面是，房产经管人正同米克斯的妻子性交，而米克斯则坐在离他们五英尺远的地方读报纸。这对情人不断地变换着位置，米克斯却一直在读他的报纸。

"谁是摄影师？"

"沃德利说是男管家。"

"这是一幢什么样的房子啊！"杰西卡惊叹道，"只有在新英格兰才会发生这种事儿。"这句话逗得我们痛痛快快地大笑了一通。

我没添上那个男管家在沃德利十四岁时诱奸了他这件事。我也没主动说出沃德利对这件事的陈述："在我的整个余生中，我一直努力夺回我对我直肠的产权所有。"和杰西卡交尾时，那笔小财产一定会蛮不错的。可我还未拿到它，所以我得谨慎点儿。"十九岁时，"我说，"沃德利结婚了。我想其目的在于让他父亲惊慌失措。米克斯是个铁杆反犹主义者，而新娘呢，恰恰是犹太人。她碰巧也长了个大鼻子。"

他俩听得那么津津有味，这倒让我感到后悔，我不该说下去的，可现在没法停下来了——我也有讲故事的人所有的那种残忍，况且下一个细节又十分重要。"那个鼻子，"我说，"正像沃德利所描述的那样。够得到她的上嘴唇，看上去她像是在呼吸着从嘴里吐出的臭气。可能是沃德利讲究吃喝的缘故吧，这副样子倒能激起他不可言状的性欲。"

"噢，但愿有个好点的结局。"杰西卡说。

"这个，倒也难说。"我说道，"沃德利妻子是个有教养的人。因而，当她发现他收集了不少色情照片时，灾祸降临到沃德利头上。她销毁了那些照片。而后她又把事情搞得更糟。她想方设法去诱惑沃德利的父亲。结婚五年后她成功地使米克斯感到满足,为儿子和儿媳办了桌酒席。沃德利喝了个酩酊大醉,当天深夜,他用蜡台把妻子的脑袋砸开了花。她一下子就给砸死了。"

"噢,不,"杰西卡说,"这一切都发生在山上那幢房子里吗?"

"嗯。"

"法律对这事儿是怎么处理的?"潘伯恩问道。

"这个啊,你们要是相信的话,他们并没有用精神不正常来替他辩护。"

"那他得蹲上一阵子了。"

"确实如此。"我不打算告诉他们,我和沃德利,不但一块到埃克塞特读的书,并且又在同一个监狱见了面。

"在我听来,好像是父亲在策动他儿子作案。"朗尼说。

"我想,你是对的。"

"那当然!要是以精神不正常为托词,被告一方就得把那些剪贴簿拿到法庭上来。"朗尼攥了一下手指,而后又把它们往外伸了伸。"所以,"他说,"沃德利把一切都揽到了自己身上。不过,蹲监狱对他又会有什么好处呢?"

"每年一百万美元,"我答道,"他每蹲一年,就会有一百万美元存进托管基金管理所,加之在父亲死后,他还可以与继母分享父亲的房地产。"

"你知不知道他们是不是真的给了他那笔钱?"朗尼问道。

杰西卡摇了摇头。"我看这种人说话不会算数。"

我耸耸肩。"米克斯给了，"我告诉他们，"因为沃德利偷走了那些剪贴簿。相信我说的吧，米克斯死后，继母仍然承认那笔交易。米克斯·沃德利·希尔拜三世一出狱就成了个大富翁。"

杰西卡说："我喜欢你讲故事的方法。"

潘伯恩点头称是。"真是千金难买呀。"他说。

她显出很高兴的样子。到这陌生的地方游玩似乎总算有了几分钟美妙的时光。"沃德利，"她问道，"他打算再住进那幢房子吗？"

我正犹豫，不知对此说什么才好，这时，潘伯恩回答了："当然不会。我们这位新朋友说得够明白的了。"

"喂，伦纳德，"我说，"一旦我要用个律师时，你可得提醒我去雇你。"

"你说了吗？"

我不想咧嘴笑笑说："是说了几句"。相反，我说："说了，一个字也没落。"然后把杯中酒一饮而尽。无疑，伦纳德已问过谁拥有那笔房地产这一问题了。

想起来了，接着我又孤零零一人坐在那儿了。他们去了餐厅。

我记得，我一边喝着，一边写着，一边注视着海浪。写好的观察资料，我塞进口袋一些又撕了一些。撕纸的声音回荡在我的心中。我高兴得在心里唱起歌来。我想，外科医生该是地球上最最幸福的人了。把人切开又能为此拿到报酬——那才真叫幸福呢，我告诉自己。这个想法令我希望杰西卡·庞德再次回到我身边。要是她知道了我这个想法,她定会高兴得大叫起来。

我能记起的是,当时我写了篇很长的笔记,这是第二天我在口袋里找到的。天知道是怎么回事,我为它选了这么个标题:《识别》。"在我心中,伟大这个或然概念总是同谋杀离我最近的那个无耻小人的欲望携手并行的。"接着,我在后一句话下面画上一横:"人贵有自知之明。"

然而,越读这个笔记,我越是感到,似乎我把自己固定在那坚不可摧的傲慢中了。自斟自饮时,这种傲慢可能是最让人满意的神色。一想到杰西卡·庞德与伦纳德·潘伯恩就坐在离我不足一百英尺的桌旁,十分明显他们正处于危险的边缘,我就感到如醉如痴,我开始沉思冥想起来——必须挑明,我并未认真地策划什么,而只不过是把它当作晚间为了消遣所玩的更有趣的花样罢了——干掉他俩实在太容易了。想想看!二十四天没见帕蒂·拉伦,我就成了这么一种人!

以下是我的推理。一对露水夫妇,哪一个在加利福尼亚某地都有相当显赫的地位。他们决定一块儿去波士顿逛逛。他们仔细推敲了他们的计划。他们可能把这计划告诉了一两位挚友,也可能对谁都没说。但由于他们头脑发热开车来了普罗文斯敦,坐在租来的小汽车里,因而罪犯只需——要是这一行动真的付诸实践的话——把他们的小汽车开上一百二十英里,回到波士顿,然后将它丢在大街上。假定尸体被掩埋得没留任何痕迹,那么,就是事发了,这对男女失踪一事也只能是在数周之后才会引起那些地方报界的关注。到那时,望夫台酒家里的人还有谁能想起他们的模样来呢？甚至，处理这一事件时，警察在分析了小汽车的位置之后也会认为，他们是回到了波士顿后遇难的。我生活在这惊险而又动人的剧情说明的逻辑中，美滋滋地呷着酒，为我有任意把玩他们的力量而欣喜。这种力量是从上述那些想法中汲取到的。然后……然后……记住的只有这么多了，那天晚上发生的别的事儿我全都忘掉了。第二天早晨，我就再也不能把这些事儿串起来以使自己得意一通了。

我搞不清我是否又同庞德和潘伯恩在一块喝起来。我想，很有可能我独自一人狂饮了一会儿，然后钻进车里，开回家去。假如真是这样，我肯定一回去就睡了，尽管醒来时我所看到的一切都证明，那根本就不可能。

我也有另一个剧情说明，它确实要比梦幻清晰不少，尽管过去我可能梦到过这件事。那就是，帕蒂·拉伦回来了，我们吵得一塌糊涂。现在我看见了她的嘴。但她说了些什么我却一句也想不起来。难道这事儿本身就是一场梦？

而后，我又特别清晰地感觉到，杰西卡和伦纳德吃完饭后确实又回到了我的桌旁。我邀他俩来我家（帕蒂·拉伦家）做客。我们坐在起居室里，他们专心致志地听我讲着。我似乎还记得这些。然后，我们又开车出去兜了一圈，但是，如果我开的是我那辆保时捷车的话，我就不可能把他们两人都拉上。也许，我们是分坐两辆车。

我也记得，我是一个人回来的。那条狗相当怕我。它是条很大的拉布拉多狗，可当我走到近前时，它溜了。我坐在床边，临躺下前再写上几笔。我就记得这些。我睡眼蒙眬地坐着，迷迷瞪瞪地盯着笔记本。接着，我又醒了几秒钟（或者一个小时），读了读我所写下的那行字："绝望是当我们心中的生命死亡时我们所体验到的那种情感。"

　　这便是我睡前的最后一次思考。但是，这些剧情说明没一点儿是真的——因为第二天清晨醒来时，我发现胳膊上有个从未有过的刺花纹。

二

关于这一天，我有好多话要说，但一开始却没什么大事。实际情况是，我在床上躺了好长时间，紧闭着双眼。在那自我铸就的黑暗中。我努力搜寻着有关昨天夜里离开望夫台酒家后我所作所为的记忆。

对我来说，这一过程并不陌生。不管我喝了多少，我总能把车开回家。有些夜晚我喝得挺多，但我还是平平安安地把车开回了家，而同我喝得一样多的那些人可能都在海底睡大觉呢。我进了屋，走到床边，第二天早晨醒来时，脑袋会疼得像给斧头劈成了两半似的。我什么也记不住。可是，如果那是唯一的病症就好了。另外使我感到不舒服的便要算那些堆在我肚子里的酒肉了，不过这也无所谓。以后别人会对我说我曾干了些什么。要是我不感到可怕，就可能是我没做过什么过头事儿。倘若你拥有爱尔兰人那种对烈性酒的鉴别力，短期健忘症就根本不是最大的不幸了。

然而，自从帕蒂·拉伦离我而去后，我碰到了许多新鲜事儿。它们让人感到好奇。喝酒便会令我去寻找我那创痕的根源吗？我只能说，清晨时分，我的记忆很明晰，不过却也支离破碎，就是说，它一片一片的很不系统。每一片都轮廓鲜明，合起来却恰似扔在一块儿的智力测验玩具，并非所有的部件都来自同一个盒子。

这等于说，我想，眼下我的梦与我的记忆一样有理性，抑或是，我的记忆和我的梦同样不可轻信。在这两种情况下，我都很难把它们分开。这种状态真叫人担心。你醒来了，然而你搞不清你可能做过什么，又有什么没做过。这和你在钻岩洞迷宫时所遇到的情况差不多。走着走着，那条将带你回到洞口的结实而精致的长绳子竟突然断了。现在，每个弯洞都可能是你来时曾走过的，或者，以前你根本就没走过这条路。

我说这些，是因为第二十五天早晨醒来后，我闭着眼在床上静静地躺了一个小时。我感到十分恐惧，这种恐惧感是我自打出狱后再也没有体验过的。在教养所里，有些早晨，你一醒来就感到，有个坏家伙——坏得你都不会想到竟然能有那么坏的家伙——正在寻找你。那是些监狱里最最糟糕的早晨。

现在，我敢肯定，在这一天结束之前，我必然要出点事儿。这种预感令我惶恐不安。尽管如此，我也并未感到惊讶。我躺在那儿，头疼得快要裂了，闭着眼睛回想着——这就像是在看一场净是断头的电影——忧虑好似铅块一般重重地覆压在我身上，我淫兴勃发，我想和杰西卡·庞德做爱。

几天后，会有人来提醒我想起这不起眼的事实的。但是，还是让我们把它理顺吧。当你的记忆恰如一本缺页的书时——不，比那还糟，是两本，每本都少好多页——这样，条理清楚便近乎成了一种美德，这种美德与为修道院擦拭地板所体现出来的那种高尚相差无几。所以我才说，正是因为阴茎硬邦邦地挺着，睁眼看到那个刺花纹后我才没感到害怕，反而，我倒记住了它。（尽管,在这一瞬间,我既描绘不出起居室的格局,也记不清那位文身艺术家的模样。)不知在什么地方,我把这个事实记住了。虽然我很痛苦、很忧伤,但这事实仍令我感到好奇。记忆能在多少方面发挥它的作用啊!记住某事已做完(尽管你根本不能具体地想象出这件事来),就像看到报纸所载某人的事迹一样。某某贪污了八万美元。标题便是你所看到的一切;然而,这事实铭记于心。因此,我正瞩目这个关于自己的事实。蒂姆·马登有个刺花纹。我闭着眼睛就知道。我那阴茎的勃起令我想起它来。

蹲监狱时,我就一直反对文身这事儿。我想,当个犯人就够呛了。可是,在监狱里蹲了三年,你无法摆脱文身文化对你不可忽视的影响。我曾听人说过,文身能激发起性的冲动。当针扎进皮肤时,每四五个人中就会有一个欲火中烧。我也想到,对庞德小姐,我曾表现得多么淫猥。那位艺术家为我做水印图案时,她是否就在我身边呢?可能她在小车里等我?我俩同朗尼·潘伯恩已道再见了吗?

我睁开眼。刺花纹长了硬壳,黏糊糊的——昨天夜里,绑在上面经过美化的急救绷带松落了下来。我仍认得出上面的字。"劳雷尔",它这样写着。"劳雷尔"三字镶嵌在一方小小的红色心形图案内,是用蓝墨水按美术字体写成的。请别说我一谈起版画便有特别敏锐的鉴赏力。

我的幽默像个臭鸡蛋似的崩开了。帕蒂·拉伦也曾见过这个刺花纹。就在昨天夜里!猛然间,我十分清晰地看到了她。她在起居室里朝我高声尖叫着:"'劳雷尔?'你敢再在我身上扎出'劳雷尔'三个字吗?"

是这样,但这一切究竟有多少实际发生了呢?很明显,我能不假思索地构想出许多谈话来,容易程度就好像这些谈话是我自己说的。我毕竟是个作家!二十五天前,帕蒂·拉伦就同她选中的那匹黑种马溜走了。那家伙是个纨绔子弟,个子高高的,整天绷着脸儿,体型相当带劲儿。他在这逗留了整整一个夏天,准备乘机利用一下她在性爱方面对黑人的浓烈兴趣。这些黑人好似闪电雷光一般永远游荡在某些金发女人的心上。要不,据我所知,对黑人的性欲之火便如仓房门后那堆油抹布似的炽热,闷烧着她们的心。无论她怎样想,结果是清楚的。如有机会,她每年都将与某位黑先生放纵一番。某位黑大个儿。这家伙要不是膀大腰圆,就必然是行动起来像个篮球运动员那样迅速而灵活。论个头儿我甘拜下风。她瞧不起我,说我不像男子汉,在这样的时候没勇气推上子弹,闯进屋来抓人。我想,我身体方面的缺陷一定把她乐坏了。"就像你爹在北卡罗来纳干的那样?"我问道。"那当然!"答话时,她嘴噘得老高,好似佩珀博士加油站小路旁那孟浪无礼、心怀叵测、放荡不羁的十八岁大姑娘的嘴一般。上帝呀,她不怕我。我感到可怕的是,我可能会真的掏出我那支手枪来,但我永远不会去追击黑先生。不,恐怕我会掏出手枪,在我将一梭子子弹射到她那张狂傲自大、滚他妈蛋的脸上之前,我决不会离开屋子一步。冷静点儿!我干吗要把"劳雷尔"这几个字刺在我妻子身上呢?我知道,她是唯一为帕蒂所永远不能饶恕的女性。与帕蒂相遇时,我毕竟是同劳雷尔待在一起,只是她本来叫玛蒂琳·福尔科。我们见面那天，帕蒂一定要喊福尔科为劳雷尔。后来我才知道，"劳雷尔"是洛勒莱的简称——帕蒂不喜欢玛蒂琳·福尔科。我是不是故意用这刺花纹来惩治帕蒂呢？昨夜她真的在屋里吗？或者是昨夜我所做的梦的某些片段依然萦绕于我的心头？

我忽然想到，要是我妻子真的回来了，而后又走了，那总该留下点形迹吧？帕蒂·拉伦走后常常要扔掉些还没用完的东西。杯子上面一定印有她的唇膏。这足以令我穿好衣服，走下楼来，但在起居室根本觅不到她的身影。烟灰缸内干干净净的。那么，我为什么会如此信心十足，认定我与拉伦交谈过呢？如果说有某种东西激发我的大脑去相信形迹的反面，那线索又有什么积极作用？这时，我领悟到，对人的体力，对人的身体健康状况，也就是说，对人的神志清醒程度的真正测试，是检视他那能提出一连串儿问题却又不能找到答案的能力。

我有这样一种理解力可真不错，因为不久我便会需要它的。那天晚上，在厨房里，那条狗病了。它的臭屎弄脏了亚麻油毡。更为糟糕的是，我昨晚穿的那件夹克衫被挂在椅子上，上面的血已经变硬。我摸了摸鼻孔。我的鼻子动不动就出血。可鼻孔里一点血迹也没有。醒来时我所体验到的那种恐惧再次向我袭来。每一吸气，便会有恐惧的哨声在我的肺叶里咝咝作响。

怎样才能把厨房收拾干净呢？我转过身，穿过屋子，推开门走到街上。十一月那湿漉漉的空气打透了我的衬衫。这时，我才意识到我仍蹬着拖鞋。不过，这也没什么大不了的。我五步便穿过了商业大街，扒着我保时捷小汽车（她的保时捷小汽车）的玻璃窗往里看。座位上全是血。

这些事情有着多么奇异的力量啊！对这些，我麻木不仁，根本没什么反应。酒喝得太多了便会如此。酩酊大醉能令你感到心中空空荡荡。所以，我再也不感到害怕了，相反，我感到很高兴，就好像这些事都同我无关似的。刺花纹带给我的那种激动又回到了我的身上。

我一直感到非常冷。我转身回到屋里，替自己煮了杯咖啡。那条狗对自己拉在地上的那堆东西感到很难为情，四处跌跌撞撞地乱窜，险些踩在臭屎上面。我把它放了出去。

在我擦狗屎时，我那轻松的情绪（因为罕见，所以我十分珍惜它，恰如晚期病人对能够享受到没有任何痛苦的一小时感激涕零一般）一直笼罩着我。醉酒之后，我便会感到，喝酒的罪孽被完全彻底地、令人十分满意地一笔勾销了。我大概能算是半个天主教徒，我从未接受过纯正教义的训谕和洗礼，因为，我的父亲大麦克根本就没沾过教堂的边儿，而朱丽亚，我的母亲（她一半是新教徒，一半是犹太教徒——这也就是我不喜欢反犹笑话的一个原因）则常常很轻易地把我带到各种不同的教堂：犹太教堂、贵格会教徒的祈祷会以及有关异教文化的讲座。因此，在宗教信仰方面，她绝不是位好导师。所以，我不配称自己是个天主教徒。但是，我又确确实实地这样说了。得让我喝得酩酊大醉，得让我跪在地上擦狗屎，我才会感到高尚品德的存在（实际上，我几乎是处心积虑地想去忘掉在小汽车右边座位上究竟有多少血）。这时，电话响了。雷杰西打来的，阿尔文·路德·雷杰西，我们那位代理警察局长，或者更准确地说，是他秘书打来的，他要我稍等片刻，局长大人就来和我通话，等得太久了，我那饱满的情绪都被等得烟消云散了。

"喂，蒂姆，"他说，"你好吗？"

"挺好的。就是酒喝多了点，不过没事儿。"

"那倒不错，太好了。今天早晨一睡醒我就想起了你。"他将成为一个现代式的警察头子，绝对没问题。

"用不着，"我告诉他，"我活得挺来劲儿。"

他停了一会儿。"蒂姆，今天下午你能来一趟吗？"

父亲总是教诲我要我谨记：每当怀疑闪过你的脑际时，你便应假设某种敌对行动正在策划中。接着，就该迅速采取行动。因而，我说："为什么不能上午去？"

"现在该吃午饭了。"他以责备的口吻说。

"啊，该吃午饭了，"我说，"那好。"

"眼下我正同市镇行政管理委员会的一个人喝咖啡呢，你过会儿来吧。"

"行。"

"蒂姆？"

"对，是我。"

"你怎么样？"

"我想我还可以。"

"你打算冲洗一下小汽车吗？"

"噢，基督，昨晚我鼻子淌了好多血。"

"是啊，那么，你的一些邻居该算是善意窥探者协会的成员了。

听他们打电话时的那种口气,我推想你可能砍下了谁的胳膊。"

"我最讨厌这种事。你干吗不来取个样呢?你可以化验我的血型嘛。"

"得了,你让我喘口气儿吧。"他笑了起来。那是一种真正警察所发出的笑。扯着嗓门高声尖叫,好像这行为同他身体的其他零件没一点关系似的。跟你说吧,他笑的时候,脸绷得就像是用花岗岩做的一般。

"行啊,"我说,"怪事儿。要是你的鼻子也爱流血的话,你该怎样做个成年人呢?"

"噢,"他说,"我会照顾好自己的。十杯波旁酒下肚后,我喝水时一定十分小心。"谨小慎微为他提供了午饭时间。他嘶叫了一声,把电话挂了。

我将小汽车里面清洗了一番。那摊血摸上去似乎并没有厨房里那堆狗屎危险系数大。我的肚子也对喝下去的咖啡感到有些不适。我不知道是该对邻居的厚颜无耻抑或是他们的无中生有愤慨万端呢——究竟是哪一个——还是真的存在着那种可能性,即我神经错乱得把一位或另外一位金发女人的鼻子给打出了血。或者更糟。你是怎样将一只胳膊砍下来的呢?

令人尴尬的是,我那喜好挖苦的一面,那可能是专门为了帮我熬日子而设计的一面,在该说的都已说完时,竟然变得虚假无用,不大起眼,就像轮盘赌上的一个空格。还有三十七面。我也渐渐相信了,右面座位上那摊血不可能是从谁的鼻孔中流出的。它实在太大了。这份苦差令我相当不快。所以擦了没一会儿,我便不想干了。血,同任何一种自然力量一样,要发话了。血总是说着这么一句话:"所有活着的人们,"现在我听清了,"争取再活上一次吧。"

我就不对你细说我是怎样用一桶桶水来洗净坐垫布与安全带的了。我忙活这份苦差事时,有两位邻居打我身边走过,我们友好地交谈起来,我告诉了他们我鼻子流血的事儿。正是那时,我决定要到警察局走一遭。实际情况是,倘若我将那辆小汽车开到警察局,那么雷杰西一看见便可能把它扣下来。

蹲监狱那三年,有时半夜醒来,我实在搞不清我是在哪儿。这也无所谓,更令人心寒的是,我明明知道自己在哪儿,在监狱的哪个分区,在哪个监号,但我不愿承认这一现实。给你的东西不允许你再给出去。我会躺在床上,盘算着请个姑娘去共进午餐,要不就是决定租条独桅艇出去兜兜圈儿。告诉我自己,说我不是待在家里而是被囚于佛罗里达州一座警戒得很不森严的监狱的牢房中,对我说来,这并没有多大好处。我认为,这样的事实应属于梦幻的一部分,因而离我还太远。我能根据一天的计划行事,倘若那个暗示我正蹲监狱的梦境不执拗地坚持要辨明真相的话——"伙计,"我会对自己说,"摇落这些蜘蛛网吧。"有时直至中午,我才能回到真正的生活之中。只是在这时,我才会意识到,我是不能请那个姑娘吃午饭的。

眼下,与此相似的东西正捉弄着我。我有一个我也解释不清楚的刺花纹,有一条非常怕我的好狗,我有刚被洗去血迹的车座,有个昨夜可能见过也可能没见过的丢失了的老婆,我还有位令我的家伙不断而缓慢地勃起的来自加利福尼亚的经营房地产的中年金发女人，但是，在我走向镇中心时，我所想的是，阿尔文·路德·雷杰西找我去一定有某种蛮有道理的严肃的目的，因为他为此而打搅了一个作家的工作。

二十五天来我一个字也没写，不过我不在乎。其实，像在监狱里度过的那些我很难分清是梦幻还是现实的早晨一样，现在，我就如一个被拽出来的空口袋，根本没考虑到我自己，这情形恰似一名演员，他抛弃了妻子、儿女、债务和错误，甚至也抛弃了他的自我，去扮演他的角色。

实际上，我正在观察一位新的人物，他走进了市镇大厅地下室雷杰西的办公室，因为，我像个记者似的推门走了进去，就是说，我尽最大努力使别人认为，警察局长所穿的衣服、所做的表情、办公室内的家具以及他所说的话，对我来说都很重要，同即将放入一篇特写中的词组的重要性不相上下，该特写分成八大段，每段长短几乎一样。我，正如我刚才说的那样，走进了办公室，完全进入了角色，因而给人的感觉好像我是一位还不大熟悉他那间新办公室的优秀记者。根本不熟悉。他的私人照片、他镶在镜框里的证明书、他的职业证明、镇纸及记事本，可能不是散放着便是挂在墙上，两个文件柜摆在办公桌两侧，好似古庙前那两根位置对称的柱子，他可能会笔挺地坐在椅子上，像个当兵的，他以前真就是个当兵的，他的小平头令他看上去像位老"绿色贝雷帽"[①]，但一眼便能看出：在这间办公室里他仍然感到不习惯。可

[①] "绿色贝雷帽"指的是美国陆军特种部队。

话说回来了,哪间办公室能习惯他呢?他的模样会让雕刻家用手持式凿岩机把他脸上的棱角、突出和多余的部分统统敲掉。在镇子里,他的绰号多得都快淌出来了——石头脸、枪靶子、闪光眼——要不,就如为葡萄牙老渔夫所常称呼的,叫飞毛腿。很明显,镇子里的人还不大买他的账。他可能已当了六个月代理警察局长,不过前任局长的影子依然浮游在办公室的上空。前任局长在这儿干了有十来年,他曾是个本地的葡萄牙人,那时候他常常利用晚上的时间来研习法律,终于,他爬进了马萨诸塞州司法部长的办公室。如今,镇子里的人都用赞美的词语去追忆前任局长,您别忘了,这儿是普罗文斯敦,一个情感淡漠的所在。

我并不太了解雷杰西。从前,如果他来我的酒吧,毫无疑问,我会当场认出他来。那个大块头能让他当上职业足球运动员。他的眼里忽闪着好斗的神色,这一眼就能看出来:我的上帝,好斗的精神同用不规则的碎块拼成的躯体结合在一起了。看上去雷杰西就像是个不肯服输的基督教运动员。

我说这么多是因为,说真的,我琢磨不透他。就像我不能总以清醒的头脑去迎接新的一天一样。他的性格诡谲多变,认识他的人也很难正确地描述他。这以后我将为你提供一些细节。

现在,他以军人的风度把椅子朝后一推,从桌后走了过来,拉了把椅子给我。而后,他以很关心的样子盯着我,活像个将军。要是他忘了感情也算是当警察的一件有力的工具这句名言,他会悔恨不已。比如,他说的第一句话是:"帕蒂·拉伦怎么样啦?你得到有关她的消息了吗?"

"没有。"我说。他这不起眼的一句话把我拼死命装成的记者姿态给挑破了。

"我没调查,"他说,"但我发誓,昨晚我看到了她。"

"在哪儿?"

"镇子西头,防护堤附近。"

那儿离望夫台酒家不远。"听说她回镇子来了,"我说,"这真有趣,可我不知道这件事。"我点上一支烟。我的脉搏跳得很快。

"我瞥见,在我的大车灯刚刚够得着的地方站着个金发女人。大约有三百码远吧。也可能是我认错了。"他说话的神态告诉我,他一点也没认错。

他掏出一支方头雪茄,点上,拿出电视广告上男子汉常拿的姿势吸了一口。

"你妻子,"他说,"是位迷人的女人。"

"谢谢夸奖。"

今年八月,有一个星期,我们每晚都举办"待在水中直至天明"宴会(那位黑先生已探查出我家的状况)。在一个狂饮的夜晚,我们结识了雷杰西。因为抱怨太吵闹,阿尔文亲自来了。我敢肯定,他听说了我们的宴会。

帕蒂迷得他神魂颠倒。她告诉在场的每一个人——醉鬼,嬉皮士,男、女模特儿,半裸者及穿戏装提前欢度万圣节的那些人——为了向警察局长雷杰西表示敬意,她把立体音响的音量拧小了点儿,接着,她对那阻止他喝上一杯的责任感表示厌烦。"阿尔文·路德·雷杰西,"她说,"这名儿可真叫绝。你别辜负了它,小子。"

他咧嘴笑得就像荣誉勋章的获得者得到伊丽莎白·泰勒那有纪念意义的一吻时所表现的那样。

"在马萨诸塞州你怎么能有阿尔文·路德·雷杰西这个名字呢？它可是明尼苏达州的人名啊。"她说。

"噢,"他说,"我爷爷是明苏尼达人。"

"我告诉你什么啦？别和帕蒂·拉伦拌嘴。"她当即邀他参加我们下一次晚上的宴会。他下班后来了。宴会结束时,在门口他告诉我,说他玩得很开心。

我们谈了起来。他告诉我,他的家仍在巴恩斯特布尔（巴恩斯特布尔离这儿有五十英里远）。我问他,在夏季狂乱的殴斗中,他工作于此是否有些鱼不得水之感。（我知道,只有在普罗文斯敦你才能问警察这样的问题。）

"没有,"他说,"我自己要求干这项工作。我想干。"

"为什么？"我问他。听别人说,以前他是专抓违反麻醉品法规的罪犯的便衣警察。

他不谈那个。"喔,人们都说普罗文斯敦是位于东部的西部放荡区。"他说,像马似的嘶嘶笑起来。

打那以后,每当我们举办宴会,他都来待上几分钟。倘若宴会从当晚一直延续到第二天晚上,那么我们会再次见到他。要是不当班,他会喝上一杯,心平气和地同几位客人聊聊天,然后离开。就有那么一次他露出点儿马脚——那时劳动节刚过——他多喝了几杯。在门口,他吻了帕蒂·拉伦,很正式地和我握握手。然后他说,"我真为你担心。"

"为什么?"我不喜欢他那双眼睛。当他对你有好感时,他会放出一种热,让你一定会想到被太阳晒热后的花岗岩——热就在那儿,石头喜欢你——但那双眼睛却是钻进石头里的两根铁棍子。"人们告诉我,"他说,"说你有很大的潜力。"

在普罗文斯敦,是没人会像他那样用词的。"不错,我与最带劲的女人性交。"我对他说。

"我感到,"他说,"当麻烦最快活时,你可能会站起来。"

"最快活?"

"当它整个地放慢速度时。"现在,他那双眼睛终于放光了。

"对。"我说。

"对。你知道我在说些什么。真他妈的太对了。我是对的。"说完,他走了出去。他要是无中生有那号人,我当时便能看出来。

在VFW①酒吧喝酒时,他就更随和了。我甚至看到过他和木桶·考斯塔摔徒手跤。木桶·考斯塔能将装满了鱼的木桶从船舱里抛到甲板上,低潮时,他还能把鱼桶从甲板扔上坞头。因此,他得了"木桶"的绰号。摔徒手跤时,他能摔倒镇子上的每一个渔夫。但有天晚上,雷杰西声称要专门同木桶较量一番。由于没拿他那套制服做掩护,他赢得了众人的尊敬。木桶胜了,但他用了老长时间,他吞噬了上了年纪的那股酸苦滋味。雷杰西憋了一肚子气。我想,他一定没有失败的习惯。"马登,你这小子总找事

---

① 系指"参加国外战争的军人"。

儿,"那天晚上他对我说,"你他妈的是个废物。"

可第二天早晨,当我上街取报纸碰到他时,他停下警车,对我说,"希望昨晚我没说什么过头话。"

"忘了它吧。"他激怒了我。我开始害怕起那最终的结局来:一位长着两个大乳房的母亲与一根男性生殖器。

现在,在他的办公室里,我对他说:"要是你请我来这儿的唯一原因便是你想告诉我你曾看到了帕蒂·拉伦的话,我真希望你就在电话中告诉我算了。"

"我想与你谈谈。"

"接受别人的忠告,我可不是老手。"

"也许我需要。"说下句话时,他流露出难以掩饰的自豪,好像一个人的能耐就存在于维持这种无知的力量之中。"我对女人还不太了解。"

"要是你找我来给你出点子,那很明显,你错了。"

"麦克,咱俩找个晚上好好喝一顿。"

"这没问题。"

"不管你知不知道,反正你我是镇子里仅有的哲学家。"

"阿尔文,这使你成为多年来右翼阵营所培养出来的唯一一位思想家。"

"我说,在子弹没出膛之前,咱们还是别发火。"他朝门口指了指,"走吧,"他说,"我把你送到车子那儿。"

"我没开车。"

"你怕我没收你那台破车?"这让他从走廊一直笑到大街。

就在我们分手之前,他说:"你在特普罗的那块大麻烟地还有吗?"

"你怎么知道的?"

看上去他不大高兴。"伙计,这有什么可保密的?人人都在议论你种的那玩意儿。我亲自取了些样品来。噢,帕蒂·拉伦在我口袋里塞了几个卷好的。你那玩意儿同我以前在南姆搞到的一样棒。"他点了点头。"瞧,我可不管你是左翼分子还是右翼分子,我也不管你他妈用什么高招。我就喜爱大麻。告诉你,保守主义者在清单的最后项目上都弄错了。他们简直是不得要领。说什么大麻摧残灵魂,我才不信那一套呢——我相信,上帝进来与魔鬼搏斗。"

"喂,"我说,"要是你住嘴,我们还能再扯一会儿。"

"找个晚上。我们好好喝几杯。"

"行啊。"我说。

"这中间,如果我曾把我那些隐藏物埋到了特普罗的地里……"他停了一下。

"我在那儿没什么隐藏物。"我说。

"我不是说你有。我不想知道。我只是说,如果我确曾在那儿放了什么东西,我打算把它弄出来。"

"为什么?"

"我不能把什么都告诉你。"

"只想捞点我的大麻烟?"

他停了好一会儿才回答。"你看,"他说,"我是个州警,这你知道。我认识他们。那帮家伙大都不错。他们没多少幽默感,他们永远也不会是你的同类,可他们都不错。"

我点了点头。我等着。我想他会说下去。待他不吭声时,我说:"他们对大麻可不客气。"

"他们恨大麻,"他说,"把鼻子擦干净。"他在我背上狠狠地拍了一下,然后转身走回市镇大厅地下室他那间办公室里。

我很难相信,就在眼下,在十一月这灰暗阴冷的时节,我们的州警,将为了对奥尔良、东哈姆、韦尔福利特及特普罗等科德角南部地区的每一小块大麻地来一次大的搜查而从南雅玛斯营房倾巢出动。他们认为,在秋、冬、春三季,无精打采地闲待便是他们工作的一部分,只有这样,他们才能全力以赴地为了对付夏季交通阻塞及与之有关的疯狂而熬过科德角那漫长的、痛苦不堪的三个月。他们可能会感到厌烦。他们也可能知道我那块大麻地在哪儿。有时我认为,在科德角,专捉毒品犯的警察与吸毒者一样多。一点没错,围绕毒品的真假情报、成交和欺骗等的交易活动在普罗文斯敦已成了第四大产业,其地位仅次于旅游业、捕鱼业及同性恋"聚集"业。

如果州警们知道了我那块地——问题是,他们怎么会不知道呢?——那么他们还会对我和我妻子有好感吗?人人都该对此表示怀疑。我们的夏季宴会太有名了。帕蒂·拉伦有些十分缺德的行为——这里仅举两例:狂暴粗鲁与彻底不忠——但她也有她令人敬佩的美德,那就是她从不做伪君子。考虑到她以前曾是个乡巴佬,你可以说她根本不配做伪君子,但乡巴佬的出身又会禁止谁

049

去做伪君子呢？倘若审判结束后她依然住在坦帕或者大胆尝试一下搬到了棕榈滩，那她就不得不采用那些为她的雄心勃勃的前辈们所完善了的战术：以柔克刚，尽量装得纯真、温柔以使自己再嫁给一位甚至比沃德利更有地位、更受人尊重的显达之辈。这就是一个家财万贯而又声名狼藉的离婚者在黄金海岸冒着风险为自己玩弄的把戏。可真是种有趣的生活，如果那些都出自你的禀赋的话。

当然，我从不假装我了解帕蒂。她甚至可能爱过我。找到一个较明晰的解释确实很难。我是奥克姆原则的忠实信徒。这一原则指出，说明事实的最简单的解释必定是正确的解释。由于在我们结婚的前一年我还只是她的汽车司机，由于我"撤掉了"（这是她的原话）我所夸下的说我根本不在乎去杀死她丈夫的海口，由于我还是个在棕榈滩没有豪华住宅、自然也就不能扶她走上大理石楼梯的前囚犯，因而，我总也没搞明白，她为什么渴望嫁给我这个相貌平平的家伙，除非她真的感到在她的心中荡漾着一种有益于健康的善良意愿。我可不清楚。有一阵子我们在床上弄得很快活，但那是理所当然的事。要不为这个，女人干吗要同地位比她低下的男人结婚呢？后来，当我们的关系破裂后，我开始怀疑，她的真正的情感热点是不是想暴露出我的虚荣心下面的那条深渊。真是恶魔的把戏。

这不要紧。一旦我们搬到普罗文斯敦，我只想说，她就证实了自己绝非什么伪君子。如果你是个伪君子，你可不能搬到普罗文斯敦去住，要是你想到那儿出人头地，你也最好别去。将来总会有那么一天，我要让我们本地那独一无二的阶级制度把社会学家的牙给硌下来。正如倘若有机会，我准备讲给杰西卡·庞德听的那样，这个镇子一百五十年前曾是个捕鲸港。科德角的新英格兰船长为镇子的发展做出了贡献。他们从亚速尔招来葡萄牙人当水手。后来，新英格兰人和葡萄牙人通婚了（就像苏格兰—爱尔兰人与印第安人、卡罗来纳那些好向女人献殷勤的男子、女奴、犹太人及新教徒所常常实践的那样）。现在，有一半葡萄牙人起诸如库克·斯诺这样的新英格兰名字。这些葡萄牙人不论他们具体叫什么名字，总之是他们占领着整个镇子。冬天，葡萄牙人统治了全镇，从捕鱼船队到市镇管理委员会，从圣彼得教堂到低级警察，还有绝大多数中、小学师生。夏天，葡萄牙人是镇子上十分之九房间的主人，一半以上的酒吧和"卡巴荣"餐馆都是他们开办的。在社会体制这台机器中，他们充当着润滑油和齿轮。正如你所知道的，镇上最富有的葡萄牙人的邻居就可能是最贫穷的人。要不是有一层新刷的油漆，你根本看不出到底谁富谁穷。我从未听说过葡萄牙人的儿子进像样的大学读书。也许，他们对大海的神谴太敬畏了。

所以，如果你想靠海捞点钱，你就得等待夏天的莅临。到那时，自纽约来的精神分析学家、有艺术修养而又腰包鼓鼓的文人骚客被淹没在由同性恋者、捉毒品犯子的暗探、毒品贩子、来了一半的格林威治村人①与索霍区人②所构成的广阔的景观之中。画

---

① 格林威治村：纽约市的一个地区，位于华盛顿广场以西，一度是艺术家、作家及演员汇集的地方。此地犯罪率很高，吸毒者很多。
② 索霍区：伦敦市中心一个繁华娱乐区，饭店、酒馆、妓院林立。

家、看上去颇似画家者、摩托帮、惹是生非者、嬉皮士、垮掉派及他们的孩子,再加上日以万计的游客,纷至沓来,他们从美国各州驱车而来,花上几个小时,看看普罗文斯敦到底是个什么样儿,因为它毕竟位于地图的末端。人们都对路的尽头充满着热情。

在这样一个住的全是本地人的闷热而拥挤的小镇上,最雄伟壮观的别墅(其中有一两幢例外)便是海滩小屋,中型的海滩小屋;在一个旅游胜地,竟然既没有高楼大厦(仅有一幢)、没有豪华的旅馆,也没有像那么回事的大街!——普罗文斯敦仅有两条长街(其余的只是小胡同而已)——在一处海湾小村,最大的林荫道竟然是一座凸式码头,低潮时,吃水深的游艇靠岸时会直打晃;在那里,衡量你服饰好坏的标准竟然是你丁字领短袖运动衫上的标志,那么,在我们这个小社会中,你如何能爬上去呢?所以,要是想出名,你用不着大摆宴席。但是,如果你是帕蒂·拉伦,你就得这样做了,因为,在她那间夏季起居室里,一百个看上去很有趣,也就是说,看上去稀奇古怪的人是用来消解她心中的粗暴与狂荡情绪的最少人数。帕蒂·拉伦这辈子可能只读过十本书,其中一本就是《了不起的盖茨比》。你猜她怎样看自己!和盖茨比一样着了魔。当宴会开到深夜时,倘若月亮升得很晚,可又大又圆,她便会抄起那支啦啦队的小喇叭,就在半夜,吹起撤退号,你可千万别告诉她这时吹撤退号不是时候。

不,州警是不会喜欢我们的。他们同飞机驾驶员一样小气。得不到什么好处,他们才不会舍得掏腰包呢。像我们这么铺张浪费非激怒他们不可。此外,头两年夏天,可卡因就放在桌上的一个碗里。帕蒂·拉伦喜欢站在门口迎接来宾,把手放在屁股上,站在充当撵走捣乱分子角色的那个人身边(几乎总是有个本地小伙子喜欢干这种活)。帕蒂·拉伦是那种能够充分利用陌生人的女人。我们家的门都给挤坏了。专抓毒品犯的便衣警察所吸的可卡因绝不少于到场的任何一个吸毒者。

然而,我不能装出私下里我对那碗可卡因仍处之泰然的样子。因为关于能不能把可卡因摆在明处这件事,我同帕蒂·拉伦曾争吵过。我觉得,帕蒂的毒瘾比她自己所认识到的还要严重。如今,我恨透了那些白玩意儿。我一生中最糟糕的一年便是我做白雪①生意那一年——我因为贩毒罪到监狱里转了一圈。

不,州警不可能太喜欢我。可也很难相信,在这冰冷的十一月的下午,他们会聚在一起对我那一小块大麻地施行精神报复。要是在夏日的狂乱之中这倒有可能。去年夏季,正是烤人的八月,我得到一份令人恐惧的秘密情报,说大搜查已迫在眉睫,我冒着中午的炎热跑到特普罗(人们通常认为,中午割大麻是件很粗鲁的事,这将使大麻精神分裂),把大麻割倒,然后很荒唐地花了一夜时间(不得不解释一下,那天晚上我没参加什么宴会)用报纸把新割的大麻包好,存放起来。我既没割好、包好,也没保存好。所以,我可不相信雷杰西对我那长了一年的大麻质量的奉承话(也许帕蒂·拉伦偷偷塞给他的是几支卷得很好的泰国大麻烟,她蒙他说这是我们家种的)。我九月份刚割的那茬大麻同样有股味,

---

① 美国俚语,指可卡因。

我称之为心理差别。它闻上去有股子特普罗的森林与沼泽地气味，尽管如此，我仍旧相信它是我们这个海岸小镇所特有的"雾状"植物。你可能抽上一千支，也不会明白我说的是什么意思。但我确实是以优越的条件来种大麻的。如果谁想享受享受与死者交谈那种富于幻想色彩的浪漫情趣或至少是品尝品尝死人向你低声轻诉的奇异滋味，那请抽上几口我种的大麻烟吧。我认为这应当归之于多种因素，其中之一便是，特普罗那里的森林常常闹鬼。几年前——从现在算有十几年了——一个年轻的葡萄牙小伙子在普罗文斯敦杀死了四个姑娘，肢解了她们的尸体，然后把她们埋在那片地势低洼的森林中的几个不同地方。那几个死去的姑娘和她们那冰冷麻木、残缺不全、充满怨气的样子总是十分清晰地悬浮于我的脑际。我记得，今年我割大麻——这次我又是匆忙草率地干完的，因为一股飓风（后来，它转向了海面）正要向我们袭来，不错，这股狂风的确是风力很猛——是在九月中旬闷热、阴沉、狂风将至的一天。可怕的大浪拍打着普罗文斯敦的防护大堤。镇上的人都忙着钉防暴风雨的窗子，我却正在八英里以外的特普罗森林里挥汗如雨，就像一只被围在一群发疯了的甲虫中间的沼泽地大耗子。多么富有复仇色彩的恶劣天气啊！

我记得，我以仪式上所必需的耐心割着每一棵大麻，在割刀作用到我胳膊上的瞬间，我努力感受这种植物的生命。大麻被割倒后就走完了它生命旅程的一半。现在，它的精神存在将取决于它同随便哪个准备抽它的人——恶人、歹人、喜欢冥想的、滑稽的、好色的、大彻大悟的或爱搞破坏的——的交流能力。实际上，在割大麻时，我就试图来一次彻底的反思，但（这也许是甲虫狂暴、恐慌或飓风将至的缘故吧）还是匆忙草率地割完了事。我不由自主地用刀在根上乱砍了一通，然后又急急忙忙地把它们收拢到一起。作为补偿，我尽量细心地晾晒了它们，又将地下室里一个从未用过的柜子拿来当临时烘干室。在那混浊的空气中（我曾在柜里放了几碗面碱，以防它变潮），大麻获得了真正的休息机会，在那儿它们能够躺上几个星期。我把叶子和嫩芽撸下来，放到装咖啡的小广口玻璃瓶中，而后再压上一个红色橡胶垫儿（我嫌恶用尼龙袋或塑料袋装这样精美的东西）。但抽它们时，我发现每支大麻烟里都有收割时那股子狂暴劲儿。我和帕蒂争先恐后地去弹奏令人作呕的新曲调——我俩一会儿感到嫌恶，一会儿感到嗓子眼儿火辣辣地疼。

尽管如此，那次收割的大麻（我习惯于称它飓风头）还是开始对帕蒂的大脑产生了有些言过其实的影响。帕蒂·拉伦认为，她有一种通灵的力量。我们应当相信她，她有通灵力量这一事实，倘若我们用奥克姆原则来分析，就可以解释她为什么选中了普罗文斯敦而没选择棕榈滩这个难解之谜。其原因是，正如她本人所声称的那样，我们那片海岸像根布满了螺旋的柱子，而海湾呢，则弯曲深凹。这种景致同她发生了共鸣。有一次，她喝得醉醺醺地对我说："我一直是个好胜的人。在我当中学生啦啦队队长时，我就知道我将大出风头。我想，我要是占不到足球队一半队员的便宜，那他妈的可把人羞死了。"

"哪一半？"我问道。

"进攻那一半。"

那便是我俩之间刻板的交流形式。它将把水抚平。她可能会咧嘴笑上一阵,而我呢,则只能献给她两片微微掀开的嘴唇。

"你的笑干吗那么恶毒?"

"也许,你还应该去占那一半的便宜。"

她很得意这句话。"噢,蒂姆·麦克,有时你也真挺好的。"她狠狠地吸了口飚风头。当她吸烟时,她对那个东西(究竟是什么东西,我也说不好——我希望我能做到)的饥渴劲儿栩栩如生地显露出来。接着,她嘴唇朝上一翘,露出牙来,大麻烟沸腾了,好像汹涌的大潮挤过窄窄的小门似的。"的确,"她说,"我是以一个好出风头的角色开始我的生活的,可在我头一次离婚后,我就决心去做个女巫。打那时到现在,我一直是个女巫。你对此是怎么想的?"

"祈祷。"我说。

这句话差点把她笑死。"我要吹我那个小喇叭了,"她对我说,"今晚月儿真亮。"

"你会把鬼城吵醒的。"

"我就是这么想的。我可不想让那帮王八蛋睡好觉。他们的势头也太大了,得有人管管才是。"

"听上去你像个好女巫。"

"我说,亲爱的,我是个白皮肤的女巫。金发女人全是女巫。"

"你可不是什么金发女人。你那毛蓬蓬的头发说明你是个浅黑型的白种女人。"

"那是肉欲色。我那毛蓬蓬的头发以前可是金黄金黄的。我是在和那个足球队一块出去时用炽烈的欲火把它烧焦的。"

如果她总是那样，我们便会一直喝下去。可又一口大麻烟把她推到了为飓风头所摇撼的海角之上。于是，鬼城开始骚乱起来。

我也别假装她那些神道道的话语对我毫无影响了。我从未能以哲学的方法将那关于幽灵的说法解释清楚，当然也就没得出任何结论。在我看来，人死之后仍能生活于我们的大气层的某一沟谷中的说法，与说人死之后其身体的什么部分都荡然无存了同样荒唐。的确，倘若从人类对物质作出反应的光谱上分析，我倒认为，有些死人会一直待在你身边，有的呢，则离你远远的，或者干脆彻底绝迹了。

然而，鬼城实在是个奇迹。每当你抽飓风头时，它就变得现实起来了。一百五十年以前，这一带海面捕鲸业仍很兴旺。在普罗文斯敦港对面的海岸上，一座妓女城拔地而起。如今，一切都荡然无存了，只有那一片光秃秃的沙滩还在。在捕鲸业衰败后那几年里，人们拆掉了鬼城的库房和妓院小屋，把它们放到木排上。然后漂过海湾。普罗文斯敦有一半老房子是靠鬼城的小屋来扩建的。所以，飓风头可能会使我们的情绪变得特别古怪，但我以为，帕蒂·拉伦那些令人赞叹的行为不能说不与我们那幢房子有关。房子的窗台、饰钉、小梁、墙壁及屋顶等，有一半是一百年前用船从鬼城那边运过来的，这样，我们就成了那个已逝世界的最为形象的残存部分。业已消亡了的由妓女、走私犯与腰包塞满了刚刚领到的薪水的捕鲸渔夫所组成的克朗代克[①]依然活跃在我们的墙

[①] 克朗代克位于加拿大西北部与阿拉斯加交界处，20世纪初曾在此发现富金矿。

壁之中。甚至还有些坏透了的被抹了脖子的家伙，在没有月亮的夜晚，在海岸边，他们点上一堆火，使来往的船员误以为自己正在绕过一座灯塔。这样，航船便会急切地靠过来找码头，结果被搁置在浅滩上。于是，这帮小鬼把深陷于泥沙中的航船洗劫一空。帕蒂·拉伦声称她能听到船上那些试图摆脱抢劫者的水手们惨遭杀戮时所发出的哭嚎声。鬼城展示了一幅由娈童、鸡奸者与妓女所构成的《圣经》般的景象。透过岁月的浸染，这幅景象传到了每个胡子沾满鲜血的海盗身上。当时，普罗文斯敦同鬼城之间的距离恰好得以维持住在白人教堂和望夫台酒家那儿所通行的新英格兰礼仪。当捕鲸业衰败后，鬼城的小屋漂过来供我们使用时，这是一次多么有趣的幽灵大联合啊。

我们住在我们那幢房子里的第一年，鬼城的某些春情注入了我们的婚姻生活。一百多年前妓女与渔民在一宿交欢时所勃发的那种淫猥下流的力量传到了我们身上。正如我所说的那样，我可不想去争辩他们是不是真的可能跃动于我们家的墙壁中——我只想说，我们的性生活没遇到一点儿麻烦。实际上，我们那些看不见观众的淫欲，逗引得我们的床上戏锦上添花。美满的婚姻生活可能会使你感到你每晚都像是在享受不用交费的狂荡——那便是，你用不着去看那个正在操你老婆的邻居的脸。

然而，如果最明智的经济法则是，不要欺骗生活，那么，最强有力的幽灵法则就是，别去剥削死亡，它们都可能是千真万确的。既然帕蒂·拉伦走了，那么大多数早晨，我就不得不与鬼城里那些看不见的家伙一起过了。因为，就算我妻子和我不在一块儿，她的有些自炫的敏感似乎依然寄居在我的心灵中。我早晨醒来不睁眼，原因之一便是我听到了说话声。我相信，那已逝的一百年前的新英格兰妓女在这阴冷的十一月的清晨是不会吃吃低笑的。好多个夜晚，我和狗，就像蜷缩着身体躺在已熄灭了的火旁的孩子那样，依偎而睡。偶尔，我自己要吸上一支飓风头，可结果呢，却少有明显的效益。这句话你当然很难听懂，除非大麻烟成了你的向导。我坚信，在窘困、痴迷的大海上航行，它就是仅有的灵丹妙药了——你会载着对提出了二十年的问题的答案而满意地返航的。

然而，既然我在孤苦伶仃地生活着，飓风头也就失去了原有的效力。我的脑海空空如也。不过欲望却很强烈，我可不怕说出我的欲望是什么：蛇正从黑暗中慢慢地爬出来。所以，在前十天，我根本没沾我那些大麻的边儿。

能否解释清楚，我为什么会这样不情愿地去接受警察局长那如此宽宏的忠告呢？

我一回到家，马上钻进车里。我把车开上公路，冲着特普罗方向驶去。就是在这时，我也没肯定，我是不是真的要把我藏的那些飓风头挪走。我可不愿意去打搅它。但另一方面，我又确确实实不想为了它而去蹲监狱。

雷杰西对我的一举一动可真是了如指掌啊！我甚至说不清楚我为什么要在大麻地边选了个藏烟的地方，但我的确这样做了。在一个涂了漆、抹了油的钢制军用床脚箱里，摆有二十个玻璃咖啡广口瓶，里面装满了精心割下的大麻叶。我把它藏在了一棵最显眼的松树下面的地洞里。这棵树离那条凸凹不平的林中沙土岔道有二百码远。岔道上，草木郁郁葱葱。

是的，在特普罗森林那可供选择的洼地中，我只选择了离我那片仅有花园大小的大麻地不远的一处来掩藏我的大麻。在那儿藏东西可太不理想了。任何一个从小岔道走过的猎手（他们每年都要走过几回）都可能辨认出那儿的农作物的特征，这样，他们便会用点儿力气在附近搜寻一番。在藏有军用床脚箱的洞口，我压了一块大石头，在石头上培了只有一英寸厚的土，覆盖住一些踩倒了的青苔。

但是，这个特殊的地方对我来说还是蛮重要的。蹲监狱时，我们所吃的东西全是从美国最大的食品公司运来的。哪怕吃一小口食品也都要么是从塑料袋、纸盒箱里倒出来，要么是从铁听里抠出来的。如果把它们从农场到加工厂、再从加工厂到我嘴里的各段路程合到一块，我估计，平均起来，它们大都周游了二千英里。所以，我找到了包治百病的秘方：别吃这样的食物，它们的生长地离你家实在太远了，远到要是徒步走，你一天都运不回它来。真是个有趣的想法。尽管没多久我就不再去寻思实施它的方法了，但它却让我加倍看重我的那块大麻地。我将我的大麻储藏在养育它的那块土地近旁，就像那被放在葡萄园的荫凉处会日渐醇芳的葡萄酒一样。

因而，当我想到要挪走军用床脚箱时，我就感到一阵发怵，这同我今天早晨醒来时所体验到的差不多。诚然，我不该去动那些东西。但我还是调转了车头，把车开上乡间小路。顺着这条小路（再过一两个十字路口）车子会一直驶到森林中间的沙土道上。我放慢车速，开始反省，今天我究竟想了些什么。和阿尔文·路德交谈时是不是冷静沉着，考虑是不是周全呢？那个刺花纹到底是从哪儿来的？

这时，我不得不停下车来。那个刺花纹是从哪来的呢？这个想法可能头一次爬上我的脑际。没有任何前兆，我几乎和那条狗病得一样厉害了。

可以告诉你，当我能再次向前挪动我那部破车时，我那股荒唐的认真劲儿就像一个刚刚躲过撞车危险的蹩脚司机在重新踩动油门儿时所表现的那样。我的车慢腾腾地爬着。

在这冰冷的下午，我的车就以这么个速度驶过了特普罗的乡间便道——太阳不会再露脸了吗？——我仔细观察着树干上的地衣，好像它们的黄色孢子有好多话要讲给我听似的；我目不转睛地瞅着路旁的蓝色邮筒，似乎它们便是安全的保证。我甚至把车停到十字路口旁边一个发绿的铜牌前，读着上面刻着的金属字。牌子上的字所纪念的是一个在过去的某次战争中阵亡的本地小伙子。我路过了许多篱笆墙，墙里是一座座已变灰了的木板盐盒子，房前的市道是用碎贝壳铺成的，依旧散发着大海的气味。今天下午，林子里风很大，无论在哪儿停车，我都能听到喃喃的低语声，好似大浪正掠过树尖。没多久，我又开车出了林子，驶上了高低不平的山间小路，穿过了荒野、蹚过了沼泽地与小盆地。我看到路旁有口井，便停下车，走了过去，低头往井底瞅了瞅。我知道，在那儿，青苔是会冲着我反光的。没一会儿我又驶进了林子，人工铺成的路到此结束了。现在，我不得不挂到最低一挡。车子在沙土路上晃悠着，时而保时捷车的这边刮在了灌木丛上，时而那边刮在了树枝上。车辙中间的小土包又太高，我不敢骑着辙印走。

当时，我也拿不准我能不能把车子开过去。几条细细的涓流爬过路面。有几次我不得不把车子驶进浅水中，因为在那些地方，两旁的树木茁壮而葱茏，枝叶错杂虬结，形成了一条由树叶搭成的隧道。我一直喜欢在没有阳光的下午开车穿过特普罗的小山和树林，它们是那样令人感伤、那样羞怯恬适。甚至在冬天，要是和这儿比起来，普罗文斯敦也繁华得好像是个矿山小镇。站在这儿的任何一座小山头上，如果风像今天这么大，你都会看见，在远方那波涛翻涌的海面上，有一道白浪花与光线辉映而成的白线，而低地的池塘呢，却仍是黑乎乎、脏兮兮的青铜色。在大树林这块调色板上，所有的一切似乎都游动于这两种颜色之间。我喜欢丘草的暗绿，我也喜欢野草的淡黄。在晚秋，当血红与橘黄自叶中褪去后，什么都变得灰、变得绿、变得棕了，但这三色的结合构成了一幅多么美妙的图画啊！我过去常常见到的那种色彩的变幻今天又展现在我的眼前了：在田野灰与瓦鸽灰之间，在淡紫灰与烟雾灰之间；在欧洲蕨褐色同橡子褐色之间，在狐狸褐色同焦茶褐色之间；在家鼠灰与野百灵灰之间；青苔的瓶子绿、水藓苔和冷杉绿，冬青绿和地平线的海水绿。我过去常常是，一会儿看看树上的地衣，一会儿又瞧瞧地里的石楠，目光在池塘野草与红色枫叶（不再红了，已变得灰褐）之间来回滑动着。油松和小橡树丛溢出的清香依然飘浮在森林中。大风伴着海浪的呼啸声掠过树梢："所有活着的，争取再活上一次吧。"这是海浪喊出的声音。

所以，我把车停在了我既能看见大海又可瞧见池塘的地方，试图以这些柔和的、引人怀旧的色彩使自己平静下来。可是眼下，我的心却跳得很快。我继续朝前开去，来到沙土路旁边那条岔道上。我停下车，钻了出来，努力去唤回以前这片树林曾带给我的那种独自一人的纯洁感。可我没能如愿。前几天这儿有人来过。

我一踏上几乎被灌木丛吃掉了的小道，这种感觉就更为明晰了。我并没停下来寻找痕迹，但我毫不怀疑我一定能找到一些。树林的细微变化能够昭示出曾有人来过这一事实。当我冲着那只军用床脚箱走去时，我又浑身出汗了，就像我在那个酷热的九月下午飓风将临时抢收大麻时所体验到的那样。

我走过大麻地，大麻茬被雨打倒在地上。我今年九月抢割大麻时的那种羞耻感让我觉得非常不舒服，这就和你遇见一个曾慢待过的朋友时的情形差不多。所以，我在地头站了一会儿，像是在向它们致敬。不错，我这块地笼罩着一种墓地的气氛。但我不能在此久留，我实在恐慌得要命。因此我急忙顺着小路走了下去，穿过了一块空地和一片灌木丛，越过了一株发育不全的小松树。再走几步就是那棵最古怪的树了。在林中沃土里拱出一个不大的沙岗，沙岗顶上长着一棵矮小的松树。这棵树长得七扭八歪，树根紧紧抓在沙岗上，枝杈都伸向同一个方向，它们歪斜虬曲地盘在一块儿，被风刮得规规矩矩，好似一个跪着的人，只有在最后才把手冲天一扬，做着祈祷。这便是我的那棵树。在树根下有一个小洞，其大小只容得下一头小熊。洞口压了块大石头，石头上是一层曾被多次掀起又重新盖上的青苔。现在,我看清了,有人碰过这个洞,洞口旁边乱糟糟一片,和肿起的伤口把肮脏的绷带挤到了一边那副形象没什么两样。我挪开石头,将手伸进了洞里。我的手指连摸带抓地抠进了松软的沃土,像田鼠吃食似的。我摸到了一个东西,它可能是肉,也可能是头发,还可能是湿海绵。我实在不知道是什么,但我的手可比我本人勇敢多了,它们将残土扒拉到一旁,从中拽出个塑料垃圾袋来。我戳开它,狠狠地朝里瞅了一眼,登时被吓得大叫起来,就和一个人从高处往下摔时的失声悲嚎一样凄厉。我看到了一个人头的背面。头上的长发尽管染上了土色但仍旧金黄。我想看看其脸面模样,但令我惊恐万分的是,还没等碰上一下,脑袋就自己滚进了袋子——割下来的!——我知道我不能再去看它究竟长什么样了,不能,我把袋子推回洞里,压上石头,根本就没想到要去覆盖什么青苔,便窜出林子,爬进车里。顺着那条中间高两辙低的沙土路,我把车子开下山来,车速快得补偿了刚才来时由于过分小心所损失了的时间。到家以后,我坐在椅子上,灌着没掺水的波旁威士忌,试图使自己平静下来,这时,我才如大火烧心般地痛苦地意识到,我甚至还不知道埋在洞里的那颗人头到底是帕蒂·拉伦的呢,还是杰西卡·庞德的。当然我也搞不清我是该怕我自己呢,还是该怕别人。夜这么快地笼罩了我,我竭力想使自己睡着,这时,那件事就成了一种用什么语言都无法表述的恐怖了。

三

天亮时，我听到说话声。朦胧中，我细心听着鬼城里的人说话。

"噢，蒂姆，"有人说道，"你是两头点蜡呀：脑袋和卵子，鸡巴和舌头，屁眼和嘴。你的灯芯里有没有油了？好像恶人会告诉你。"

他们说："嘿，蒂姆，别舔妓女的大腿了。要尝尝老抹香鲸的滋味你是有点过头了。把要死的老水手还给我们。把失踪的那些人的浮渣还给我们。再见了，亲爱的朋友，我们会诅咒你这幢房子的。"

还是让我讲讲我所能领悟的吧。恐怖并没能使我们打发掉寻找一个清晰思路时所失去的时间。我从噩梦中惊醒，在恐怖中睡觉，使我终于找到了一个结论。假设我没干这件事——我怎能肯定没干呢？——我还是要问：谁干的？肯定是那个知道我那块大麻地的人干的。这就直接牵扯到我妻子——除非我在地洞里摸到的那束头发是她的。所以我得到了这么个结论，我必须再到林子里看看。可是，那堆沾满泥土的金发深深地印在我脑子里，清晰程度好似肩膀被拉错环时那种雷鸣般的剧痛和令人头昏目眩的闪电。我知道我不能去。我这个人优柔寡断。我宁愿在最后一个怯懦的脓包中烂掉。

我不愿说出我是怎样度过夜晚的原因是不是很明显？迈出富有逻辑性的每一步怎么费这么大的劲的理由是否得到证实了？现在我明白了，试验室里的老鼠在迷宫中是如何得的精神病。迷宫的每个拐角差不多都有电击点。假如埋在那儿的真是杰西卡，该怎么办？我敢肯定是我干的吗？

从另一个角度看——寻思出这种可能性所花的时间可能够我开车走上一百英里远——如果庞德和潘伯恩回了波士顿，或者现在甚至已经回了圣巴巴拉，或者回了由于他们的放纵把他们撵出来的那个地方，那么，那颗人头就一定是帕蒂的了，这推理的结果使我悲痛欲绝。悲痛和让人讨厌的辩解的冲击——只有另外一个新的恐惧才阻止了这一冲击。除黑先生外谁还能对帕蒂下毒手？如果真是这样，我还安全吗？

在陌生的黑色纨绔子弟中，你会感到泰然自若？夜里，当你感到有个黑色纨绔子弟可能正在找你时，试着这么想想。甚至拍击海岸的每个浪头，被惊醒了的每只海鸥都成了入侵者：我能听到撬窗声与压门声。

这真是一种可耻的退化。我从没把自己当作英雄。我父亲心地善良，意志坚定，可称为英雄。但平常我并不认为自己是个没胆量的男子。我能替朋友辩护，我能自己包扎伤口，就是伤口溃烂了也不吭声。我想我行我素。可现在，每当我脑袋清醒得能够琢磨出一个新主意时，恐慌就把我毁了。我就像条在一间陌生的房子里的小狗。我开始害怕起我的朋友来。

肯定是知道我在那"藏大麻的那个人"干的。这是用逻辑推出来的。所以，在这人造的黎明中，我意识到，明后天在大街上碰到朋友时，我不能相信他们的眼神。我就像在很滑的大陡坡上骤然跌落的人那样，手里只抓着个冰柱，可他刚想抓紧时，冰柱碎了。我知道，如果我不能回答第一个问题，那就是：快说！我是凶手吗？——那我会接着往下滑。疯狂在坡下等着我。

然而，当黎明真的到来时，我还是听到了海鸥的叫声，它们追逐嬉闹，叫着，声音响亮，把夜里的小鬼赶跑了。在我睡得迷迷糊糊时，我听到了鬼城人的恳求声，为什么这种声音在蒙眬中叫得最响，好像醒来和睡着相距万里呢？让我感到一丝宽慰的是，这时，我还能想起"小鬼"这个拉丁词。You larvae[①], you ghosts！[②] 在埃克塞特，他们的拉丁语教得很好。

我抓住这宽慰不放。在监狱里，当一个罪犯与另一个发生冲突时，恐惧就像天要塌下来似的压在你心头，这时，哪怕想起一点点使你愉快的事，它的价值就同投入深渊里的绳索的价值一样。这我知道。把精力集中在那件令人愉快的事上，不管它是什么事，你就能把手搭到深渊的边上。所以，这时，我努力去想那些遥远的事，想到了埃克塞特和拉丁语。我用这种方法，与其说想隔绝恐惧倒不如说想使自己平静下来。所以，我又接着想下去。我想到了第四十五大街十号路西边那幢公寓的一间摆有家具的小屋。我七十岁的老父亲现在就住在那儿。这种思维方式帮助我又一次看到了那张

---

① 拉丁语：你小鬼。
② 英语：你小鬼。

他摁在镜子上方的纸条，看到了他一笔一画写在上面的字。纸条上面写着：interfaeces et urinam nascimur。父亲用花体字在下面签上了作者的名字：圣·奥多恩·克卢尼。父亲的外号（我想在这儿提一下）还是大麦克，根本不管麦克唐纳汉堡包的尊威。

"我说，你这是干什么？"当我头一次看到镜子上那张纸条时，对大麦克说。

"用它提个醒儿。"父亲回答。

"你可从没跟我说你懂拉丁语。"

"在教区附属学校，"他说，"他们想方设法教我们。我也只记得一个半个的。"

"从我认识的一个牧师那儿，史蒂夫神父。他常与红衣主教闹别扭。"大麦克用动听的音调说，好像那是要向神父询问的第一条品德。

不要紧，我懂得的拉丁文足够翻译这句话的。"interfaeces et urinam nascimur"的意思是"我们出生在屎尿之间"。与码头搬运工的吊钩打了一辈子交道的大麦克还真有点文化呢。

这时，床头桌上的电话响了，我立刻料到这是父亲打来的。我们好长时间没通话了，但我敢肯定必他无疑。我有一种能力，甚至就在我的朋友拿起话筒准备给我打电话时，我都能想到他或她。常有这种事，所以我不再感到奇怪。可今天早晨，我却认为它是一种信号。

"喂，蒂姆吗？"

"我说，道奇，"我说，"咱们扯扯魔鬼吧。"

"行。"他说。说话声告诉我他醉成了什么样。他这个"行"字向你展示了与酒打了六十年交道的脑袋里面的荒凉景色。(当然,我们假定他从十岁起就开始喝酒。)

"蒂姆,"他说,"眼下我在海恩尼斯。"

"你到科德角做什么?我原认为你不喜欢旅行。"

"我到这儿有三天了。弗兰基·弗里洛德退休后就住这儿。我没告诉过你吗?"

"没有,"我说,"他现在怎样?"

"他去世了。我正给他守灵呢。"

对父亲来说,老朋友的去世是很可怕的,就像你房子边上的悬崖坍塌到海里后你感觉到的那样。

"我说,"我问道,"你干吗不来普罗文斯敦?"

"我一直在想这事呢。"

"你有车吗?"

"我可以租一辆。"他说。

"不用,我开车去接你。"

他好长时间没吭声,但我不知道他是在想他自己还是在想我。过了一会儿,他说:"等两天再说吧。寡妇这儿的乱事还没处理完。"

"行,"我说,"你想来就来吧。"我认为我并没向他透露出我现在的悲惨处境,可大麦克说:"你怎么样?"

"我妻子不在家。她走了,这倒没什么。"

停了好一会儿,他才说:"行,我会去看你的。"把电话挂了。

然而，这一来，他倒给了我一些从床上爬起来开始一天生活的办法。

说到醉酒，我就像个马上要犯病的癫痫病人。如果我注意自己的一举一动，不绊跤或不迈错步，如果我不猛地一下转过头去，不乱动，那么，我可能会平平安安地度过这一时期。我独自苦思并不是想消除身体的痉挛，而是想驱除女巫的叫春声。独自苦思意味着，我只允许自己去想些特殊的事，而不去想别的。

由于眼前我所碰到的问题和没包扎的伤口一样，碰不得——甚至只要一想到那个刺花纹，它就颤动不止，所以作为一种补偿，我发现今天早晨回想父亲的往事是一支镇静剂。我无须去想些叫人愉快的事。我甚至能够徘徊在往日的痛苦之中，但只要它们抱住过去不放，就是遐想的好材料。过去的悔恨成了使我保持平衡，不至于滑到我现在这种地步的砝码。

比如，我又想到了米克斯·沃德利·希尔拜三世。我这辈子在坦帕住过一个月。那时，我每天早晨醒来时，都盘算这么个问题：我和帕蒂怎样才能成功地杀了他。现在想起那件事对我来说毫无痛感。的确，它使我的注意力集中在两个绝妙的理由上。对我来说，它们就像两个驮篮，左边一个，右边一个，保持平衡。一个是，我几乎没杀沃德利。我甚至渐渐认识到我不是杀人那块料。就是在今天早晨也没什么歹意。另一个是，我没去想我在坦帕认识的那位和帕蒂住在一起的希尔拜先生。正相反，我是在想我与他在埃克塞特读书时，那种叫人难以理解的结合。这种结合与父亲有关。确实，这使我想到我与大麦克一起度过的，我认为是最好的日子。

米克斯·沃德利·希尔拜三世，我们最好还是再重复一遍这个名字，是监狱里我唯一认识的犯人。他和我在埃克塞特是同班同学。令我难忘的是，我们俩在毕业前的最后一个月的一天早晨，一起被开除了。在那之前，我根本就不认识他。希尔拜是个窝囊废，而我则是个出色的运动员。他步他父亲的后尘，在埃克塞特学习四年；我从长岛高中毕业后，在埃克塞特只靠体育奖学金读了秋季和春季两个学期。（我母亲想让我去读哈佛。）我竭尽全力在一个不能及格的埃克塞特队，履行我"铁大门"的诺言。（你看过东部预备学校踢球吗？）被开除那天，我们一齐走出校长办公室。米克斯·沃德利·希尔拜三世哭了。磨白了的缎子西服翻领和淡紫色的蝴蝶结就像是上刑场时穿的特殊服饰。我心里很不是滋味。甚至现在，一回想起当时的情景，我都感到四肢无力。我被开除的原因是，我抽大麻让人看见了（这在二十年前可不是件小事）。这真使校长大为震惊。希尔拜的事更糟。看他那吊儿郎当的样，实在令人难以置信，他竟然想强奸一个与他搞拥抱约会的姑娘。当时，我没听说这件事。知情的人都不愿说（没多久那位姑娘的父母也被钱封住了嘴），可十一年后，希尔拜一五一十地把这件事告诉了我。在监狱里，讲自己故事的时间有的是。

所以，今天早晨，在普罗文斯敦，当我想甩开压在我心头的那些东西时，我回忆起我离开埃克塞特那天，那令人忧烦的一天还是（正如我说的那样）叫人感到很舒服。我记得，那是二十年前的五月里的一个阳光明媚的下午，我告别了学校。我把衣物塞进两个行李袋，然后把它们连同我自己一块儿扔上公共汽车。父亲乘短程盘运火车到波士顿来接我（我给父亲打过电话，但没敢给母亲打）。我们俩都喝醉了。光凭那天晚上，我就该爱父亲一辈子。父亲（正如你从我们的电话交谈里所得到的印象那样）不爱讲话，除非在迫不得已时才说上几句。但他那沉默寡言的劲头会让你感到欣慰。他身高六英尺三英寸。当时他五十岁，体重二百八十磅。再减四十磅也没事。他的肚子就像碰碰车周围的圆形橡皮圈。他喘气很重。他的头发过早地白了，脸膛黑红，一双眼睛蓝蓝的，看上去就像镇上块头最大、最狡猾、品行最坏的警察。可惜实际上，他恨透了警察。他哥哥从生到死都长在警察局里，他们俩从没好过。

那天下午，我们俩人肩并肩地站在一个爱尔兰酒吧里（那间酒吧里面很长，长得用我父亲的话说，得叫狗来探路），他把第四杯酒喝完后，放下了杯子。这一杯和前三杯一样，都是一口见底。

"大麻烟，嗯？"

我点点头。

"你怎么给抓着了？"

他的意思是：你怎么这么笨竟给一群白人抓着了？我知道他对白人才智的看法。"有些人，"他有一次和母亲吵嘴时说，"错就错在他们希望上帝和他们在同一家商店里买衣服。"所以，我总是看父亲的眼色来改变对白人的看法。大麦克认为白人都是一群体格结实、满头银发、身着灰西装，总是用极为自负、傲慢的语调来讲话的人。听他们说话的调门儿，他们必定相信，上帝用他们来显示他的庄重。

"唉，"我告诉他，"我有些马虎大意了。可能是我笑得太厉害。"然后，我向他描述了我被抓那个早晨的情景。我在埃克塞特附近的一个湖上，与别人进行帆船比赛。我现在想不起来那个湖叫什么名了（吸大麻烟的报应）。当时，因为没风，船在水上纹丝不动。他们几乎取消了这场比赛。我对驾驶帆船一窍不通。但和我同屋的那个人会，他让我给一位教历史的老教授打下手。这位老教授的长相和穿着打扮跟我父亲对白人的看法十分吻合。他是个出色的船长，在我们学校里也可能是首屈一指的。他根本就没瞧得起这场比赛，所以才让我这个没经验的人做他的助手。但在比赛中，我们没遇到好风，运气糟透了。风刚刮起来就没了，微风把我们往前吹了一小段，然后又停了。最后，我们站在桅杆旁，大三角帆挂在船头，瞅着一条船在我们前面慢悠悠地往前荡着。船上掌舵的是个上了年纪的妇人。她的船比我们那条离岸更近。她曾打赌，说今早要是没有风的话，她单靠轻拍湖岸的浪头也能到达终点，因为浪是朝着一条小河涌去的。她这样做就对了。起初她落在我们后面有三条船加在一起那么远，现在却甩下我们有八条船远。我们只拿了个亚军，在离岸五百码远的地方，一动不动。她比我们那只老狐狸还要狡猾。

过了一会儿，我就感到乏味了。我和与我同室的那个家伙开起玩笑来。船长不吱声，忍着。但那只懒洋洋的大三角帆终于让他沉不住气了，他朝我发起火来："如果我是你，我早该闭上嘴了，它把帆上的风都弄跑了。"

我讲完以后,父亲和我笑得不得不抱在一起,转上几圈,以保持平衡。

"对,"大麦克说,"和那种人在一块,被抓着还是一种偏得呢。"

这样,我就用不着再告诉他我是怎样在狂笑和愤怒的叫骂声中,回到我的房间里的了。这些责骂真叫我有口难言。显然,在埃克塞特读一年书实在太短,还学不到有钱有势人的习惯。(噢,英国人的大派头在他的鼻子里,而爱尔兰人的脚指头长着毛。)

"我会把你被开除的事向你妈解释的。"大麦克说。

"太谢谢你了。"我知道,他和母亲可能有一年没说话。但我不能见她。她一辈子也不会明白的。从我十一岁到十三岁(而且每天晚上都不着家),她每天晚上都想方设法坐在我身边,从路易斯·昂特迈耶编写的《名诗集》中选一首读给我听。因为她的培养(和昂特迈耶那本诗集的熏陶),就是在不走运时,我也喜欢读几首诗。我现在不能告诉她,我的事还有别的理由。

当然了,我不得不听父亲每喝一杯就说声"它把帆上的风都弄跑了"。父亲和从前许多好喝酒的人一样,每喝一杯便重复一句。可就到这里,我再也想不出来了。电话铃响了,今天早晨已经响过两回了。我抄起话筒,没感到会有什么吉兆。

原来是望夫台酒家的老板打来的。"马登先生,"他说,"我并不愿意打扰您,但是我那天晚上发现您似乎认识同您一起坐在休息室里的那对夫妇。"

"噢，对，"我说，"我们在一块喝得很痛快。他们从哪儿来的——西边，是不是？"

"吃饭时，"他回答说，"他告诉我，他们是从加利福尼亚来的。"

"对对，我想起来了。"我说。

"我问您是因为他们那辆车仍放在停车场上。"

"这可奇了。"我告诉他，"你敢肯定是他们那辆吗？"

"嗯。"他回答道，"我肯定，一定是他们的。他们停车时，我碰巧看见了。"

"这可奇了。"我重复说。我身上那个刺花纹开始剧烈地疼了起来。

"说实话，"他说，"我希望您能知道他们现在在哪儿。"他停顿一会儿，"但我猜，您不知道。""不知道，"我说，"我不知道。"

"那个男的信用卡上的名字是伦纳德·潘伯恩。要是明后天他们还不来取车的话，我想我就得去检检他们的Visa卡了。"

"我想你是该去检检。"

"您不知道那个女的叫什么名，是吧？"

"她的确告诉我了，可是，你知道，如果现在我能想起来的话，我他妈的就不是人。如果我真的想起来了，就挂个电话给你怎么样？他的名字的确叫潘伯恩。"

"马登先生，真抱歉，一大早就打扰您，但这种事也太少见了。"

就指望这个了。挂上电话后，我怎么也不能从苦苦的思考中挣脱出来。每个念头都朝那片森林里跑。找出来！但这使我不由自主地毛骨悚然。我就像个得知患了精神病的人一样。这种病只能靠从五十英尺高的悬崖上往水里跳才能治好。"不，"他说，"我将躺在床上。我宁可去死。"他在包庇什么呢？我又在包庇什么？但是，恐惧使一切都变得可怕起来。好像我在梦中得知，鬼城里最最坏的恶毒行为都聚集在特普罗林中那棵树底下。它们能不能钻进我的心里，要是我回去的话？那就是我的逻辑？

我坐在电话旁，惊恐万分，与肉体的痛苦一样可感触到。我的鼻孔比脚还凉，肺里烧得厉害——我开始重新让自己平静下来，这和体力劳动差不多。多少个早晨，我吵吵嚷嚷地吃完早饭后，一头钻进我那间位于最顶层的小屋，在那儿，我俯瞰着海港，试图写点东西。我学会了每天早晨怎样分开我生活中的所有残骸，就像从一碗汤中撇出不能吃的东西一样。这些残骸可能会影响我那天的写作活动。所以我有凝思的习惯，我是在两个地方养成这种习惯的，一是在监狱，二是在自己家。我学会了在家里，每天早晨，无论我妻子吵闹得多烦人，我都能工作下去。我能和我的思路朝同一方向发展下去。假如我眼前的大海狂涛四起，这没什么，我知道，要是没有其他事，现在我就必须去回想一下我父亲，而不是去问什么没有答案的问题。"别试图去想你想不起来的东西"一直是我恪守的座右铭。记忆力与性机能一样，玩命去想你想不起来的东西——无论这种需要是多么紧迫——就好像姑娘在你前面叉开大腿，可你那件东西——那条倔强的野狗硬是执拗地不动地方。你就得放弃这次艳福。我有可能想得起来，也有可能想不起来两夜前所发生的一切——我会等着，但暂时我不得不在我那恐惧的周围修筑一道围墙。所以，对父亲的每一回想，都像是块安放得很是地方的大石头。

于是，我又想起往事来。我知道心情平静的原因是默想着对父母的热爱，无论这种爱是多么令人苦恼。由于今天早晨我为自己倒了杯酒，作为我称之为合法的镇静剂，又由于我来到了三层楼上的那间书房，在那儿，我过去常常是一边工作一边观赏海湾的景色，所以我想起了有关道奇、"大麦克·马登"的传说，并冥想着他给他，给母亲和我带来的巨大损失。因为从他的个头和块头来看，他给我们的东西很少。可以告诉你，我父亲的很多东西在他见到我母亲以前就已失掉了。这是我小时候，从他的老朋友的谈话中听到的。

我记得，他们过去常常到我家来看他，一来就是一下午，然后再到他的酒吧去。当时我们住在长岛。因为他们都是些码头工人，有些人和他一样以前都在码头干过，几乎个个都是大块头。只要他们一站起来，我母亲那间不大的起居室，就像一只装得太满，马上就要翻了的小船。他们一来可把我乐坏了。从他们那儿，我左一遍右一遍地听到我父亲那伟大的历史。

几年后，有个律师对我说，要是两个证人所讲的都一模一样，那你就是在听一个谎言。如果真是这样，那么在关于我父亲的传说中一定有很多是真的了。十个人讲的十个样。但他们都会讲到过：三十年代后期的某一天，当时，意大利人把爱尔兰人从码头工人工会的领导席上赶跑了。我父亲是爱尔兰人码头工人协会的领导人之一。在他正要把车停在格林威治村的一条侧街上时，有个人从一个门口冲了出来，用45号手枪（我还听说是38号手枪）朝他连开六枪。有多少发子弹打中了他，我也不清楚。这叫人很难相信，但大多数人都说是六发。他洗澡时，我在他身上查出四处枪伤。

那时候，他因为力大过人而名声显赫。码头工人中的壮汉子肯定是个非凡的人。可在被子弹打中的那一瞬间他肯定和科迪亚克棕熊一样有劲，因为他抬头看看那个攻击者，向前迈了一步。那个带枪的歹徒（我想，他那支45号手枪里面的子弹打光了）看到他的受害者没倒下，拔腿就跑。我很难相信这些，但我父亲真的追那个小子去了。他沿着格林威治村七号大街追了有六个街区远（有人说八个街区，有人说五个，有人说四个），但真需要那么远的距离道奇才会意识到他追不上了，于是他就煞住了脚步。就在这时，他才看到鲜血从鞋里渗了出来，并觉得脑袋迷糊。他刚刚感到有些天昏地转，就转过身来，发现他就站在圣·文森特医院的紧急入口前。他知道自己不行了。他憎恨医生，憎恨那些医院，但他还是走了进去。

在值勤台旁的那个工作人员可能认为刚进来的是个醉汉。一个浑身是血、块头很大的狂人摇摇晃晃地朝桌子走来。

"请坐，"那位护理员说，"排队等着吧。"

当父亲的朋友讲起他这个故事时，他常常只是点点头或皱皱眉而已，但一讲到这块儿，他有时便要为自己说上几句。在我很小的时候，他眼里射出的那股恶狠狠的目光，对我那个已经够紧张的幼小心灵来说简直可怕极了，我曾有一两次吓得尿了裤子。（尽管在这位真正的男子汉面前，我没把尿裤子的事告诉别人。）

父亲在讲这段故事的时候，总要抓住想象中的那个护理员的衣衫，他的胳膊直挺挺地伸着，手指抠住那个小子的衣领，好像他的气会一下子跑光了似的，但他剩下的力气就足够把那个人类中的冷血动物甩到墙上。

"照顾我一下，"道奇·马登在我母亲的起居室里以低沉可怕的声音说，"我伤着了。"

他的确伤得不轻。他们让他在圣·文森特医院住了三个月。出院时，他头发都白了。从此他与工会一刀两断。我现在也不明白是在床上躺久了，便会使他元气大伤了呢，还是因为爱尔兰领导者在这场争夺权势的斗争中失败了。也许现在，他的心转向了别的地方，那个充满了难以言表的悲伤的遥远的地方，在那儿，他将度过自己的余生。这样，我还没出生时他就退休了。也许，他是因为失去了显赫的地位而忧伤，他再也不是劳工领袖了，只是个大块头。后来，他从亲戚那儿借了点钱，在南岸四十英里远处的日出公路边开了个酒吧，十八年来，他一直是这个店的老板。他的酒吧既没兴隆起来可也没倒闭。

如果按这种描述来看，绝大多数酒吧都想勤俭办店，因为通常没有多少人光顾它们。可父亲的那个酒吧就像他本人一样，块头很大、慷慨大方，不过在管理方面不很理想，即使大麦克看上去的确像个侍者。酒吧的这种气质和形状就是从他那儿学来的。

他围着块白围裙，头顶早生的白发，在那儿站了十八年，顾客吵闹时他那双蓝眼睛上下打量着他们。他的皮肤因酒类的不断流入（"这是我唯一的良药"，他常常这样对母亲说），红得使他看上去像一个气得怒发冲冠的人。其实，并不真的这样。他那张红脸叫人感到，他凶得像只在锅里做最后挣扎的龙虾。

每天，光顾他酒吧的人很多，到了星期六就会有满满一屋子人，除此而外，还有来喝啤酒的、夏季的游客、周末从长岛来到这儿幽会的情人和来来往往的渔民。他本能够发财，可他自己喝了一部分，大部分又隔着柜台给了出去。他免费为全屋子的人提供饮料。他白让人喝酒，所有免费掉的那些钱足够安葬他们的爸爸、妈妈、叔叔、婶婶的了。他无息借给别人钱，可是能要回来的并不多。他又给出去一部分，赌输了一部分。正如爱尔兰人所说的那样（是不是犹太人也这么说？），"这才是生活"。

除我母亲外，人人都爱他。随着岁月的流逝，她对他越来越冷淡了。我过去常常好奇地想，他们是怎么结婚的。最后，我认定他们见面时，她肯定是个处女。我怀疑他们之间那段短暂、充满了爱情的罗曼史，不仅仅是由他们之间的不同之处促成的，而且还应归于她也是个开明人。她公然反抗父母对爱尔兰劳动者和酒吧间那股酒味的偏见。这样，他们才结了婚。她个子不高，稳重端庄，长得很好看。她是从康涅狄格州一座漂亮的小镇来的学校教员。她的纤细与他的粗大正好形成反比。对他来说，她举止文雅得就像个贵妇人。我想，对他来说，她一直是个贵妇人。尽管他不承认，他内心深处最大的成见也还是：戴着长手套的贵妇人的手，文雅漂亮，优美动人。但他照旧爱她。他因娶了这样一位女性而感到受宠若惊。可是，他们并不是一对情投意合的夫妇。用他的话来说，他俩谁也不能把对方移到左边，连移动阴毛那么长的一段距离也办不到。要不是我在,他俩在一起待上一会儿就会感到扫兴、乏味。可是我确确实实在他们中间,所以直到我十五岁时,他们才分手。

本来一切都可能很正常,但我母亲犯了个错误。她说服我父亲从他的酒吧间上面那套占了一个楼层的公寓搬到了名叫大西洋胡同的镇子上。这真是个无声的灾难。无疑,这次搬家带给他的震惊就像他父亲离开爱尔兰时所体验的那样。我母亲所赢得的最大让步却是我父亲一辈子也不会同意的那个东西。道奇一看到大西洋胡同就怀疑它。我知道,尽管它听上去像一个滚水球场,但开发者们给他们的新兴城镇起这个名字的真正原因是我们这儿离大海还不足二英里远。设计者们把大街设计出几道弯(胡同)。制图员用曲线板在图板上画的那些道道后来就成了我们那几条曲里拐弯的街道。由于那片地平坦得就像停车场,我认为,那些S形的拐弯并不起多大作用,除非想使你看比邻的农场的房子时费点劲。比邻的农场的房子与你家的一模一样。这是个笑话,但道奇喝醉时真的找不到回家的路。这可不是笑话了。在那儿长大的人都会感到,有些什么东西从我们身上过滤掉了。我也说不好它究竟是什么东西。不过在父亲眼里,我们这些小孩都太斯文了。我们不在街头巷尾闲逛——在大西洋胡同没有直角——我们不拉帮结伙(我们有最好的朋友)。有一次,我与另一个小子打拳架。正打着,那个小子说了一句:"得了,我认输。"我们停住了,握握手。这可把我母亲乐坏了,(1)我赢了,她多年来与我父亲在一起生活的经验告诉她这会使他高兴的;(2)我的举止实在像一个绅士。我很有风度地和他握手。我父亲对此特感兴趣。这的确是个郊区。你可以和别人打起来，然后说声"我认输了"。得胜那个小子就并不会再把你的头磕在人行道上庆祝胜利。"小子，在我长大的那个地方，"他告诉我（这碰巧是第四十五大街十号路西），"你是绝对不能认输的。你可能要说：'我去死！'"

在他们离婚的前几年，有一次，我无意中听见了父亲和母亲在起居室里谈话。这真是个千载难逢的夜晚，他从酒吧回家来了。我不想听，实际上我有意躲开了，到厨房里去做作业。在这种难得的场合，当他们无意中凑在一起时，他们能坐上几个小时也不讲一句话。他们之间的忧郁有时紧张得就连电视里的音频似乎都跟着颤动。但有一天晚上，他们俩比以前近乎了一点，因为我听到母亲以温柔的语调说："道格拉斯，你从来没说过你爱我。"

这可是真的。多少年来，我几乎从来没看见他亲过母亲。要是亲的话也像个吝啬鬼从口袋里掏出用作一年花销的达卡金币那样。母亲真可怜呀。她非常慈爱，总是亲我。（但那是他不在的时候。）她从来不想让他认为我的习惯里没有男子气。

"一次也没有，道格拉斯，"她又说了一遍，"你说你爱我。"

他没吱声。过了一会儿，他用爱尔兰土里土气的音调说——这就是他表示亲昵的宣言——"我在这儿呢，是不是？"

当然，就因具有这种苦行主义，他才在朋友中享有盛名。在他当码头工人的那些日子里，有许多女人让他迷住了。不知有多少次，他都可以在晚上得到她们的一切，但他对这种事不屑一顾，因而他成了个传奇式人物。同样，他的另一个男子汉式的自豪是，他从不被迫去亲吻哪个姑娘。谁知道我那个骨瘦如柴的爱尔兰奶奶是把他放在什么样的感情冷室中养大的!他就从来都不亲别人。有一次,那是我从埃克塞特被赶出来不久,我知道道奇同他的老哥们儿在一块喝酒。一扯起大姑娘的事儿,他可就成了被燎烤的肉了。他的那些老朋友,有的满身疤痕,有的牙都掉了一半了,年纪大都五十开外,不到六十。当时我二十岁,所以对我来说他们看上去都已老态龙钟了。但是,我的上帝,他们的心可真够花花的。他们一闲扯起来,尽说些男女性交的事,好像那玩意儿就别在他们的裤裆上。

那时,父亲不但与母亲离婚了,而且还因离婚后的浪费,把酒吧间也丢了。他租了间房子住下,偶尔找个情妇玩玩,在家酒吧里做工挣点钱,会会老朋友。

我不久便发现,父亲那些老朋友每人都有个双关话。开玩笑的规则就是用这个双关话来捉弄你的老哥们。他们有的吝啬得要命,有的则有些愚蠢的癖好,如赌谁能想出大胆的企图。还有一位一喝酒就吐("我的肚子很敏感。"他常抱怨说。"对,我们的鼻子也很敏感。"他们会这样回答)。我父亲总是在亲大姑娘上被人捉弄。

"噢,道奇,"他的一位老朋友,戴南梅特·赫弗农说,"昨晚,我找了个十九岁的大姑娘,她那两片小嘴别提有多水灵了,那个甜劲呀,圆乎乎的,漂亮极了,你从来没看过。她可会亲嘴呢!啊,她甜甜蜜蜜地一笑,湿乎乎的热气直扑脸。你知道你失去了什么吗?"

"我说,道奇,"另外一个又叫了起来,"试一回吧,让让步,亲你那个娘们一口!"

我父亲坐在那儿。因为这是在开玩笑,他只好忍着。他薄薄的嘴上没一丝笑意。

弗朗西斯·弗雷拉夫,或叫作弗兰基·弗里洛德也过来凑热闹儿。"上星期,我弄了一个长着舌头的寡妇,"他对我们说,"她用舌头舔我的耳朵、嘴,她还舔我的喉咙。要是我允许的话,她还会舔我的鼻孔呢。"

他们看到我父亲脸上那种嫌恶的样子,笑得就像合唱团里的小孩似的,嗓门又高又尖,爱尔兰的男高音们可把道奇·马登捉弄得够呛。

他坐在那干听着。等他们都讲完了,他摇了摇头。因为我在跟前,他不想让别人拿他当什么耍——落架的凤凰不如鸡。所以他说:"我认为你们这些人都在他妈的说大话。过去十年你们谁也没碰过一个娘们。"看到他气成那个样子,他们高兴得嘀嘀直叫。他把手张开。"我给你们讲讲怀疑的好处,"他说,"比方说你认识几个姑娘,而且她们还真的喜欢亲嘴。甚至她们也许还会喜欢你,和你玩上几宿。行,这可能都是真的。只是你扪心自问一下:那个娘们现在还照顾你吗?昨晚她又是和谁待在一块儿?那时候,她那张嘴在哪儿呢?问问自己吧,你们这帮老色鬼。要是她能亲你,她就能吃狗屎。"

他这番话把那群老家伙乐得前仰后合。"我想知道谁在亲她。"他们在道奇耳边低声哼着。

他从来不笑。他知道自己是对的。这是他的逻辑。我知道。我在他跟前长大。

我可能还会继续想下去,但那个刺花纹痛痒起来,把我从冥想中唤醒。我看了看表,已经快到中午了。我站起来想出去走走。可一想到走出家门我就毛骨悚然。恐惧把我又逼回椅子上。

可是,眼下我感到我要还原了,真的一下子从人变成狗。我再也不能畏缩在屋里了。所以,我穿上夹克衫,出了屋子,走进十一月那湿漉漉的空气中。我装出一副刚做了件了不起的事情后表现出来的那种得意扬扬的样子。十足的胆小鬼才这么干呢。真是幕低级喜剧。

可是,一到了街上我就开始寻思起我为什么又要害怕。我前面一英里地左右矗立着普罗文斯敦纪念碑,那座碑是一根尖顶石柱,大约二百英尺高,同佛罗里达的乌费兹塔很相像。到我们海港来的人,不论从陆路还是海上,他第一眼就能看见这座塔。它坐落在镇码头后面那座风景优美的小山上。我们天天都能看到它,它差不多成了我们生活的一部分。没法不去看它。在你去波士顿以前,再没有比它更高的建筑物了。

当然,作为本地人,你永远也不必去注意它就在那儿。我可能有一百来天没瞅它了。可今天,我一走向镇中心,那个刺花纹就如同只忧虑悸动的测试表,似乎要爬遍我的全身。平常,即便朝塔那边看,我也不会注意到它,可现在我看得一清二楚。二十来年前,每当我夜里喝醉时,我总是设法想往那座塔上爬。我差不多要爬上塔尖了,手都够着了离塔尖只有三十英尺的女儿墙。

我是垂直向上爬的，在花岗岩大石块上寻找着手能抓、脚能踏的地方，最起码是寻找着能放进手指尖和大脚指头那么点的小坑。数年以后，这次爬塔的情景常使我从梦中惊醒。因为在朝上爬的过程中，有好多次，我是全凭胳膊的劲把自己硬拔上去的，在最糟的地方，我的脚指头踏在只有二指宽的突出部位上，而我的手则什么也够不着，只好手掌贴在石壁上。这真令人难以置信。可当时，我已醉得顾不上这许多了，我一直爬到了女儿墙边。

现在，我同几个攀岩探险者交谈着，因为有一两个人甚至和我一起打量着那座纪念碑。当我问他们能不能爬到女儿墙边时，他们真是张嘴就来："小菜一盘。"他们会说到做到的。有个人甚至向我讲了他采用的方法，尽管我根本听不懂他在说些什么。我可不是攀岩的材料。那天晚上，是我一生中唯一的一次在离地面约二百英尺高的墙边上度过的夜晚。但结果并不理想。打那以后我再也没有足够的胆量去试一次。

正如他们所说的那样，我把自己卡在女儿墙的悬垂上。我似乎十分相信我待的那个地方的结实程度，然后身子朝后仰，直到一只手抓住了女儿墙为止——那只是块很小的悬垂！——但我不知道该怎样爬上去，所以我把身子紧紧贴在它下面的拱洞里，后背靠在一根支柱上，脚蹬着另外一根。我就这样卡在那儿。当我把身体塞进女儿墙下面那个拱洞后，我渐渐感到力不从心。过了一会儿，我知道，我会掉下去的。我说，当时我想我从卡着的地方下去是根本不可能的。我这么想是对的。后来有人告诉我，如果不拿绳子，下墙比上墙还难。我悬在那儿，接着又卡在那儿，与此同时,我那股酒后的勇气渐渐跑光了。酒醒以后,我可真吓坏了。我开始高声呼喊,没多久,我想,我就厉声尖叫起来。长话短说,我在半夜里被志愿消防大队救了下来。救我的那个大块头消防队员身上系了个水手套(他粗得像油桶似的),从上面阳台上顺着绳子滑下来(他是摸着塔内的楼梯上去的)。最后他终于抓住了我。当他们把我俩往上拉时,我就像憋在树上六天没下来的小猫——我已闻到死神身上的气味了——他们说,我拼命撕打他,甚至在他离我稍近时我还想咬他。我怀疑那是真的,因为第二天早晨我的脑袋上鼓了个大包,这是他把我推到石头上以缓和一下青鸟的程度的结果。

那天早晨我准备坐公共汽车走。我把手提箱收拾好,刚要离开普罗文斯敦,有几个朋友来串门。他们把我看成了勇士。看样子,大家并没把我当成大傻瓜。所以我又留了下来,并逐渐认识到了为什么普罗文斯敦对我十分合适,因为这里没有一个人认为我干了件怪事或者是稀奇事。我们每个人都有些杰出的东西值得炫耀,就这么回事。你愿怎么干就怎么干好了。

我把旅行袋塞到床底下,整整一冬天没动。我想,当时我随时都可能抬腿就走——在令人不快的时候,只一句戏弄便足以可以把我赶出普罗文斯敦。我平生头一次意识到,我的精神并不十分正常。

当然,真正的病因,我是知道一些的。几年后,当我看琼斯写的弗洛伊德传,读到了弗洛伊德提出的"毫无疑问,一种潜在于我内心深处的同性恋恐惧是难以驾驭的"那种观点时,我不得不把书放下，因为我突然想到了我试图爬上纪念碑的那个夜晚。现在，那个刺花纹又疼了起来。那个难以驾驭的病态还在缠着我吗？

对了，是不是同性恋者云集的地方都有座纪念碑？我想到了在中央公园尖石碑附近徘徊的男人和男孩们，想到了华盛顿纪念碑下公共厕所大便池墙上刻着的那些请柬，请柬上不但有阴茎大小的尺寸，而且还有电话号码。在我发疯似的往塔上爬时，我到底想根除我心里的什么东西呢？《在我们的荒野上——对心智健全者的研究》作者：蒂姆·马登。

在我们镇上，还有个人，他说他是我的伙伴，因为他也曾试图爬上普罗文斯敦纪念碑。和我一样，他也没爬过女儿墙边的那个悬垂，也是被志愿消防队救下来的，尽管那个油桶似的家伙没顺着绳子滑下来（对称也有局限性）。

他是四年前爬的塔。可当时的天下是吸毒上瘾者和风骚人物的。他们在夏日的普罗文斯敦这个巨大洗衣机的搅拌桶中上下颠簸着，谁还能记得住什么呢？有关父亲的传说一直在跟着他。可在这儿，在汉克·尼森爬了塔之后，大家都把我丢到脑后了——有多少人从记忆中消失了啊！——有时，我想尼森是唯一的还记得我也曾爬过那座纪念碑的人。

然而，我真后悔，私下里我们的功绩竟然结合在一起了，因为我实在无法忍受那小子做的事。他的外号——蜘蛛是不是能有助于解释一下我的这种情绪呢？蜘蛛·尼森。亨利·尼森，后来叫汉克·尼森，最后叫蜘蛛·尼森。这最后一个名字就像一股怪味似的沾在他的身上。说起怪味来,这小子可真有点像鬣狗——在笼子的铁棍后面鬣狗眼睛里燃烧着的那股"我们一起吃臭肉"的亲密劲儿和他的表情一模一样。所以蜘蛛·尼森常常会瞅瞅我,咯咯地笑起来,好像我们俩一起玩着同一个姑娘,并换班坐在她的脑袋上似的。

他可真让我烦死了。我不知道这是不是我们俩的光荣混在了一起,并且又先后在纪念碑上出了丑的缘故。反正,只要我在街上碰到他,我就整整一天都没情绪。我知道,在他周围,有一种令人不安的气氛,好像他在口袋里藏了把刀,他要用它来剜你的肋条骨。他真就有一把刀。一个坏家伙,但每年冬天他都是镇子上和我来往的二十位朋友之一。冬天,我们就像生活在阿拉斯加一样,需要做出点牺牲。朋友是你打发时间的伴侣,有了他们你才能熬过北方那由寒冷所造就的乏味生活。在寂静的冬季里,平常不太来往的熟人、醉鬼、卑鄙的家伙和令你讨厌的人都成了该称之为朋友的那类人了,尽管凑在一块时我很讨厌蜘蛛,但我们共享了其他人都不会理解的那一时刻,即使这一时刻距今已过去十六年。

此外,他还是个作家。在冬天,只要我们打算对我们同龄人的成绩品头论足,我们就得聚在一起。有天晚上,我们挑麦古恩的错,接着又去找德雷罗的毛病。罗伯特·斯通和哈维·克鲁斯可留着以后有特殊机会时再去评论。我们对与我们年龄相仿而颇有成绩的那些人的天赋的怒骂,使许多夜晚变得生机勃勃。我对他爱不爱读我的作品,抱有怀疑态度,不过我知道我不喜欢他的作品。可我没吱声。他是我的邻居加朋友，猥亵下流、奸诈狡猾、俗不可耐。除此而外，他的大脑有一半是值得羡慕的。他试图撰写一系列小说，描写一个私人侦探。这个侦探得了截瘫，整天坐在轮椅上，从不出门，试图通过面前的计算机来侦破所有案件。他能够在大通信网上搞窃听，给中央情报局的内部通信制造些麻烦，搞乱俄国人的部署。蜘蛛笔下的侦探也插手个人计算机，以关心他人的私事。他通过购物单就能知道杀人凶手在哪儿。蜘蛛小说的主人公是个真正的蜘蛛。有一次我告诉蜘蛛，"我们是从无脊椎动物进化为有脊椎动物的。你却让我们都成了只有脑袋的动物。"说完，我看见许多长着卷发的脑袋，这些卷发是躯干和四肢，可他的眼睛却闪闪发光，好像我在录像棚内一举成名似的。

我最好还是描述一下他的长相——眼下我十分清楚地意识到我是在往他家走。他个子很高，四肢又细又长，又稀又长的黄头发脏得变成了蓝绿色，就像他那件褪了色的脏得差不多发黄的蓝粗布工装一样。他鼻子很长，但不知道朝哪儿拐好，就是说，他的鼻子没了梁，鼻头上有一对不停地操作着的鼻孔，那个鼻子尖真叫人难以形容。他的嘴又宽又扁，活像只大螃蟹。此外，他还有一对深灰色的眼睛。对他来说，他家的天棚实在太矮了。裸露的大梁离地板只有八英尺高——鬼城里的又一个鱼棚子！这幢房子有八个房间，顺着那个科德角所特有的窄窄的楼梯往上爬有四间，往下走还有四间，每个房间都散发出阴郁的潮湿气味，外加卷心菜味、酒的余香、糖尿病的汗臭——我想他老婆有糖尿病——啃完的骨头味，老狗身上的臊味以及臭蛋黄酱味。跟穷老太婆的屋子没什么两样。

但是,在漫漫严冬,我们都蜷缩在屋里不出来,好像我们都属于上一世纪似的。他家在两条长街间的一个小胡同里,直到走进高高的篱笆墙中间的那个大门,你才会看到他家的房顶。你一进大门就能看见他家的屋门。他家的房子前后没有院子,四周只有一圈篱笆。如果你从一楼的窗户向外看,除了那堵篱笆墙外,什么也看不到。

当时我边走边想,现在我为什么要去看他,不大一会儿,我就想起来了,我上次去他家做客时,他用刀在西瓜上切了个口,往里倒了些伏特加酒,过一会儿他用这个灌了酒的西瓜加碎饼干招待我们。他用刀的那种方式——像一位有经验的外科医生那样准确而又娴熟地转动刀子——使我尝到了玩刀的乐趣,这就像一个人进餐时,他那高雅的风度和兴致勃勃的劲儿,会使你食欲顿增。

我边走边寻思着那座纪念塔,我身上的刺花纹,也想到了蜘蛛·尼森,不但想到了他,也想到了一个月前他在降神会上那声令人毛骨悚然的尖叫。随之而来的是一件很少见的事。打那以后,帕蒂·拉伦动不动就发阵歇斯底里,这在以前是没有的事。一想起他如何用刀,我就猛然间感到(就像天使的礼物那样),百分之百地感到,他可能会知道我是怎样得到这个刺花纹的。就在这时,我忽然产生个念头:是蜘蛛的刀把那个金发的人头从脖子上割了下来。

现在,我心头最难忍受的压力一下子放了出来。当你处在深不可测的危险中,又找不到一丝线索时,你会感到痛苦万分。现在我找到了根据,这就是观察我的朋友蜘蛛。尽管我刚才说了他一些坏话,可在以前我曾多次大方地带他到那块大麻地里转转。就像我说的,冬天的寂寞是我们一半行为的基本依据。

尼森的女人贝思,听到我的敲门声后,开了门。我以前曾提过,普罗文斯敦没有摆绅士派头的人,根本没有,可你仍会发现一些人冒犯另一些人。比如,我那些朋友,他们在家时从不关门。你用不着敲门,直接进去就行。要是门关上了,那它只意味着一件事——你的朋友在性交。我有几位朋友专喜欢不关门在屋里性交。你如果推门进去的话,你既可站在一旁观看,也可根据实际情况加入他们的狂欢中。在冬季的普罗文斯敦可没什么事好干。

然而,帕蒂·拉伦认为这么干乏味得很。她的许多事我从来就没弄明白过,因为我想她可能与大家同居过——但那仅仅是为了打赌,一个很大很大的赌。在她原先那个阶层,贫穷的白种人总是来往于相互间的床上。所以,我那位好妻子可能会考虑到许多建议,可她身上仍留有阶级的烙印。普罗文斯敦人喜欢在肮脏、破旧的毯子下调情,这个习惯叫她感到恶心。他们喜欢这个,因为他们都是来自良好的中产阶级家庭。并且,正如帕蒂·拉伦曾说过的"试图报复他们自己的人,因为,这些人使他们染上社会恶习!",帕蒂并不喜好这些。她的身体使她感到自豪。她喜欢在后岸海滩上举办的裸体海滩宴会,并酷爱站在海滩上,站在离"未来"情人的眼睛仅有一英尺远的地方(皮肤因日晒变得棕红),那个家伙吃着热狗,一只眼盯着沾满芥末面的红猪肉,另一只眼瞅着她大腿中间那堆灌木丛。

她常常会光着屁股在海里放荡地玩乐,胳膊搂住另外两位裸体女人。她那老练,好捏东西的手指捏弄着她们的奶头——捏奶头、摆弄乳房、拍屁股是良家姑娘在水坑里玩耍的好游戏。她过去常常到那些水坑里玩。海滩边的峭壁上有棵老树,老树的一个粗枝上垂下一条绳子。

她也喜欢一丝不挂只穿双高跟鞋在屋里走来走去。当一个里面装着男人的旧派克大衣突然在门口出现,问"蒂姆在家吗?"她那最为敏感的组织会被惹恼的。

"你这个愚蠢、低级、粗野的坏种,"她常常会这样说,"你听过敲门声吗?"

所以,我的那些朋友就得遵守一项新的法令:进屋前先敲门。我们——我的意思是指她——强化了这项法令。由于我们过于保守而遭到他人的白眼,但正如我所暗示的,冬天,颠倒了的虚伪占领了我们镇子。

所以,我有意识地敲了敲蜘蛛家的门。他女人,贝思,让我进了屋,我朝她点了点头。她对尼森的怪念头百依百顺,致使镇上最乐意帮助人的女人对她都不抱任何希望了。有讽刺意味的是,贝思赡养尼森的一家老小。一点不错,那幢小房子是她的,是用她富有的父母给的钱买的(我听别人说,她父母在威斯康星的大公司里工作)。可蜘蛛把那个盐盒子视作自己的封地。用她的钱买的霍达牌1200CC小汽车、特尼特朗牌电视机、索尼录像机、贝塔马斯录音机和苹果牌计算机加强了他的力量。只有随他去摆布钱，她那不太健全的价值才可能会发出微弱的光。她的话不多，脸色苍白，说话温柔，做起事来总是偷偷摸摸的。她皮肤呈焦茶色，脸上戴了副眼镜。我总觉得，即使我和贝思点点头，不太好意思地朝对方笑笑，她也会有意不让她每一种很小的魅力暴露出来。她看去像棵草，但她能写出许多好诗来。在读她能让我看到的那么几首诗作时，我发现当她对她的概念施行暴力时，犹如贫民窟里的强奸犯那样残忍无情，而她运用暗喻则又像杂技演员那样敏捷迅速，有时用好似小孩嘴里叨咕着的忍冬青那样柔软的情感弄碎了你的心。对此我感到惊奇不已，但并没有被吓呆。她是一棵用镭培养出来的野草。

　　但还是让我先告诉你一声，她和蜘蛛的性生活——这对任何一位朋友来说并不是什么秘密——真叫人感到恶心，甚至对我们来说也是这样。在一次性交过程中，尼森弄伤了腰，现在他患着很严重的脊柱脱臼症，每隔几个月，他就得搬到地板上住几个星期，他在地板上写作、吃饭、性交。我想，腰越疼，他就越想干那件事，这使他脊骨的病情每况愈下。首先他仔细玩味着他们之间相互吸引的肉，然后是骨头，最后是肠肚下水，好像在地板上这段监禁中——趴着那段时间可真够长的！——他不得不拨了几下身子左边的班卓琴，直到不是他把脊骨弄碎，他的思维在外层空间嚎叫，就是她把自己的手腕子切开为止。他过去常常用录像机把他们性交的情景录下来。可能在我们这帮朋友中，有十来个人看过他制作的录像片。他向我们展示脊骨脱臼后怎样性交的技巧，而她却像位修女似的，静静地坐在我们当中。那些镜头，大多数都是，蜘蛛躺着不动，她（他对在他身上蠕动着的那个纤细的身子十分自豪）在上面做出各种花样动作。而他背上的卷毛则像狗尾巴那样来回摆动。他把这些全都录下来。最后是一阵闪电，一阵抽搐，一动不动了。他们因为缺少娱乐活动，整天以性交来打发时光。看这些可真让人恶心。他还常常在她身上撒尿，这些我们在电视屏幕上都看得一清二楚。他留了一撮达特根式的浅棕色小胡子。他像个恶棍那样一边捻着小胡子，一边用甜言蜜语把她弄倒在地上。你可能会问，我为什么要看这些玩意儿。我告诉你：我知道伟大的苍穹是天使的天下，但空中也有供小鬼们藏身的阴沟和地下交通网。我过去总感到，尼森那幢房子（尽管房主的名字是她的，怀特的，贝思·迪特里希·怀特）似乎是这个网络的又一个交通站。所以，我没走，一直看下去。我并不知道我是个助手还是个间谍，直到谢天谢地，几个月后，他的腰好了一点，减少了这种没有理智、错乱短路的性生活的次数。当然作为一种补偿，他眼下正在撰写关于在他腰伤期间他如何与贝思性交的回忆录，他可能会让你拜读他的作品。读完后你还得和他就这种活动的优点讨论一番。这真是百分之百的专题文学讨论会。

如果他相信上帝或者魔鬼，要不就是两者都相信的话，我还能与他，这只蜘蛛，这个极为残忍的家伙处得来。他和我共同分享着爬上那个用石头做的男性生殖器的丰功伟绩，那座在普罗文斯敦与华盛顿特区之间最高的纪念碑。如果他的灵魂真能在痛苦中受到煎熬，如果他真的或者希望去谋杀上帝或者在魔鬼的尾巴底下亲上一口，甘心做它的奴隶，那么我就能忍受左道邪说、谬论、伪誓、唯信仰主义、阿里乌斯教、人类美德主义、诺斯替教、摩尼教，甚至是单一性灵主义或感情净化主义了。可我同这个该死的无神论者就是处不来。他相信乘电子光束来的精灵。我想，他的理论观点是：以前曾有过一个好上帝，可现在不知什么原因，它没了，留给我们一座宇宙仓库。在那里，我们可以到处翻翻，用手指捅捅货物，窃听所有的通信系统。他是只有脑袋没身子的动物的始祖。

今天，当我走进屋时，他们的起居室里很暗，百叶窗拉了下来。蜘蛛和两个男的坐在一起，刚进来时，我没看清他们的脸。他们正看爱国者队试图从十码线那儿发球得分。今天可能是星期天，从这便可以看出来我与真正生活的距离有多远。我甚至还不知道。在十一月里的其他那几个星期天，我常常是经过再三考虑后，下赌，从发球起就坐在这儿。因为，我承认，无论我多么讨厌尼森，也不喜欢连续看几个小时的电视，因为它就像把泻盐一样，把我滤得一干二净，可如果你想看电视的话，什么地方也比不上尼森的起居室。臭袜子味和洒在地上的啤酒散发出来的味与家用电器那种难以捉摸的味——发热的电线和塑料套——混在一起。我感到好像是在未来文明边缘上的一个岩洞里——和只有脑袋没有身子的新型山洞人待在一起，期待着一千年的到来。如果星期天的下午都能在消沉而又平安地打发时间中度过，同时冬去春天还会来，那我就会怀着一种微妙的喜悦心情，观看爱国者队、凯尔特队、布鲁因斯队踢球，四月，看红短袜队踢球。到了五月，气氛就变了。冬季已过，夏日已浮现眼前。尼森的起居室到那时再也不像个岩洞，而成了个不透气的兽穴。可现在，我们刚刚开始冬眠。因为秋天的生活对我来说并没有什么新鲜感，要不然我会很高兴地（有点忧郁）拎六瓶一盒或一夸脱的波旁威士忌酒，作为我对岩洞的贡献，然后，想也不想地一屁股坐在长沙发上。那间屋长还不到十六英尺，宽也不足十二英尺，我把脚上那双生皮翻毛皮鞋伸到地毯上，使我自己与屋里其他所有颜色混在一起——墙壁、地毯、家具都失去了光泽，呈现出黑灰色，经常洒啤酒的地方已变得苍白，点点斑迹使它们变成了无所不在的无色颜色，既不是柴灰的灰色，又不是洗褪了的紫色，也不是暗淡的绿色，更不是浅棕色，这屋里的颜色是所有这些颜色的总和。谁还在乎颜色？电视屏幕是我们光线的圣坛，屋里的人都看它，不时有人咕哝一声或者呷口啤酒。

我很难说清楚这对我来说是种多么大的宽慰。这些天来，对像我这样还活着的人来说，坐在蜘蛛的朋友中间才是真正的安慰。要是在好时候，那两个家伙我理都不理，可在今天他们成了伴侣。有一个名叫皮特的波兰佬，我们下赌时他管登记。他名很怪，谁也不能以同样的方式说上两回。他自己也不能（他的名字可能是这样写的——彼得·帕特亚兹维斯茨）。我并不得意他，这小子既不公平又贪婪，因为他向输方要的超额利息高达百分之二十，而在波士顿打赌的场上只要百分之一（"给波士顿挂个电话。"他常常这样说，他知道他的赌客是不会从波士顿那儿赊到钱的）。除此而外，如果他摸到了你下赌方法的线索，他会整你一下。真是个长着一副尖酸刻薄脸的坏心眼家伙，万金油式的少数民族：你可能会认为他是意大利人、爱尔兰人、波兰人、匈牙利人、德国人或乌克兰人，如果这些就是你听来的话。他也不喜欢我。我是为数不多的能从波士顿赊到钱的人中间的一个。

皮特波兰佬今天到这儿来仅仅说明尼森在爱国者队上下了很大的赌注。这让人感到十分不安。尼森可能会冷冰冰地朝他那位奴隶般的女人身上撒尿，也肯舔吃爱国者队任何一个运动员的鞋带。对他来说，这些运动员就像神似的。他那患截瘫的侦探可能会打入中央情报局的计算机系统，以同样的派头把朋友、敌人一勺烩了。可尼森抱住他那种忠诚死死不放，其结果皮特在爱国者队上赌六点时，我在波士顿只给三。不知有多少次，蜘蛛被夹在中间！我寻思，今天的赌注很大，皮特到这搂钱来了：如果他赢了的话。五分钟之后，我知道，我是对的。不大一会儿，蜘蛛开始冲着电视机大喊起来。不久，我十分肯定地认为，他这次比赛下的赌注可值他那辆摩托车。要是他输了的话，皮特到这儿来的目的是想骑走它。

讲讲皮特是值得的，他能娴熟地让蜘蛛的债台逐渐增高，以得到他的许诺——"再容我一个星期，我会领你到马登藏大麻的地方。"我藏的那些东西至少值几千美元，尼森懂这个：他只不过是想把它当附属担保物罢了。

屋里另外那位我不认识。你可能会以为他是拉美血统的美国人。他的胳膊上刺满了鹰和美人鱼的花纹，黑头发没卷儿，低前额，钩鼻子，两撇小胡子，还掉了几颗牙。大家都叫他斯都迪，因为他在科德角一带专偷斯都德贝科牌小汽车。这只是个传说,不是真的。他什么车都偷,大家管他叫斯都迪是因为他偷了一辆斯都德贝科牌小汽车,被警察逮捕了。他到这儿来是为皮特收赌金的。我听说他现在是个机械工和金属制造工(他是在瓦尔堡监狱里学来的这两手),能改变别人偷来的汽车发动机上的编号。但我想他并不知道我在特普罗森林里的那一小块地。

我提这些是因为我像约翰·福斯特·杜勒斯那样正在经历一场"令人痛苦的重新估价"。不论杜勒斯的罪孽有多么大,这个警句,是他讲出来的。我喜欢把自己看作是一个从更广阔的角度来探讨人类的作家。把我所遇到的人都贬到知道或不知道蒂姆·马登在哪儿藏大麻那种人的地步并不使我感到高兴。

可现在,我脑子空空,只有这一串名字:尼森知道,据我所知,我领杰西卡和潘伯恩先生到那去过,雷杰西看起来很清楚。我还能想想其他人。我甚至把我父亲也加进去。我多少年来一直想方设法用大麻来减少饮酒量,但没成功。一年前,在他最后一次来看我和帕蒂时,我把他领到那块空地,试图想让他对大麻感兴趣。我想如果他看到那些植物,他可能会像尊敬做啤酒的蛇麻子一样尊敬它们。所以,没错,我把父亲也加了进去。

但这就像往贝思身上撒尿一样。突然间,我感到我的思维很奇特。每个人就像计算机屏幕上表格里的数字一样蹦了出来。我是在变成只有脑袋没有身子的动物吗?这种思维活动使我的脑袋几乎无法承受,我感到自己就像台功能不太好使的计算机。我不断地把我父亲的名字打上去又拿下来。我宁愿在大海狂涛里颠簸,也不愿想这些。

我尽力坐在那儿看足球赛。最后,在第二次四分之一场暂停时,尼森站起来,走到冰箱那儿取啤酒。我跟在他后面。

跟他打交道只有一个办法,就是用不着客气。由于他能把自己和老婆显示在由电子点组成的五彩纸屑中,或者一口咬着三明治,问你是否便秘,我就用不着在乎直截了当地问他问题是不是会得罪他。所以我说:"蜘蛛,还记得降神会吗?"

"伙计,忘了它吧,"他说,"我想不起来。"

"那次降神会可真古怪。"

"叫人汗毛直竖。"他把嘴里的啤酒在大牙豁子里来回涮几下后,一口咽了进去,"你和你老婆喜欢那种鬼玩意儿。我不行。简直太有破坏性了。"

"你看见什么了?"

"跟你老婆看见的一样。"

"我说,我是在问你。"

"喂,别总问我这件事。一切都挺好的。对不对?"

"那还用说。"

"当然了。"他说。

"那你为什么不告诉我?"

"我再也不想到那地方去了。"

"听着,"我说,"你今天可得节省点。你下的赌注可不小。"

"怎么了?"

"我求你帮个忙。别跟你那两位朋友混在一起。你那队能叫你赢赌。"

"你别给我讲那些神秘的人的屁话。它与LSD麻醉药一起滚蛋了。我用不着靠给你讲你想听的来叫我自己保持他娘的纯洁。伙计，那是一次玩命的赌，那是堕落。我选爱国者队是因为他们有长处。"

"今天你需要得到我的帮助。"我说。我死盯着他的眼睛，好像我不会心平气和地讲话似的。

"你疯了，"他说，"成千上万的人都在赌这场球赛，可能有二百万人。我不得不和你清白点——那就会使我得到想要的结果吗？马登，你们这些大麻鬼都有毛病，少抽点吧。"他砰的一声把冰箱的门关上，扭身要回去继续看球赛。

"你错了，"我说，"如果我能把我的才智和你的合在一起的话，我们俩人就能帮助他们赢。"

"可我没得到你的帮助。"

"我说，"我说道，"我不愿意提这个。可是，你和我有这件共同的事，其他两百万打赌的人没有。"

"行了，行了。"

"我们曾去过一个特殊的地方。"

我正说着，一个最为异常的现象发生了。我从来没有把它告诉给别人，甚至也没有告诉我自己。那是在我夹在女儿墙的悬垂下面时，有一股特别刺鼻的味慢慢地向我飘来——我不知道这是石头散发出来的味还是我自己身上的汗味。这股要命的腐烂味，不知是从哪儿散发出来的，可能就像尸横遍野的战场上那股味一样,再不就是魔鬼等着找我的日子快要来到的味。我就怕这个。无论怎样,这股味简直太难闻了,以至于我从塔上下来后,它一直是我感到最恐惧的事,直到我自己告诉自己,我所经历的只不过是闻到了陈积多年的海鸥粪罢了。是我自己害怕才使这股味变成了恶魔的臭气。可是现在,正当我说着我本不应该说的那件事——"我们曾去过一个特殊的地方"时,尼森身上也散出那股同样的味。我想,我们俩彼此都知道,我们共同经历了那种事。

"你在降神会上,"我又问一遍,"看到什么了?"

我感觉到,他想要告诉我什么,但又十分明智地把话咽了回去。我感到,甚至当他的舌头舔嘴唇时,实话出来了。

降神会上,我们六个人围坐在一张圆形橡木桌旁,手平放在桌面上,手心朝里,右大拇指碰左大拇指,左右小手指碰坐在左右两边人的小手指。我们试图叫桌子发出敲打声。我现在最好不说我们当时的目的,可在那间靠后岸的昏暗屋子里(我们在特普罗的一位富有的老熟人家里,离这儿不到二百码,大浪滔天,发出震耳欲聋的吼声),对我来说,每问一个问题,桌子似乎就动一点,就在那时,尼森的一声尖叫打破了我们的群体感。我自己想到这些后,可能也使他想起来了,因为他说:"我看见她死了。我看见你老婆死了,脑袋被割下了。他娘的,不到一会儿,她也看到颗人头。我们一起看着那颗人头。"

就在这时,他身上那股味更浓了。简直叫人受不了。我感到我夹在女儿墙下面的那种恐惧又返回到我身上。我知道,无论我多么想消除这种动机,我也别无他法:我必须到沙崖上的小树那儿，看看洞里头的脑袋是谁的。

就在这一时刻，尼森的脸掠过一种难以叫人相信的恶相。他伸出手来狠狠地抓住我的右肩，五个手指像五根长钉一样掐了进去。

我疼得往回缩，可他哈哈笑了起来。"对啦，"他说，"你有个刺花纹。哈坡讲真话了。"

"哈坡是怎么知道的？"

"他是怎么知道的？伙计，从你他妈的抽得呆若木鸡后的样子看，你是需要老婆了。她最好还是回来。"他吸了吸鼻孔，好像是一些可卡因粉粒掉了出来。"嗳，"他说，"对了，现在一干二净了。你也一干二净了。"

"哈坡怎么知道的？"我重复一遍。哈坡是尼森的好朋友。他俩曾一起赛过摩托。

"我说，伙计，"蜘蛛说，"是他给你文的那个该死的刺花纹。"

斯文·哈坡·维里阿克斯。他个子不高、金发，他父亲有希腊和挪威血统，他母亲是葡萄牙人。他长得活像个消火栓。他是全国足球协会中第三个最矮的运动员（尽管他只踢了一个赛季）。现在，哈坡搬到韦尔福利特去了。很少有人看见他。但他主持了我们那次降神会，我想起来了。"他说什么啦？"我问道。

"谁知道呢，"尼森说，"我从来听不明白他说些什么。他跟你一样都是大麻脑袋。说的都是外星人讲的话。"

这时，起居室传出阵阵叫喊声。爱国者队刚刚进了一球。蜘蛛高兴得叫了一声，把我带回屋去。

后半场间歇时，斯都迪开始说话了，我以前从没听他说过这么多。

"我喜欢夜里静静地躺在床上,听着街里的声音。"他对贝思说,"那时候有很多含意。你必须头脑清醒,这就会使你的大脑袋装满整个空间。装满了天恩。"他换了一个词,点点头,呷了一口啤酒。我这时想起来有关斯都迪的事,这些都是我听别人说的。他过去常把老婆捆上,倒挂在棚顶。然后,他再拥抱、亲吻、抚弄她。这是他的方式。

"我很羡慕科德角的自然环境。"他对贝思说,"我想在这儿过完小阳春再走。在沙丘中散步,我可能会有眼福在相隔半里远的另一个沙丘上遇到其他人,男的或女的。但太阳的光照在他们身上。他们会感到对这金色的美德充满爱意,就像我们所感到的那样。那就是上帝的赐福。谁也躲避不了。美是无情的。"他喘口气,"我的意思是美叫人感到高兴。"

就在那儿,我定下来把斯都迪也写在我那张花名单上。

四

我不知道那天下午谁赢了那场比赛。看了一半我就离开了尼森家（那时爱国者队领先），开了十五英里到韦尔福利特去看哈坡。他住在干货品商店上的一间阁楼里。那家商店位于一条小街上。我说"是条小街"。但另一方面，在韦尔福利特没有一条街同其他街道相似，这就好像在大约二百多年前的一个创立日，有五个水手，每个人都在喝着自己那小桶酒，他们从海岸那边走来，漫无目的地沿着小河而上，然后又绕过了沼泽。人们在后面跟着，标记着由每个水手那古怪的散步所走过的每一条路。结果，普罗文斯敦我认识的人中，没一个能在韦尔福利特找到过一个人。确实，我们也不时努力去碰。如今，韦尔福利特已是个正规镇子了，我们在那里见过扬基人。个个鼻子都很长，他们鼻孔中间那交错的毛很坚实，都可以作为来复枪的枪筒，你可以坐在上面。所以，我们中有些人，过去常问哈坡他怎么能离开普罗文斯敦到韦尔福利特去了呢。他回答说："我不喜欢乖戾。可乖戾又在触及我。我不得不挪挪地方。"

这样，有几个人就开始管他叫瓦帕。但是，因为他有一团黄卷毛，从脑袋上耷拉到脸上，就像橡胶一样富有弹性，所以看上去像伟大的喜剧家似的（虽然更该注意的是，他脸上长了好多疤：

在当过职业足球运动员以后,他又成了不戴防护帽的半职业运动员),所以人们后来一直管他叫哈帕。

不管怎么样,人们是根据鱼叉这个音给他起的这个名字,而不是为了纪念哈坡·马克斯。哈坡·维里阿克斯有句众所周知的名言:"那儿有个漂亮姑娘。我真希望我有足够的男子气,用鱼叉叉住她。"于是,有人管他叫坡恩,意思是胡桐墨角藻,有些人还管他叫鱼叉。我提到这一点,是想暗示找到他住的那个地方有多难。冬天,在科德角,一切都拐弯抹角的,没有直来直去的时候。

我找到了他那个拐角处,并且他还没出去。这叫我吃惊两次。但我还是不相信他在我身上刺过花纹,因为我甚至都不知道他在从事这样一种艺术,此外,我也不能理解,我在喝醉时怎么还能摸黑找到了他的家。但当我顺着露天楼梯爬上他的阁楼时,我的疑惑消失了。他在喂猫,抬头看了看我(他和这么五个爱畜在一起生活,用它们代替了一个漂亮姑娘),他说的头一件事就是:"你胳膊感染了吗?"

"痒得很。"

他没对我说别的,用汤匙把那听罐头的剩余部分舀了出来,但他跟一对小猫聊得挺热乎。它们摩挲着他的脖子,像一对结婚纪念小皮领似的。但是,他干完那件活儿后,就去洗了手,拆除了我的绷带,拿出一个装了些消毒水的塑料瓶,用它在我的二头肌上端洗着。"看来没怎么感染,"他说,"挺好。我很担心。就是非得打一针不可时,我也不愿意用。"

"有什么毛病吗?"我问。

"你喝醉了。"

"对。我喝酒喝得烂醉如泥。这有什么可大惊小怪的?"

"麦克,你是成心跟我找碴儿啊。"

"我肯定是疯了。"(他太壮实了,壮实得能抓住牛尾巴把它举起来。)"我不是真想跟你过不去吧?"我问。

"嗯,你那天太能卖弄了。"

"那天有个女人跟我一块儿来吗?"

"我不知道。她有可能是在楼下小汽车里。你冲着窗户外面大声喊。"

"我说什么了?"

"你冲窗外大声喊,'你要赌输了'。"

"你听见有人回话儿吗?"

和我一块生活的人们有个优点就是,如果某位朋友没记住一段生动时光,那谁也不会感到惊讶。

"风很大,"哈坡说,"如果是个女人,她就像报丧女一样大笑着。"

"但你认为有个女人在小汽车里吗?"

"我不知道,"他阴沉地说,"有时,树木也对我大笑。我听到好多声音。"他把消毒剂瓶子放在一旁,摇了摇头。"麦克,那时我求你别扎刺花纹,哪样东西都有可怕的形状。在你进屋前,我差不多上了屋顶。要是有闪电的话,我就将不得不上去了。"

有些人会认为哈坡是通灵的,还有些人呢,会认为他是没戴防护帽的半职业运动员,所以生气勃勃,而我一直认为,他是两者的

107

总和，并互相取长补短。他曾经去过越南。据说，他最好的伙伴，在离哈坡有二十码远的地方给地雷炸死了。"这事把我给气疯了。"这就是他对少数几个人说的。现在，他住在天堂里，天使和魔鬼的话是他生活中的主要事件。每年有好几次，当给生存带来凶兆的家族像中世纪的军队那样集结在云层中，闪电裹挟着大雨到来时，哈坡将爬到屋顶的梁木上，向上方的暴力发出挑战。"他们要是知道我正站在那儿，是会对我表示敬意的。他们不知道我是不是能把他们赶跑。但这让我哭得像小孩似的，真可怕呀，麦克。"

"我想，你只是在下雨时才上房顶。"

"遵守法规也别太死板了。"他沙哑地说。

我几乎不能肯定他在说些什么。他有一副低沉而空阔的嗓音，说话瓮声瓮气的，就像海啸似的（好像他的脑袋因为受到你永远无法承受的撞击后，仍然发出声音），以至于他张嘴要根香烟，这一要求本身就发出格言般的音响。他也能做出最杰出的忏悔来。他就像那些谈自己就跟谈第三者似的运动员一样。（"'雨果·布莱克塔沃是NBA队值得上一百万美元的中锋'，雨果·布莱克塔沃说。"）所以，哈坡能让第一人称差不多变成了第三人称。"你妻子最迷人了。"在我们的一次夏季宴会上，他说，"可她让我害怕。你真行。"在他那儿，杰出的毒品就像一堆骰子。现在他说："刮飓风那天，我在屋顶梁木上站了有三个钟头。这就是飓风没来的原因。"

"是你让它跑掉了？"

"我知道它要给我捣乱。不得已我就起了誓。"

"但是，是你把飓风赶跑了吗？"

"有点儿。"

任何人都会认为我用我的后一个问题挖苦了他。他知道我没有。"爱国者队，"我问，"今天能赢吗？"

"是的。"

"这是你的行家之见吗？"

他摇了摇头。"是我的印象。我是从风那儿听到的。"

"风什么时候会判断错呢？"

"一般情况下，刮七回风有那么一回。"

"特殊情况呢？"

"刮一千回只有那么一回。那时，它就在决定疑难问题了。"他抓住我的手腕。"为什么，"哈坡问，好像我们刚才什么也没说似的，"你在暴风雨到来前割了你的大麻吧？"

"谁告诉你的？"

"帕蒂·拉伦。"

"你对她说了什么？"我问。他就像个孩子。如果他准备告诉我，就会把什么都说出来。

"我说她应该警告你，"他以最庄重的声音答道，"让你那些作物荒了也比你突然砍倒它们强。"

"她是怎么说的？"

"她说，你不听。这我信。这就是两天前的晚上你喝得醉醺醺的到我这儿时，我并不见怪的原因。我猜你一直在抽自己的毒品。你的毒品里有邪。"他说了这么个字，好像邪气是条掉在了地上、在火花里扭动的高压线似的。

"我到这儿来,"我问,"是想扎个刺花纹吗?"

"不。"他猛地一摇头,"人们都不知道我有那种手艺。我只为我所崇拜的人做。"他忧郁地盯着我。"我尊敬你,"哈坡说,"因为你是个能操你老婆的男子汉。漂亮女人让我胆怯。"

"你是说,"我回答道,"我到这儿来不是为了刺花纹?"

"不,"他重复说,"我本该让你看看这扇门。"

"那么我想干什么呢?"

"你求我来次降神会。你说你想找出你妻子在上一次降神会上歇斯底里的原因。"

"你不肯帮我的忙吗?"

"噢,不,"他说,"不能有个比那更糟的夜晚了。"

"所以你说不行?"

"我说不行。然后你说我是个骗子,和一些难听的话。然后你看见了我的工具箱。我的针放在桌子上。你说你想来个刺花纹。'我是不会空手走的。'你说。"

"你同意啦?"

"头一把没答应。我告诉你,说刺花纹是必须被尊重的。但你总是走到窗前,大声喊着:'只要一分钟!'我想你是在对他们说话,要不就是一个人。然后你开始哭。"

"噢,胡说。"我说。

"你告诉我,说你要是开不了降神会,我就必须给你扎刺花纹。'这是我欠她的,'你说,'我误解了她。我必须带着她的名儿。'"他点了点头。"这我懂。你这是在请谁宽恕你。所以我说我要给你扎。你立刻跑到窗子那儿，对外面大喊：'你要赌输了！'这可激怒了我。我怀疑起你的诚意来。但你似乎不知道我生气了。你对我说：'把特普罗降神会上我告诉你的名儿刺上。''什么名儿来着？'我问。蒂姆，你记得的。"

"难道那次降神会上我没说我想和我母亲的妹妹玛丽·哈德伍德联系吗？"

"那是你对另外一些人说的，但你对我耳语说：'真名儿叫劳雷尔。告诉他们的是玛丽·哈德伍德，可想的是劳雷尔。'"

"我就是那么告诉你的吗？"

"你还告诉我，'劳雷尔死了。我想找到她，她死了'。"

"我不会说那些的，"现在，我对他说，"因为我希望知道她在哪儿。"

"要是你认为她活着的话，那你是想利用那次降神会。"

"我猜是这样。"

"那可能就是混乱的原因。"他叹了口气，好像这一声叹息里集中了人类的所有刚愎。"两天前的晚上，正当我开始给你扎刺花纹时，你说：'我不会骗你——那个姑娘真名儿不叫劳雷尔。她叫玛蒂琳。'这令我大感不解。在我扎进第一针时，我试图和我周围的暴力联系起来。那是对所有事情的基本保护。你破坏了我的注意力。接着，过了一分钟，你说：'我变主意了。还是刻上劳雷尔吧。'你把刺花纹都给弄乱了，前后有两次。"

我默不作声。好像很赞佩他的话。我感到沉默的时间够长了，于是开口问,"我还说些什么了?"

"什么也没说。你睡着了。我给你扎完刺花纹时,你醒了。你走下楼,钻进车子,开走了。"

"你和我一块儿出来了吗?"

"没有。"

"你从窗户往外看了吗?"

"没有。但我相信有人跟你在一起。因为你一走出去,就变得大吵大嚷起来。我想,我听到了一个男的和一个女的试图让你平静下来。随后你们都开车走了。"

"三人都坐我那辆保时捷车里?"

哈坡熟悉马达声。"只有你那辆车。"

"我是怎么让两个人同坐在一个凹背座上的呢?"

他耸了耸肩。

我正要走,他说:"你叫她劳雷尔的那个姑娘可能还活着。"

"你能肯定吗?"

"我感到,好像她在科德角。她受了伤,可她没死。"

"唷,要是你从风里得到的这种感觉,那你有六分之一是对的。"

外面一片漆黑,回普罗文斯敦的公路被最后的枯叶抽打着,这些枯叶掠过汽车顶,从森林的一个部分飘到另一个部分。风狂怒地刮着,好像我最后对哈坡的穷开心,真的让它不高兴了,有可能已打翻了航船的狂风在猛抽着小汽车的车身。

几年前,我曾经参加过另一个降神会。哈坡的一个朋友就在这条公路上被撞死了,哈坡邀请我同我不认识的两男两女一块去了他那儿。我们坐在一张腿儿很细的茶几周围昏暗的圆圈里。我们的手掌放在茶几面上,手指对手指。然后,哈坡对茶几训了话。他对着茶几说起来,好像他的声音真的会被听到一样,他告诉它,要它翘起一边后再落下来,因此敲一次地板说声是。要是茶几想说个不字,那它必须升降两次,敲两下地板。"懂我说的意思了吗?"哈坡问。

茶几扬起两腿,样子像一条被训练过的听从命令、摇尾乞怜的狗那样驯服。然后,它敲了敲地板。我们就从那儿开始。哈坡详细地解释了一项简单的规则。敲第一下表示字母A,第二下表示字母B,一直到第二十六下表示字母Z。

由于他必须弄清楚他是与他那个降神会举行前一周被撞死的朋友交谈,所以他开始询问:"你在那儿吗,弗雷德?"茶几停了一会儿,敲了一下。为了核实这一点,哈坡问:"你名字的头一个字母是什么?"茶几慢慢敲了六下,表示出字母F。

我们继续来。那次降神会是在十一月的一个夜里。我们坐在哈坡那韦尔福利特的小阁楼里,从夜里九点到第二天早晨两点,一直没离开桌子。除了哈坡外,我们彼此都是陌生人。这是观察幻术的每一种可能性的良机。可我还是看不漏任何一个。我们的膝盖是可见的,我们的手轻轻地放在桌面上,太轻了,谁都无法弄翻那个茶几。我们坐得这么近,以至于谁都会发觉他人身体的一举一动。不,茶几应我们的问题而轻轻敲着,像水从一个杯子里倒到另一个杯子里那样自然。它看上去并不是不可思议的。倒是有点儿单调乏味呢。拼每个字都要费好长时间。

"感觉怎样，"哈坡问，"你在哪儿？"

敲了七下。我们得到了一个G。停了一会儿，接着，开始了一连串的敲击，茶几跷起两条腿，就像一半吊桥，慢慢地，慢慢地升了起来，接着，缓慢悠闲地降了下来，砰地敲了一下地板。接下来，又敲了十八下，用了几分钟。现在，我们有了个字母R。这样就形成了GR……

"是伟大这个字吗？"哈坡问。

茶几敲了两次："不！"

"实在抱歉，"哈坡说，"继续来。"

现在我们又得到了十五下。我们有了个G，有了个R，还有了个O。

正当我们得出G、R、O、O、V时，哈坡说："绝妙的？"茶几敲了单个一下，作为回答。

"弗雷德，它真是绝妙的吗？"哈坡问。

茶几再次扬了起来，又落了下去。这就像是在和计算者对话一样。

我们这样干了五个小时，听到了一点儿弗雷德在另一个世界的情况。我们没得到将会动摇来世学或因果报应说基础的有关材料。那天早晨刚过两点，我开车回家，风像现在这么大，我们认识到，那是张多么平常的茶几，它无视物理学的许多法规，能够升降几百次，为的就是送出来一两个词。这些词横穿了一条我们无法测量的鸿沟。车子沿着公路孤零零地转动着，这时，我脖子后面的毛发竖了起来,我知道我刚才度过了一个可怕的,叫人难以理解的夜晚。不管是什么使它成为现实,它都可能还存在于我周围的空气里。在这条被风吹打着的公路上,我孤独地和它为伴,这条公路离海的深处不远——不,在我一生中,我从没感到这么孤独过。在这条公路上,在它发生时我几乎没有体验到的畏惧,现在都在缠绕着我。

但是,第二天,我是这么麻木,好像我的肝脏已经被摔在一面水泥墙上击碎了一样。的确,我的情绪是这么低落,以至直到我们在特普罗出丑那天晚上以前,我没再参加过一次降神会。我相信活人能跟死人对话。但我付不起和死人对话所需的费用。

回到家,我生起火,倒了杯酒,开始搜寻我能想起来的关于我到韦尔福利特的一次旅行的蛛丝马迹。我是两天前晚上到那儿的。我在一台小保时捷车里载了另外两个人,这时,门环砰地响了一声,我起誓是门环响。门给吹开了。

到如今,我还是不知道什么东西进来了,也不知道在我闩门时,它是不是离开了,但我听到了好像是法庭传唤似的声音。我又一次闻到了那股难闻的腐臭,这和我在女儿墙下面闻到的一模一样。我可能会冲着对我的要求的无情逻辑大叫起来,我必须回到特普罗那片森林里去。

我尽可能地拖延时间。我喝了一杯,又倒上一杯,我知道,不管我喝酒花掉了一个小时还是三天,也不管我最终是清醒还是烂醉如泥,的确,我都必须出去找那个藏人头的地洞。要是我不去,我是不会解脱的。现在,控制茶几敲地板的那种力量抓住了我——我的肠子,我的心脏。我别无选择。没什么能证明,留在这里,挨过这个夜晚的几个钟头,继续待下去,会比出去找那个地洞更好些。

我知道。曾经有一次,我被抑制在一个比我自己更专横的吸引力之中。那是二十年前的一个星期。那时,我每天都要到普罗文斯敦纪念碑那儿去散步,肺里有冷油,胃里有虚热。我抬头瞅着高塔,意气消沉地往上看着,简直丧失了全部理性,打算要往上爬。在我所能看到的高处,一个把手连着一个把手,灰泥面上,有些锯齿形凹痕,而在花岗岩那段,表面则是参差不齐,像些小壁架似的。爬上去没问题。我能爬上去。我在塔底下尽力往上瞅——你会相信我吗?——瞅得很细,结果没细心观察一下那个悬垂。我所知道的就是我必须爬上去。如果我不实现这个打算,那么比恐慌更糟糕的什么事儿就会落到我身上。也许,我从过去那些恐怖的捕捉物中没学到别的。半夜里,我常常直挺挺地坐在床上,但是,最起码,我拥有了(我能那么称呼它吗?)某种程度的同情,同情那些受到想出去做绝对不该去做的事儿的难以抑制的冲动折磨的人——不管它是诱奸小男孩还是强奸黄花少女——至少,我知道了一种噩梦,它照亮了那些处于麻木状态中的人们的心。这些人从不敢往自己身边走近一点,他们迈一步,就会灾难临头。所以,在整整那一周里,当我同对我自己来说头一把遇到的奇怪念头苦苦斗争,试图战胜这个外来的精灵,就算是我不必去爬这座纪念碑时,我也得知了人类孤独的各种滋味儿。为了避免见到那个魔鬼,那个深深地隐藏在我们灵魂深处的魔鬼,我们就开始酗酒、抽大麻、扎可卡因、吸尼古丁、吃镇静药、服安眠药，我们就有了我们的习惯、我们的教堂、我们的成见和我们的固执。我们的思想、我们的愚蠢——孤独的最大活力！——在我试图去爬纪念碑以及克服我心中那难以对付的欲念之前那一周，我差不多和它们都遭遇过了。我的大脑因为思维旋转得太快都发烫了，大麻把它推到一边，酒精又把它扶正过来。而我自己的灵魂呢，就像个快要降生的孩子，生怕在子宫里闷着，拼命挣扎，连哭带嚎。我感到就像日本武士一样，充满杀气。我爬上纪念碑。我后来感到，不管这件事的结局有多荒唐，爬完后心里还是挺舒服的，就连在闭上眼睛前后，噩梦也少了。

那次冒险是值得的。现在，我知道，那一定是真的。我必须回去看看那个死去的金发女人的脸。确实，我一定得去看看，尽管我不知道她的末日究竟是出自我的手还是得归因于别人。你会理解我吗，如果我说，这种认识仍是一种冲动？这种认识对我的自我保护至关重要——我是处在被法律惩罚的危险中呢，还是处在法律之外那些东西带给我的危险中？这种冲动出自我所意识到的心灵最深处——我害怕到森林中去看那个人脑袋证明了一定得去的重要性。

为了省时间，我不想把我进行思想斗争的细节逐一讲给你听。我只能说，快到半夜了我才完全控制了我的恐惧，去开始我的精神旅行。在我的想象中，我整装待发，离开房子，钻进小汽车，开出去，开上那条公路，这时候，公路上面那被风刮掉的树叶子像幽灵的一次大袭击。可是，在开始我的实际旅行之前，这一幕幕可以预想到的细节，构成了我的精神旅行。我现在才在我那恐惧的中心处发现了构成这次精神旅行所带来的平静。所以我终于把自己武装起来，要出发了，走到了门口，准备走进黑夜的真正的空气中，这时，敲门声又一次响了起来，就像榔头敲在我的坟墓上那么有力。

有些打扰太深奥莫测了，反而不能扰乱你的平静。当一个人遇上刽子手时，他的胳膊腿儿不一定打战儿。我拨开门闩，拽开门。

雷杰西走了进来。最初那一瞬间，我看到他脸上的紧张和眼睛里那愤怒的亮光，以为他是来逮捕我的。他站在门厅里，盯着起居室里的家具，来回晃着头，但他晃头晃了那么长时间，以至于我终于搞懂了，他正在转动着脖子，是想以此来缓和一下他的紧张心情。

"我到这儿来不是为了喝酒，伙计。"他终于说话了。

"噢，你可以来一杯。"

"一会儿再说。我们先来谈谈。"他那愤怒的眼光射进了我的眼睛，然后，让人意外地——因为我不认为他看到了我显露出这样的坚定来——他把眼光转到了别的地方。他不会知道我正准备干什么去。

"你，"我问，"星期天还在工作吗？"

"你今天到西头儿去了，是吗？"

我摇了摇头。

"你不知道发生了什么事儿？"

"不知道。"

"每一个警察都在望夫台酒家那儿。镇子里的每一个警察。"他打量了我一下,"我坐下你不介意吗?"

我不介意。我表示了一下,暗示了这个意思。

他坐了下来。

"瞧,马登,"他说,"我知道你日子过得相当忙碌,但你大概会想起来今天早晨你接到过一个叫默温·芬尼的打来的电话吧。"

"望夫台酒家的老板?"

"你总是在那儿吃饭,还不知道他的名吗?"

"嘿,"我说,"别打断我。"

"行,"他说,"你干吗不也坐下来呢?"

"因为我准备出去。"

"芬尼给你打电话是关于一辆小汽车的事儿,对吗?"

"小汽车还在那儿?"

"你告诉默温·芬尼,"阿尔文·路德说,"说你记不住和潘伯恩在一块的那个女人的名字了。

"我现在还是想不起来。它很重要吗?"

"可能不太重要。除非她是他妻子。"

"我想她不是。"

"唷,很好。你是人民的精明法官。"

"我不够机敏,猜不着现在发生了什么事。"

"噢,我会告诉你的,"他说,"可我不想歪曲你的观点。"他又死死地瞅着我的眼睛,"对潘伯恩,你能说点儿什么?"

"一个大公司的律师。反应敏锐。一个和一个金发女人同游的

119

游客。"

"他出事了吗?"

"不太可能。"

"为什么?"

"因为我想和杰西卡一块儿到别的地方去,可他妨碍了我们。"我停了下来。要说得有好多呢,因为雷杰西是个警察。精神压力从他那儿跑掉了。不久,你就会出错儿的。"噢,"我说,"那就是她的名儿。我刚想起来。杰西卡。"

他记了下来。"她的姓氏呢?"

"想不起来。她可能从来就没告诉过我。"

"她长得什么样?"

"社交界的妇女。我说是南加利福尼亚上流社会。没有真正的地位。就是有钱。"

"但你喜欢她吗?"

"我有种感觉,她的一举一动就像个色情明星。"我说这句话,就是要去震惊他。其结果比我期望的更成功。

"我不赞成色情女人,"他说,"我不去她们那儿。但我杀死五个或十个色情明星也不在乎。"

"这就是我喜欢的法律的强制性。"我答道,"让一个杀人犯穿上军服,他再也不会杀人了。"

他仰起头。"粗鄙的嬉皮士哲学。"他说。

"你从来也经不住辩论,"我告诉他,"你满脑子布雷区。"

"也许是这样,"他神情狡诈地眨了眨眼睛说,"还是让我们说说潘伯恩。你认为他反复无常吗?"

"不,好像不是这样。我想说一点也不是这样。"

"不对。"

"不对?"

"从任何一种意义上说,你觉得他是一个搞同性恋的男人吗?"

"性交完后,他可能会洗手,但是,不,我不会把他称作搞同性恋的男人。"

"他爱杰西卡吗?"

"我说,他喜欢她是因为她能提供给他的东西,并且他有点累了。她的劲太足,他对付不了她。"

"你不认为他在难以抑制地爱着杰西卡吗?"

我刚想说"我不是这样认为的",马上又改口问他:"你说'难以抑制'是什么意思?"

"我说,它是指爱某人爱到了你无法控制你行为的地步了。"

在我心中的什么地方,一个自私的推测出现了。我说:"阿尔文,你要引出什么事来?潘伯恩杀了她?"

"不知道,"雷杰西说,"没人见过她。"

"他在哪儿?"

"今天下午,默温·芬尼打电话来,问能不能把小汽车从他那儿挪走。但它合法地停放在了最初的地方。所以,我告诉他,说我们得在车子挡风玻璃上贴张通告。今天下午,我绕着镇子转了一圈。我想我应该去看看。我看,它有点不对头。有时你看到的是一辆完全坏了的汽车。所以我试着打开车后行李厢。没锁。潘伯恩在里面。"

"被谋杀了?"

"听你说这句话倒蛮有趣的。"雷杰西说,"不,我的朋友,他是自杀。"

"怎样自杀的?"

"他钻进行李厢,关上门儿。然后,躺在毛毯下面,把左轮手枪插进嘴里,扣动了扳机。"

"让我们喝上一杯吧。"我说。

"好。"

他的双眼愤怒地瞪着,"真是件奇怪的事。"他说。

我管不住自己那张嘴。A.L.雷杰西有势力。"你相信是自杀吗?"我问,尽管我知道问这个问题对我自己没什么好处。

更糟糕了。我们的眼光清清楚楚地碰到了一块儿,没什么可掩藏的,很明显:两个人都想起了同一个情景。我看到了我的小汽车右边座位上的血。

他沉默一会儿,说:"无疑是自杀。他嘴上和腭上,火药粉的痕迹到处都是。除非有人先给他服了药。"——雷杰西拿出个笔记本,记下几个字——"只是,我不知道你怎么会把一支枪捅进一个人的嘴里,崩了他,然后重新安顿了他的尸体,还没因为崩出来的血浆暴露了自己。四溅到地板上和行李厢边儿上的血全都和自杀的迹象不矛盾。"他点了点头。"但是,我可并不,"他说,"很佩服你的聪明。你把潘伯恩给看错了。"

"我当然不认为他是自杀。"

"忘了它吧。他是个性变态的男性同性恋者。马登，你甚至没有一条线索说明谁是幕后策划者。"

他看了看起居室，好像要清点门窗，把家具归类。用他的眼睛去看这个地方是不舒服的。大多数家具是帕蒂选的，她的口味是花哨的，都是用在坦帕挣来的钱买的——那就是，白色的家具，颜色扎眼的坐垫、帷幔、小地毯，在蒙布上有一大堆花，许多膨起的人造革酒吧工具——在她的闺房里，在她的会客厅里，分布着淡红色、柠檬灰色、橘黄色、象牙色——真是冬季普罗文斯敦的一幅条纹图案。要是我承认好多天来，我的情绪一直平淡、消沉，根本不像尼森的房子和我的房子之间的色彩那样差异悬殊，那这会使你了解我现在的精神状态吗？

雷杰西仔细地瞅着我们的家具，嘴里还不住地嘟囔着。

我不能就此了结。"是什么让你这么肯定，说潘伯恩是个同性恋者呢？"

"我不会那么称呼的。"我管潘伯恩叫同性恋者。这个词可把他给气坏了！"他们应该管它叫'性变态综合征'。"他从口袋里拽出一封信，"把他们自己叫成同性恋者，他们四处走动，有计划，存心要传染给别人。他们正贮藏着一场瘟疫。"

"唷，不错，"我说，"列举一下你的瘟疫。我也列举一下我的。"他特别自负，和他辩论使我产生了一种争斗的快感。你说你的核污染，我说我的性疱疹，但现在并不是时候。

"看看信封里装的是什么，"他说，"到底潘伯恩是同性恋者还是他是同性恋者？读读它！"

"你敢肯定是他写的?"

"我对着他的通信册核对了他的手迹。是他写的这封信,完全正确。大约一个月以前吧。上面有日期。但他从没寄出去。我猜,他犯了个重新读它的错误。这就足够把枪筒正正当当地放在你嘴里,把它打烂。"

"他写给谁的?"

"噢,你了解男性同性恋者。他们彼此那么亲密,不在乎谁叫什么名儿。他们心对心地闲聊。也许在结束时,他们会屈尊用一下你的名儿。这样,收到信的那束花便会知道放在正确的那个花盆里。"他马一样地嘶嘶笑了一阵,走到一旁。

我开始读这封信。信是用浓浓的紫蓝色墨水写的,笔迹流畅、有力:

> 我刚刚拜读了你的诗卷。关于诗歌和古典音乐的最完美的鉴赏,我知道的是这么少,但我知道我喜欢什么。我喜欢交响乐,从阴部飘升上去的交响乐。我喜欢 Sibelius(西贝柳斯)、Schubert(舒伯特)、Saint-Saens(圣桑)① 以及所有的名字第一个字母是 S 的人,是的,是的,是的。我知道,我喜欢你的诗,因为我总想给你写封回信,叫你回来,母狗。我知道,你恨我粗劣的那一面,但我们永远不要忘了,朗尼是一个穷途末路的人,他不得不费点力气,去和他的联号店铺

---

① 法国音乐家。

女继承人结婚。联号是谁弄来的呢?

  我喜欢你那首《度过》,因为它让我同情你。在那里,你喝得烂醉,为自己担心,总是,这么可怕地把自己锁起来,唷,你正服刑呢,我当时在越南,在中国海巡视。你知道那儿的日出吗?你把在你写完《度过》之后来到你眼前的彩虹说得如此美丽,但我在全身心地感受那些彩虹。你的诗是多么鲜明生动啊,它让我回忆起我在西贡①度过的那芬芳华美的性欲横流的几个月,是的,情人,度过!你写了你周围的那些重型武器,你告诉读者:"我感到他们里边有火,装填很坚实的火,就要烧破皮肤的火,烧热了夏天的空气。"噢,哥们儿,只有你们这样的执枪杀人犯才不想这是真的。对于许多我认识的海员,我也有同样的想法。有好多火焰,烧热了我的手和脸。放弃你想做的事儿,使你几乎要发疯了,但是,当时你是个绅士啊。勉强说得上吧。但是我寻觅着,我找到了。我扮演一条雄性母狗,不分青红皂白地和别人性交。朗尼根本没有失去理智,谢谢你。他够聪明的,从他那同性恋血液中,得到了大多数东西。

  在那些中国海里,你失去了多少东西啊。我记得,黑眼睛的卡迈因来到离岘港不远的半圆拱形活动房屋的门口,声音软软地叫道:"朗尼,宝贝,出来呀!"我记得那个从得克萨斯的博蒙特来的瘦高挑金发的小伙子,他要我把他的信送给

---

① 今越南胡志明市的旧称。

他妻子。她离他而去了，我不得不读这封信，我是他的信件检查员，天黑时，他是如何徘徊在船长室边的。我喜爱他谈论养鸡场的那种样子，直到后来我伸过手去爱抚他，他大字形躺着，变得松弛起来。心肝儿，直到第二天晚上天黑时他又徘徊在船长室之前，他并不想替他那养鸡场要求比那还要多的东西。饥饿着的我不能填饱他的肚子。我还记得那个从伊普西兰蒂来的名叫桑尼的可爱小伙子，他嘴里那满含着爱的雪利酒味儿，那双可爱的眼睛，他的恬静、温柔，写给我的那封甜信里，全是蹩脚文法不通的病句。那封信是我离开那条船那天他写给我的，他走上桥，把它给了我。

　　要不就是那个从伊利诺斯州的马里恩来的信号兵，他用信号给了我他多情的第一个表示，并不知道我能够跟上他发送信号的巨大速度："嘿，宝贝儿，今晚咱俩到我船里怎么样？"我答道："什么时候，宝贝儿？"我现在还能看到他脸上那惊喜的目光。他那令人愉快的气味——一股汗气加法国香水味。

　　你的诗让我回忆起多少事情来呀。那是些令人愉快的日子。没有法律诉讼。没有人去拍上流社会的子弟——别以个人的观点看待它——的马屁。就是海军将官和海军陆战队士兵。真遗憾你从不认识海军陆战队官兵，也不认识特种兵。他们都很年轻，情意绵绵的，过去，我没工夫去细想这些事，可现在可以。你的诗让我想起了他们。我想起在西贡布莱瓦特区的"蓝象"里遇到的那个海军总院医务兵。我想起了后来我带他去一家内部装饰毁坏得够呛的旅馆的那个房间，他乘我不注意,一把把我抓住,接着,他在我帽子里找我的名字,这样他就会再次见到我了,尽管我不想让他知道我的名字,而且我也这么告诉了他。把我的鼻子插进他的床铺里,它那使人发狂的气味又一次把我脑袋里的全部感觉甩到九霄云外。

是的,他们内心深处烈火中烧,烧热了感觉的空气。无数根巨大的、乞求的、湿淋淋的刺棍,像公火鸡的垂肉那样的愤怒的红色,可爱的,可爱的令人愉快的日子。那时,攻读《雷丁监狱之歌》,叫你疲惫不堪,可怜的沃德利,你正同痛苦的失败作斗争,因为你不能去做你的身心大声疾呼要你去做的事。

也许我最好别再去谈你的优秀诗作了。你看到,它们使我怎样地粗卑。永远不要抛弃像我这样的可爱的朋友,也不要对我怀有戒心,不然你将永远失去我。但是,你已经这么做了!!!这时,他不是一个从空军来过周末的小伙子,我也不是很谨小慎微地去对待一个搞同性恋的牧师,他是那么让人害怕地热衷于不得体的同性恋,不,我一直很惊奇,沃德利。我和一个金发女人搞起来了。你认为我醉得很厉害吗?我是这样的。

永远不害怕。这个女人看上去和莱纳·特纳一样娇柔,但也许她并不是这样,不完全是这样。也许她已经做了一次性改变手术。你信吗?我们共同的一个朋友看到她和我在一块,厚颜无耻地说她是那么豪华艳丽,她肯定是个骗子。她曾一度是个他吗,他们问。噢,对你们大家来说是个坏消息,我说,她并不是。她是个地道的真正的女人,王八蛋!那就是我对我们共同的朋友说的。事实上,自从我和我那位廉价货联号商店的女继承人结婚以来,她是我曾有过的第一个女人,所以我了解联号的束缚。我已经在它们中间混了好多年了。让我告诉你,沃德利,离开他们后在你眼前的是一片乐园。和这位新的女人在一起充满淫欲,这和它在西贡布莱瓦特区常常表现出来的一样,纯粹淫欲的动情——性交——抽吸的乐园对于一个男性同性恋者——我应该说前同性恋者?像我这样的,确实如此。性别的变化是多么令人陶醉啊!沃德利,对于这个女人来说我是个男人。她说从没有一个男人比我强。宝贝,她叫你感到精力充沛,热血沸腾,这你是不会相信的。热恋归热恋,但我是疯狂地爱着。要是有人试图带走我的金发妇人,我会杀人的。

明白我什么意思吗?热恋!但你为什么变得心烦意乱呢?你曾顺着这条路朝下走过,你没走过吗?沃德利,也和你的金发美妇一起生活过。噢,没有难以忍受的感情。我们可能是心灵的前同屋人,但让我们保持亲爱的老朋友的关系吧。朗尼是上帝赐给女人的礼物。

附言。你肯定曾看过电动剃刀商业广告节目,名叫某某。我没有写出名字,是因为我不敢告诉你是哪一个。毕竟我是他们的代表。但你知道是哪一个。打开电视找到它。有个二十一岁的男孩——躯体先生!——给自己刮脸,在他刮脸的整个过程中,他看上去像性欲达到了高潮那样兴奋。广告商都被这一商业广告节目的结果迷住了。噢,那么,我迷恋的是非同性恋者，对所有那些不得不说声再见。

再附言。我认识那位二十一岁的小伙子。信不信由你，他是我那位金发女人的儿子。事实上，我是他在想着的男朋友。你不认为他现在对他妈妈和我有点嫉妒吗？

再再附言。所有这些都是极其机密的绝顶秘密。

我把信递回去。我想，当时我们俩都极力回避对方的眼睛，但它们还是相遇了。老实说，它们撞击后又从对方那儿把目光弹回来，这就像磁铁同极相遇后互相排斥那样。同性恋感觉就像两个人要打架时嘴里呼出的气味一样，十分明显地待在我们中间。

"我要报复，上帝说。"雷杰西说。他把信放回胸袋里，气呼呼地说。"我真想杀掉那些男性同性恋者，"他说，"不让一个漏网。"

"再来一杯。"

"信里有股堕落的邪味。"他说，拍了拍胸膛，什么酒也冲刷不掉。

"我这个人不爱多说话，"我说，"可你曾问过你自己你应不应该是警察局长吗？"

"干吗要这么说？"他问。立刻，他全力提防起来。

"你应该知道。你在这儿的时间不短了。夏天，这个镇子是个庞大的同性恋营地。只要葡萄牙人想挣他们的钱，你将不得不接受他们的习惯。"

"知道我不再做代理警察局长这一消息可能会让你感兴趣的。"

"什么时候？"

"今天下午。我读了那封信时。瞧,我就是个乡巴佬。你知道我对西贡布莱瓦特区了解些什么?每晚两个妓女,一连干了十个晚上。那就是全部。"

"接着讲。"

"我看到有许多好男人被杀死了。潘伯恩死了,这很好。我自己也可能会干这种事。"

你会相信他的。由于意外的消息,我们的谈话又转了话题。

"你是正式辞职吗?"我问。

他伸出双手,好像要推开所有的问题。"我不想细说这件事。我从来就没想当什么警察局长。我手下那个葡萄牙人实际上是在做这一工作。"

"你在说些什么呀?你的职称是个掩护吗?"

他掏出手帕,擤了擤鼻子。这么做时,他上下晃动着脑袋。这是他向我说"是的"的方式。真是个乡巴佬。他一定是从毒品稽查局来的。

"你相信上帝吗?"他问。

"是的。"

"不错。我知道我们会谈谈的。一会儿让咱们俩扯扯。先喝醉了,然后再谈。"

"行。"

"我想效忠上帝,"他说,"人们不了解的是,要是你想效忠上帝,你就不得不培养你的睾丸,让它们大到能继承他的属性。包括执行复仇义务的履行能力。"

"咱们以后谈谈吧。"我说。

"好。"他站起来,想走,"你清楚沃德利这男人是谁吗?"

"我猜他是个老情人。挺富又很神经质的乡下老爷。"

"我欣赏你的敏锐。哈,哈,哈。说我在什么地方听到过这个名字。它太不平常了,你忘不了。有人只是顺便提到沃德利这个名字。可能是你妻子说的吧?"

"你去问她吧。"

"看见她时,我会问她的。"他拿出笔记本,记下一则东西。"你认为这个叫杰西卡的妇人在哪儿?"他说。

"大概她回加利福尼亚去了。"

"现在,我们正在核对这件事。"

他伸出一条胳膊,绕着我肩膀,好像要来安慰我,因为我不知道那些事儿。我们俩一块儿穿过起居室走到门口。由于我的个儿高,我从来不必去想自己是个小个子,但是,他确实比我粗大。

在门口,他回过身,说:"我尊敬你,这是因为我妻子。"

"我知道你妻子名儿吗?"

"她叫玛蒂琳。"

"噢,"我说,"玛蒂琳·福尔科?"

"都一样。"

街面流行的头条行为准则是什么?要是你想早点死的话,那你就跟一个警察的老婆穷扯吧。对她的过去,雷杰西都了解些什么?

"是的,"我说,"过去曾经有一段时间,她常在一个地方喝酒,我在那儿当酒吧侍者。好多年以前了。但我清清楚楚记着她。她是一个多可爱的姑娘,一个多好的妇人啊。"

"谢谢夸奖,"他说,"我们有两个可爱的孩子。"

"真让人惊奇,"我说,"我不知道……你有孩子。"差点说走嘴。我刚才是想说:"我不知道玛蒂琳还会生孩子。"

"噢,是的,"他说,掏出皮夹子,"这是我们家的照片。"

我看看雷杰西又瞧瞧玛蒂琳——这当然是十年前我最后一次见到的玛蒂琳——还有两个头发淡黄的男孩子,他们看上去有点像他,但一点也不像她。

"太棒了,"我说,"问玛蒂琳好。"

"沙扬娜拉[①]!"雷杰西说,然后走了。

现在,我不能启程去特普罗森林了。我不能再一次鼓足勇气,集中精力去走完想象中的路程。在这个时候,我做不到。我的思想正像小山上的风那样摇摇摆摆地前进着。我不知道是不是要去想想潘伯恩·朗尼,沃德利,杰西卡或玛蒂琳。接着,忧伤来袭击我的心头了。我在想着一个我曾爱过的女人,心都要碎了。爱已经一去不复返了。它本来应该永存的。

我郁郁不乐地想着玛蒂琳。也许是一个小时以后,我到了顶楼上的书房里,打开一个文件箱。在那儿,从一堆旧手稿中,我找到了我要找的那几页,然后又读了一遍。我差不多是在二十年前写的这几页——写这些东西时,我有二十七岁吗?——是以一

---

① 日语"再见"的音译。

个相当自信的年轻人的风格写成的，那时我努力要做那种人。这在当时并没有什么。如果你不再是个以整体存在的人，只是一堆未完稿的散篇，每篇作品都有它自己的风格，当一个人充满着自我的存在，甚至是虚假的自我存在时，那么，仅仅去回头看这些作品手稿，就能使你在短时间感到自己又成为一个完整的人了。我在重读这些旧手稿时就是这样。然而，我一读完，就沉浸在一个旧时的烦恼中了。因为我曾做过一件错事，在好多年前，把这些手稿给玛蒂琳看了，这件事加速了我们关系的破裂：

我在无意中发现，在厄普代克写的名叫《邻居的妻子》的一个短篇作品里，有着对于女性生殖器的最精彩描写。

这是一节对一片森林的美丽的描绘，并且，它让你去估摸那规模的神妙。有人曾写到，塞尚改变了我们对于大小的观念，直到桌上的一条白毛巾就像高山深谷中的积雪，一块皮子成为一片沙漠中的峡谷。真是个有趣的看法。打那以后，在塞尚的作品里，我总是能悟出更多东西，就凭这一点，约翰就将是我特别喜欢的作家之一。

他们说，厄普代克过去当过画家，在他的风格里你是会看到这一点的。没人像他那样精细地研究过事物的外观。他所运用的形容词比今天用英语来写作的任何人所用的形容词都更有区别作用。海明威说不要用形容词，海明威是对的。形容词仅仅是作家对正在进行中的事物的看法。要是我写到"一个壮汉子走进这间屋里"，那仅仅意味着，他比我强。除非我已对读者确定了我的身份，我可能是酒吧间里仅有的一位伙计，刚进来的那条汉子给我留下了印象。最好是说:"一个男子进来了。他正拎着一条手杖。由于某种原因,他像折断了一根细枝儿似的把它折成两截。"当然,这样讲用的时间更多些。所以,形容词导致了一种告诉你如何去生活的迅捷的写法。广告业靠着它兴盛起来。"超效能的、无声的、敏感的、能换五挡的汽车排挡。"在名词之前放上二十个形容词,没一个人会知道你是在描写一个粪蛋儿。形容词满天飞。

因此,让我在它下面画上线吧。厄普代克是少数几个能用形容词来增强作品魅力而不是滥用它们的作家之一。他有着别人少有的才能。他也让我讨厌。甚至是他对女性生殖器的描绘。他会轻而易举地把它描写成一棵树(地衣的棉绒在我四肢聚会的丫杈里,藻类的装饰在我树皮的街心公园,等等)。

例如,现在,我正在琢磨厄普代克描绘的女性生殖器和实际女性阴部之间的不同之处。那就是我这一瞬间正想着的事。它是玛蒂琳·福尔科的,由于她正挨着我坐着,我只要伸过手去,手指尖就能摸到那个活生生的东西。但我仍旧宁愿保持一个作家的白日梦状态。如果不竞争就什么都不是了——哪个没事先声称自己是作家的作家不是这样?——我正试图用仔细斟酌好了的词句把她的阴部栩栩如生地描述下来,以在文学的桂冠之中插上一朵散文的小花,让他人效仿。

只要我和玛蒂琳性交,她都常常是另外一个姑娘,一个靠在我胳臂上,跟我在街上散步的可爱的浅黑型姑娘,她已不再存在了。她的腹部和子宫成了她的全部——都很肥胖,圆润,多脂肪,热情,都充满了淫荡的现世欢乐的热情战栗。我可不能说,在冥想女性阴部时，我不用形容词就能把它描绘出来。我能和世上所有露着肚子的舞女与黑发娼妓一起漂浮——她们的肉欲，她们的贪婪，她们靠卖身挣来的血汗钱，她们拼命挣钱是基于她们对大千世界的黑黝黝的野心，所有这些现在全部在我心中。

玛蒂琳读到这时说："你为什么要写我这样的事儿呢？"然后，以我无法忍受的方式哭了。

"只是在写写罢了，"我说，"这并不是我对你的感觉。我不是个能把我真正感受到的东西写出来的好作家。"然而，我恨她，因为她使我否定了我手稿的价值。但是，在当时，我们发生一些摩擦。就在她读过那些手稿后一星期，我们决定去参加一次半狂欢的换妻游戏（我知道我没有更简洁的方法来表述它），我劝玛蒂琳跟我一块出席。运用"出席"一词一定得归因于我在埃克塞特学的法语。我们不得不从纽约一直开到北卡罗来纳，此外，我们都不认识那两个人。我们所掌握的全部东西是《螺旋》杂志里的一则广告，地址是个邮政信箱号。

一对年轻但性机能已经成熟的白人夫妇，男的是个妇科医生，正在寻觅一个奇情妙趣的周末。不要年岁大的，不要性虐待狂与性受虐狂。他寄张照片及回邮信封来，要求参与换妻游戏的另一对必须是结婚的。

我没告诉玛蒂琳就回了封信，寄了张我俩的打扮得很好、站在街上照的照片。他们寄回来一张他俩的光纸照片。他俩穿着游泳衣。男的个子很高。半秃顶，长了个特别糟糕的长鼻子。膝盖上疙瘩很多，一个小罗汉肚，脸色灰黄。

玛蒂琳看着照片说:"在基督教徒里面,他的那个家伙一定是最长的。"

"干吗那么说?"

"对他没别的解释。"

他妻子很年轻,穿了件镶着荷叶边的游泳衣。她看上去很俏丽。关于她,照片本身就向我说明了某些东西。我一时冲动,就说:"咱俩去看看吧。"

玛蒂琳点了点头。她有一对黑色的大眼睛,亮晶晶的,它们充满了悲剧性的经历——她家在黑手党里很有地位,在她离开家(她家在昆斯)去曼哈顿时,家里人都诅咒她一定会遇到灾祸。她就像穿着一件天鹅绒外套似的,背负着那些由于背叛家庭的意志而带来的心灵创伤。她很庄重,为了抵消这种庄重,我会忍受巨大的痛苦去使她笑起来,甚至试图双手拄地绕着我们那间放家具的屋子来回走。她片刻的欢乐赠给了我的情绪一束鲜花,这种伴有鲜花的情绪会持续几个小时。这就是我会堕入情网的原因。在她心灵深处,有一种柔弱的活力,这是我在别的女人那儿没发现过的。

但是我们的关系太近乎了。她开始让我感到腻烦。我看上去肯定变得太苛刻了,太爱尔兰化了。在一块待了两年后,我们进入不是结婚,就是分道扬镳的时刻。我们谈论着跟别人约会的事。我一次又一次地欺骗了她,她也整宿想以同样的方法治我,因为我一周在酒吧间里工作四次,每次都是从晚五点到早五点,十二个小时是可以充分地做爱的。

所以，当她点头去南部旅行时，我就不再需要她以其他的方式的认可。她的天赋之一是，她那讥讽诙谐的一点头，就可以把一切表达清楚。"现在告诉我那个坏消息吧。"她说。

这样，我们就到了北卡罗来纳。我们彼此都假装成我们可能不会喜欢另外那一对，会很快就跑出来的样子。这样，我们就会在归途中狂荡上一两宿。"我们将停在钦考蒂格，"我对她说，"我们得想方设法，骑上一匹钦考蒂格矮种马。"我还向她解释，为什么说它们是最后一批野马了，就在密西西比河东岸。

"钦考蒂格，"她说，"我喜欢那个地方。"她声音洪亮、干哑，她的音色会在我心中产生共鸣。她说钦考蒂格时，每个音节都让我感动。因此，我们彼此给对方上点安慰药，以使我们在未来婚姻这段肉体上刚刚砍下的伤口愈合。然后继续往前走。

就是在那儿，我第一次遇上了帕蒂·拉伦（那是在她遇到沃德利老早以前了），她原来是大斯都坡的妻子（她这样称呼他）。大斯都坡果然是（1）一个真正的长阴茎的所有者；(2)一个说谎的人，因为在那个县里，他不是最拿手的妇科医生，而是个按摩疗法医生。他还是个酷爱女性生殖器的家伙。你能想象出他潜进玛蒂琳玉腹里有多深吗？

在隔壁卧室里（对于换妻游戏，他是讲究卫生的——不能有第三个或第四个人在场），帕蒂·厄伦——她还没有改名叫帕蒂·拉伦——和我开始了我们自己的周末。我还有足够的勇气把它描绘出来，但现在，我想的是，在坐车回纽约的路上，我想起了她。我和玛蒂琳从没在钦考蒂格中途下过车。那些天我也没抽烟。

我的第一个打算就是甩掉这个附加物。所以我经历了自我的迅捷的上升和自由的下降，经历了两天一宿的调对游戏（大斯都坡不知道我和玛蒂琳没结婚，但说实话，从这次换妻周末给我们带来的损失程度上看，我们已经结婚了）。那段时间我从没抽一支烟。我感到刺穿了——用这个词是因为我听到了另外一个男人和她性交时，她兴奋得叫出了声（玛蒂琳呻吟得那么动听）。没有一个男性在听到那样的接连不断的女性叫喊，由于一根陌生的新（很长）阴茎给予她的兴奋的叫喊后会无动于衷。"一个性受虐狂比一个男性同性恋者要好一些。"那两天我不止一次对自己说。然而我也有自己的销魂时刻，因为那个按摩疗法医生的妻子，他以前的护士，这个帕蒂·厄伦，她的身段就像《花花公子》里十九岁的模特那样柔软，令人难以置信地站在你面前。我们分享着性欲很强的高中生式的浪漫情趣。那就是，逼她把她的嘴放进她发誓说她以前从没放进过的地方。我们拱在彼此的胳肢窝里，我们俩抱成团，老练、柔密、下流，而又这么让人销魂（像加利福尼亚人所说的那样）。上帝，帕蒂·厄伦太美妙了，你会连续和她性交一直累死才肯罢休。甚至现在，十二年以后，我又一次回想到那第一个夜晚，但同时又不愿意去想它，好像只想帕蒂的优点会使我再次背叛玛蒂琳。

接下来，我咀嚼着关于我和玛蒂琳回纽约的长长归途的痛苦记忆。这段归途特别长。我们吵了起来，当我有几个弯儿拐得太快时，玛蒂琳对我尖叫起来（那实在太违背她的性格了），最后——我把它归咎于我试图摆出冷冰冰的臭架子，不抽烟的结果——在拐一个无法预料的急转弯时，我控制不住车子了。它是道奇牌或博克牌或水星牌——谁能想起来？它们在拐险弯时，行动全都像海绵状橡皮似的，我们尖叫着，往前拖了一百多码，撞到一棵树上。

我感到身子与车子没有什么两样。一部分被碾着了，一部分被拉开了，有一阵像拖尾消音器一样的可怕吵闹声在我耳朵里敲击着。除此而外，一片静默。当虫子的骚乱震撼了田野时，这是乡间静默的一种。

玛蒂琳情况更惨。她从没告诉我，但我知道她子宫受了伤。确实，在她从医院出院时，她腹部有块难看的伤疤。

我们的关系维持到第二年，又过了几个月以后，我们分道扬镳了。我们迷上了可卡因。它填充了我们的裂隙。不久，毒瘾也失去其作用了，我们的关系的岩石被毒瘾撞碎了。裂隙变大了。在我们分了手以后，我因卖可卡因被抓了起来。

眼下，我坐在普罗文斯敦我的书房里，呷着没掺水的波旁威士忌。那些过去的痛苦连同一点点波旁酒证明它们是对全部我所理解的由震惊到开始，再由开始到转变，然后到彻底混乱组成的够三天用的镇静剂，能是这样吗？坐在椅子里，我开始感到睡意像赐福一样飘然而降。那已经消逝了的东西的嘟囔声笼罩了我，这是一次灌输，往昔岁月的色彩变得比现在的色彩还深。睡觉会是洞穴的入口吗？

没多久，我就给从睡眠中拉了回来。甚至在我看到一个岩洞的洞口时，我能做些什么呢？这并不足以让我的思绪从特普罗森林的隐藏处移开。

然而，我还是呷着波旁酒，一些智谋又回到了我身上。我开始琢磨潘伯恩先生自杀这件事的冲击力了吗？因为，现在看来，潘伯恩可能就是干这件事的疯子，这不是不可能的。这封信当然可能被看成一个罪犯的预言。"要是谁想带走我的金发妇人，我会杀人的。"但是杀谁呢？是新情人还是那个妇人？

这为工作提供了一个前提。当它与波旁酒混在一起时，它变成了我所必需的镇静剂，最后，我深深地沉入了梦乡。迷迷糊糊地，浑身都是伤，好像我还在为那个埃克塞特队打球，为那个总不及格的球队打球，在睡眠里沉得这么深，以至于当我醒来时，鬼城里的声音甚至从我这儿消逝了。反而，我清晰地想起来，三天前的晚上——是的，一定是！——杰西卡，朗尼还有我，我们三人差不多同时迈出望夫台酒家。他们从餐厅出来，我从休息室出来，接着，在那儿，在停车处，我们又扯了起来——非常违背潘伯恩的意愿，但倒是很对她的口味——我们谈了起来，杰西卡和我笑了这么多，这么快活，以至于不一会儿我们就决定我们必须到我们家里去，来杯睡前酒。

然后，我们开始谈车子的事儿。我们是分坐两辆车还是就坐在一辆车里？杰西卡说要坐两辆车走，朗尼坐他那辆租来的轿车，她跟我坐那辆保时捷车。但他会察言观色，知道会发生什么事，并且也不想被人甩了，所以，他解决这个问题的办法是坐进保时捷车的旅客座上。不得已，她只好坐在他腿上，靠着他，把她的腿搭在我的膝盖上。这样，我的手在她膝盖中间，在她大腿下面换挡。然而，到我家只有两英里多点的路。我们一到我家，谈了好一会儿普罗文斯敦的房地产，房地产的价值，帕蒂和我的房子为什么会值这么多钱。这房子只是由两个盐盒子、两个库房和一个我们自己为三楼那间书屋而建的塔楼组成，但是屋前空地，我告诉他们，是重要因素。我们有一百英尺长的海湾空地，房子走向和海岸平行。这在我们镇子里可是少有的。"是的，"杰西卡说，"太有意思了。"我发誓，她的双膝又分开了一点儿。

现在，我也说不好是记忆还是梦，因为要说它有着那个真实事件的全部明晰性，那么它的逻辑似乎属于睡眠的活动场所，在那儿，发生了那些不可能的行为，这些行为在白天来说，可是太尖刻了。现在我所想起来的是，当我们坐在我的起居室里喝酒时，我开始感到只要朗尼一动身上便散发出一股香粉味儿。他喝得越多，酒吧联盟那种似乎能够支撑他的男性门面的东西就越少。想到这儿，我在椅子里醒来，在他们最初消失后的第三个早晨，我发誓有过这种事：在那天夜晚，在我的起居室里，我正看着她，看着他，我的阴茎硬起来——这是我极为自豪地记得的几次之一——我对这种意外礼物的理解是这么肯定，以至于我决心把它放出来，让它钻进这长时间的、丰富的——我必须这么说——意味深远的沉默的经纬中去。是的，我把它掏出来，对着他们举起它来，就像个六岁的孩子或一个幸福的疯子一样。如果这个记忆确实是真的，那么就是，她从她坐着的地方站起来，靠着我跪下，把头放进我大腿中间，朗尼叫了一声，地道的半兴奋、半痛苦的嚎叫。

然后，似乎是，我们又钻进了我那辆保时捷车，开始了到韦尔福利特那儿去的古怪的旅行。就在我们到达哈坡的房子那儿之前，有一次我把车子停在树林里，在车子的前挡泥板上做起爱来。是这样的，因为今天早晨，当我在三楼书房的椅子里醒来时，我把这件事全都想起来了，我仍然能感觉到，帕蒂·拉伦滚蛋吧！好像杰西卡和我早已经在天国的某个车间里，一部分，一部分地制作好，我们两个人根本无法分开，而朗尼只是在那儿看着！他哭了出来。要是我还记着的话，我从没感到比这更残忍了。那就是我在被老婆抛弃了将近四周时的性爱状态。

接着，我们三个人又在车子里谈了起来。他说他必须单独和这个女人在一起，他必须和她谈谈——我会让他们谈吗？为了顾全面子，我会让他们谈吗？

"行，"我说，"但是，然后咱们必须来一次降神会。"为什么呢，我不知道。"我敢肯定，"我说，"跟你谈完后她还会跟我的。"我记得，我到了楼上，走到哈坡跟前，然后做了这个刺花纹。是的，扎针时，哈坡嘴里哼着曲子。他那漂亮而清瘦的脸上挂着一副女裁缝的表情，然后——不，我记不得是不是把车子停在特普罗森林，带他们去看我的大麻地了。但我们一定是去了——是的，现在，我知道我不会没做成那件事。

以后发生了什么呢？我丢下她，让她一个人跟他在一块儿了吗？今天早晨醒来时，我对爱的平衡是多么小，私心又是多么重！现在，我希望我丢下她，让她跟他在一块儿了，是她的脑袋——是的，我希望在那个地洞里找到她的脑袋。因为如果放在那儿的是她——现在我确信,那不能不是杰西卡——那么,我就能找到其他线索。要是他在某家汽车旅馆的房间里杀了她,把她的尸体(或者只是她的脑袋?)带回到我的大麻地上,那么在那条沙土路的路边应该还有轮胎印才是。我能开到他的车旁,不管现在它被没收放在了哪儿,检查一下它的轮胎。是的,最后我像个侦探似的想着,所有这些,像我不久之后逐渐认识到的那样,是一次练习,练习把我的心理开向我所害怕的垂直的高墙,直到我感到又有了足够的勇气,是的,在心理方面有足够的勇气以使在大脑中进行第二次旅行,这样真正的旅行就会成为现实。所以,今天早晨八点钟我在椅子里醒来时,靠着杰西卡的所有的淫欲刺激的作用打起精神来,把我每一个充满淫欲的想法的高度健全的肾上腺素改造成这样一个欲望:把我自己从堕落中拯救出来。这整整用掉了整个白天的时间,整整一上午,一下午。即使我不希望在黑暗中到那儿去,我也没办法。那天,有好长时间,我的意志一直保持沉默。我坐在椅子里,或在低潮时到海滩上散步,体验到了好多痛苦,好像我必须再爬一次我们那座纪念碑似的。然而,傍晚时,我自己再次回到了二十四小时前雷杰西敲门时我待的那个地方。所以,我钻进了我的保时捷车,是的,又一次,我甚至认为,潘伯恩可能在杀了杰西卡之后,开着我的车子来了,用她最后的血液涂抹了车子前座——我怎么能证实这一点呢?——我把车子开出去,开到林子里,停下,走上那条小道。我的心像头在教堂门口乱撞的公羊那样怦怦乱跳着,汗水从我脸上往下淌,像长流水的水源似的。我呼吸着特普罗夜晚的雾气,挪开石头,伸出胳膊往里掏，可一点东西也没掏出来。我不能告诉你我是怎么摸索那个地洞的。我的手电筒都快要把地照出个大窟窿。但我把军用床脚箱搬出来后，洞里空空的，什么东西都没有。那个人脑袋没了。只有军用床脚箱和它里面的大麻瓶子还在。趁眼下正聚集起来的那些鬼魂还没包围我，我逃离了那片森林。

五

然而，等我到了公路上时，我的恐慌消失了。如果许许多多个醉酒的夜晚在许许多多个早晨让我累及我自己（关于我曾做了什么，我能记起来的是这么少），那么现在，对我来说，自从在望夫台酒家那天晚上到现在，我没有——不管我有多焦虑——再次和我的记忆割断联系。这要是真的，那么我就没从这个地洞里把那个金发人头挪走。是另外一个人干的。甚至很可能，我不是杀人凶手。

当然，我怎么能发誓说每天夜里我都待在了床上呢？从另一方面来说，没有一个人控告我说我有夜游症。像伴随潮汐变化而来的海滩上的沙沙声那样（要是你能听到），一种信心开始回到我身上，一个信念，要是你能这么叫它，以至于我没失去最后的运气（就是那种让一个男人回到赌桌上去赢回来的信心）。

从我现在所处的境况来看，相信我可能会回家，有理智、神志清醒地待在家，然后睡觉，这是虚张声势。的确，我是这样的，今天早晨这种想法给我留下的印象是一种小小的惊奇。这就是说，我带着一种目的上了床。我在细细盘算（在睡梦的最深处）我是该去看看玛蒂琳呢，还是不该去。我上床的那股麻利劲和睡得那样死，都证明了我的这个目的。

到了早晨,没出现什么问题。今天,在帕蒂出走后的第二十八天,我要去看看玛蒂琳。别的可以先放一放。我吃了早饭,洗了狗的食盘。我注意到,狗对我的恐惧现在已被一种巨大的冷淡代替了。这星期,它总是和我保持一段距离。我还没来得及仔细想想它干吗要跟我断绝友情,扫我今天的兴致,就伸手拿起科德角电话簿,找到了阿尔文·路德·雷杰西在巴恩斯特布尔镇的电话号码。

眼下是九点,是打电话的好时机。雷杰西可能已经开出五十英里,到普罗文斯敦去了,或者还没到,正走在路上。

我没猜错。接电话的是玛蒂琳。我知道她是一个人在家。

"你好。"她说。是的,她一个人在家。她的声音很清晰。当另有一个人跟她同在那间屋子里时,她总是不自觉地表现出心烦意乱的声音。

我等着,好像在准备理由。然后我说:"我在听你问我好。"

"蒂姆。"

"是,我是蒂姆。"

"我生活中的男人。"她说。这句话带有尖刻的挖苦,这样的挖苦我已经有好长时间没听到了。她可能会轻松地说:"你是不是那个短暂生活中的伙伴?"是的,她的声音有回声。

"你好吗?"

"我挺好的,"她说,"但我记不得是不是向你问过好了。"

"你确实向我问过了。"

"是的,是蒂姆,"她说,"噢,我的上帝!"好像现在我们的旧情又苏醒过来了。是的，蒂姆——在电话里——在所有这些年之后。"不，宝贝，"她说，"我没向你问过好。"

"我听说，你结婚了。"

"是的。"

我们沉默不语。有一段时间，我感到她想把电话挂上。汗珠开始爬上我的脖子。要是她把听筒撂下了，那么今天所有的希望就全都要泡汤了，但我的天性让我还是别吱声。

"你住在哪儿？"她终于问道。

"你的意思是说你不知道？"

"嘿，朋友，"她说，"这是二十个问题吗？我不知道。"

"贵妇人，请别那么生硬。"

"滚你的。我坐在这儿，是强打精神。"——那意思是说我打断了她今天早晨的第一顿大麻烟——"你给我打电话，好像你是昨天的那个伙伴似的。"

"等等，"我说，"你不知道我住在普罗文斯敦吗？"

"那儿的人我一个也不认识。从我听到的看，我不能肯定我想去认识谁。"

"那很正确，"我说，"钟每敲响一次，你的丈夫就抓走一个你亲爱的老朋友。"

"那是怎么回事？"她说，"那是不是很可怕？"

"你怎么能跟一个警察结了婚呢？"

"你还有一角钱吗？去打由受话人来付款的电话吧。"她挂了电话。

我钻进了我的小汽车。

我必须去看她。朝着昔日罗曼史的余烬上煽风是一回事，去感受一下回答的允诺是另外一回事。在那一时刻，我看透了我执意要去的根本原因是什么。怪不得我们不堪忍受那些找不到答案的大问题。它们待在脑子里，就像那为了永远盖不好的建筑物的地基而掘的大洞似的。潮湿的、腐烂的以及死掉的东西都聚集在它们的里面。依靠那种驱使你回去喝酒的着魔劲儿，数一数你的牙齿里的那些洞儿吧。所以，没问题。我必须去看她。

我很快就把自然景象尽收眼底。这天对我是再好不过了。就在普罗文斯敦镇子外，一轮苍白的十一月的太阳把它淡黄色的光洒向了沙丘。沙丘看上去就像天上的神山似的。风吹着沙子，直到丘脊被一团天使般的雾霭遮蔽了为止，然后它吹到公路的另一边，奔海湾而去，所有为夏日游客而设置的小白房子，就像纯种狗场里的狗窝那样整齐、干净。眼下，它们的窗户用板子堵上了，它们有一副默不作声，多少有点受伤了的外表，但是，树也是光秃秃的，上面的颜色像一冬没吃多少东西的动物的皮似的。

我好歹试试看，把汽车开得玩命快，一个州警要是在雷达上看见了我的车，凭这个速度就能把我投进监狱。但我毕竟没去编造这样一个好时机，因为在这高速行驶中间，我想到，巴恩斯特布尔这个镇子太小了，小到了人们要去注意一个坐在保时捷牌小汽车里问去雷杰西家的路的人，并且，我也不想让阿尔文·路德的邻居今晚去问他那位把赛车停在离大门口有三百码远的朋友是谁。

在科德角的这一部分，人们在冬天里，像鸟那么下作、眼神好,像办事员那么有组织性,当他们不认识你的车子时,他们要记下你的车牌号码。他们盼望着没有驾驶牌照的汽车的到来。所以,我把车停在了海恩尼斯,租了一条没名儿的暗褐色小船,是银河牌的,还是短剑牌的?——我想是短剑牌的,这没关系,我情绪饱满得很,竟然和服务台后面那位年轻的蓬蓬头开起玩笑来,说我们美国的汽车遍地都是。她肯定以为我让麦角酸二乙基酰胺毒品给顶得神道道的了。她用了很长时间来检查我的信用卡,在放下电话,还给我信用卡之前,让我等了十分钟(她爱答不理地懒洋洋地泡着)。这倒给了我时间去郁闷地考虑我的财经状况。帕蒂在逃走时已把我们的活期存款全都花光了,切断了我的Visa信用卡,我的户主卡,我的美国快汇卡的经济来源,所有这些,我都是在她走后第一周里发现的。但是跟我一样的丈夫们都有其他来钱道儿,有着甚至连帕蒂·拉伦这样的妻子也不能彻底根除的财源。所以我的餐者俱乐部卡,被她漏掉了,我不断地更换它,但从没用过它,现在,它的活力使我有了饭吃,有了酒喝,有了汽油用,让我能够租用汽车,并且——对了,这种状态已经持续近一个月了——帕蒂·拉伦迟早要从前方阵地那儿收到几张账单的。那么,在她离开我出走后,缺钱花将成为我的当务之急。可我不愁。我会卖掉家具的。钱是别人玩的游戏,而我呢,有足够的钱不去玩,从而避免了耍钱。没人会相信说这种话的人,但你知道吗?——我相信我自己。

所有这些促使我从那个地方出发,来一次短途旅行,但是,离巴恩斯特布尔越近,我的心里就越害怕去想,要是玛蒂琳不让我进去，我会怎么办。但是，这样的不安不久就给专心到那儿去的需要取代了。在这些部分里面，那根本不是个无意识行为。最近十年里，巴恩斯特布尔的近郊发生了一些变化，刚铺成的路多了点儿，新开发的事物多了点儿，它们穿过覆盖了这里大部分地面的色调单一而又矮小的松树林拔地而起。甚至上了岁数的人也很少听到离他们住的地方两里远有几条新街道。所以，我小心翼翼地把车子停在海恩尼斯的一个房地产办公室门口。在那儿，他们有一张大幅最新县地图。我在地图上终于找到了阿尔文·路德住的那条小巷子。正像我猜想的那样，在这张地图上，它看上去不超过一百码长，是六条模样相似，平行排开的小巷之一，这些街道都是从一条主街那儿垂悬下来的，像一头老母猪身上的六个奶头，或者讲究一点说，像我开的那辆汽车引擎上的六只气缸之一？去他家的这条短短的路终了在一个奶头大小的柏油的车辆挑头处。在终点的转盘周围，排列着五座高度统一的更改过了的科德角模式的木房子，每座房子的草坪上都栽着棵松树，放了一对塑料雨水槽，都在房子上铺着石棉屋顶板，都有刷了不同颜色的邮筒，都有带垃圾筒的垃圾箱，都在草地上放着三轮摩托车——我把车子就停在离转盘很近的地方。

让人看到我走上五十磴不必要的台阶走到她门口，肯定会引起注意。我走上台阶，按了按门铃，过了一阵子又回到我车里，这一切是逃不脱邻居们的眼睛的。但是如果把车子放在另一座房子前并因此使得房主不安就会更糟糕了。笼罩在这片可怜的矮松树林里的他乡异国土地上的孤独无助感有多么强烈啊！我想起了昔日的印第安人的坟墓，它们可能曾经坐落在这片灌木丛生的土地上。当然，玛蒂琳是能忍受这种情景的，这情景的忧郁与她的心情产生共鸣，这样，她就能在这一结合的基础上得到升华了。但是，要去住在像帕蒂的房子那样的房子里，在那儿，一个人会直挺挺地掉到几种色调的快活下面去——噢，不多，对玛蒂琳来说，那会更糟。

我按响了门铃。

等我听到她的脚步声时，我才敢肯定她在里面。她一看到我就开始战栗起来。她心中的强烈骚动好像她已经说出来了一样，让我感受到了。她很高兴，她怒气冲冲，可她没太吃惊。她化了妆，所以我知道（因为她白天通常不往脸上抹什么东西），她是在等一个来访者。无疑，这个人就是我。

然而，我没受到热情的欢迎。"你真是个乡巴佬，"她说，"我就知道你会干出这样的事儿来。"

"玛蒂琳，要是你想让我来，你就不该把电话撂了。"

"我又给你打了个电话，没人接。"

"你在电话簿上发现了我的名字？"

"我发现了她的名字。"她把我打量了一遍，"被人看住你是受不了的。"她对我说，结束了这场拷问。

玛蒂琳曾经在一个上好的纽约酒吧和饭馆当过好几年女老板。她不喜欢你说中她的伤痛处。她虽然不怎么战栗了，可她声音还是不大自然。

"让我把严酷的现实对你明说了吧，"她说，"在邻居互相打电话探问你是谁之前,你可以在我的房子里待上五分钟。"她朝窗外瞥了一眼,"你是走到这儿来的吗?"

"我的车停在路那头了。"

"那可太好了。我想你最好马上就走。你是来问道儿的,是吧?"

"你的邻居都是干什么的,有这么好的德行?"

"左边那家住了一个州警,右边住的是一对退休老两口,斯努普先生和太太。"

"我想他们也许是黑手党的老朋友。"

"噢,马登,"她说,"十年过去了,可你看来还那么差劲儿。"

"我想跟你谈谈。"

"让我们到波士顿找个旅馆吧。"她说。这是她告诉我别管闲事的好办法。

"我还爱着你。"我说。

她开始哭起来。"你真是个坏小子,"她说,"你臭不可闻。"

我想去拥抱她。我想,我要是说出了心里话,就会立刻跟她回到床上,可现在不是时候。十年的生活使我懂得了这些。

她的手做了个小手势。"进来吧。"她说。

起居室与这幢房子很协调。它有着大教堂里那样的天花板,机器制作的镶木,一块合成纤维小地毯,许多一定是从海恩尼斯购物中心买来的家具。没有什么东西是她自己的。这并不奇怪。她把大部分注意力放到了她的身体上,她的衣服上,她的化妆上,她的声音上以及她那张瓜子脸的表情上。她能用她那张美丽的嘴的最微妙变化来传情。每一点儿嘲讽，每一点儿轻蔑，每一点儿暧昧，每一点儿温柔，每一点儿领悟，这些都是她可能需要表现的。她是她自己的浅黑型的艺术作品。她就以这样的姿态出现。但她的环境是另一码事儿了。我第一次遇到玛蒂琳时，她住在一座绝对单调乏味的公寓里。我只需要再把尼森那个地方描绘一番就行了。我这么说绝对没有一点儿夸张的成分。我曾有个女王，她不受她居住地的支配。我可告诉你，这就是我跟她住了几年后就讨厌她了的一个主要原因。和一位意大利女王生活同跟一位犹太公主生活一样，都是在受罪。

我说："这些都是阿尔文买的吗？"

"你那么叫他吗？阿尔文？"

"你管他叫什么？"

"我大概管他叫胜利者。"她说。

"正是胜利者告诉我，说你向我问好。"

她几乎没有很快地去掩藏这个消息。"我从没对他说过你的名儿。"她说。

我想，这可能是真的。在我认识她时，她从没在我面前谈论过任何人。

"噢，"我说，"你丈夫怎么会发现我认识你呢？"

"再好好想想。你会想出答案的。"

"你认为是帕蒂·拉伦告诉他的吗？"

玛蒂琳耸了耸肩。

"你怎么知道，"我问，"帕蒂·拉伦认识他？"

"噢,他告诉我,说他遇到了你们俩。有的时候,他还会告诉我不少事呢。我们在这儿待得挺寂寞的。"

"那么你是知道我在普罗文斯敦了。"

"我设法忘了它。"

"你们干吗会寂寞呢?"我问。

她摇了摇头。

"你有两个儿子要照顾。那一定会让你忙得不可开交。"

"你在说些什么啊?"

我的直觉是正确的。我想,孩子们不住在这幢房子里。"你丈夫,"我说,"给我看了一张你们和两个小男孩合照的照片。"

"他们是他兄弟的孩子。我没孩子。你知道我不能生育。"

"他干吗要跟我撒谎呢?"

"他是个骗子,"玛蒂琳说,"这又有什么可大惊小怪的?大部分警察都是骗子。"

"你的话听起来好像你不喜欢他。"

"他是个泼妇的残忍专横的儿子。"

"我知道。"

"但我喜欢他。"

"噢。"

她开始笑了起来。然后又哭起来。"原谅我。"她说着,走进了洗澡间。它位于门口的门厅那边。我更仔细地看了一下这间起居室,没有图片,也没有画,但在一面墙上,挂了大约有三十张镶在框子里的照片,全是雷杰西穿着各种不同样式的军服照。

特种部队服、州警警服,别的我就不认识了。在有些照片上,他正跟政府官员和看上去像官僚的人握手,有两个家伙,我算计该是高级联邦调查局的人。有时是雷杰西正接受运动奖杯或纪念奖杯,有时是他正把它们赠送给别人。在相框中心处,是一张玛蒂琳的装在相框里的大幅光纸相片,她穿着半露胸的天鹅绒长外套。看上去她蛮漂亮的。

在对面墙上有个枪架。我不太知道是不是该说它是一件特棒的收藏品,但在那儿有三支手枪和十条长枪。在一边,有个前面带钢网的玻璃箱子,里面是一个放了两支装六发子弹的转轮手枪枪架和三支粗大的手枪,对我来说,它们就和马格南左轮手枪一样。

在她还没出来之前,我很迅速地往楼上跑了一趟,穿过了主人卧室和客人卧室。那儿有更多的从购物中心买来的家具。都很整洁。床都铺好了。这并不符合玛蒂琳的性格。

在镜子一角塞着一张纸片。上面写着:

复仇是一盘菜,品尝它的人得凉着吃。
——意大利古谚

这是她的手迹。

我恰好在她再次出来前走下了楼。

"感觉很好吗?"我问。

她点了点头。她坐到一把带扶手的椅子上,我自己坐到了另一把椅子上。

"你好,蒂姆。"她说。

我不知道是不是该相信她。我开始认识到,我需要谈的是多么多啊,可玛蒂琳要不是我倾诉心曲的最好的人,就差不多是最坏的人。

我说:"玛蒂琳,我还爱着你。"

"下一个问题。"她说。

"你干吗要跟雷杰西结婚?"

用他最后的名字是不合适的。她变得不自然起来,好像是我接触到了她的婚姻本身,但我实在不愿意管他叫胜利者。

"这是你的错,"她说,"终归,你不必把我介绍给大斯都坡。"

她也没必要说完这个想法。我知道她想要说又憋住不说的那些话。然而,她控制不了她自己。她说话的声音有些像帕蒂·拉伦,可学得并不太像。她气坏了。学得走了样了。"是的,先生,"玛蒂琳说,"自打跟大斯都坡干过以后,我就对特殊的老家伙发生了兴趣。"

"能给点酒喝吗?"我问。

"到你该走的时候了。我还可以把你当成保险公司里的推销员。"

"挑明了吧,你怕雷杰西。"

当什么都说出来了之后,摆布她还是容易的。她的自豪感必须原封不动地保留着。现在她说:"是你叫他感到生气。"

我没吱声。我正动脑筋猜想他究竟气成了何等程度。"你认为他会很坏吗?"

"老兄,他是另外一种人。"

"这是什么意思?"

"他会是很坏的。"

"我不愿意看到他把我脑袋给砍下来。"

她看上去给吓了一跳。"他告诉你那件事啦?"

"是的。"我说。

"越南?"

我点了点头。

"噢,"她说,"任何一个能用大砍刀一刀砍掉一个越共分子脑袋瓜子的人毫无疑问是要被清算的。"对这样的行为她全然不惧。不是全然。我记得玛蒂琳内心的复仇意识的深度。有一两次,有个朋友侮辱了她,我以为,这是小事一桩。可她从来没忘掉这码子事。是的,越南的一次死刑执行在她心里激起的浪花是不容易平静下来的。

"我推想,你跟帕蒂·拉伦的关系很糟糕。"玛蒂琳说。

"是的。"

"她是一个月以前离开你的吗?"

"是的。"

"你不想让她回来吗?"

"恐怕我会做出点儿什么来。"

"噢,你选择了她。"在餐具柜上有个装波旁酒的圆酒瓶子,她拿起它来,带了两个玻璃杯回来,给我们俩每人倒了半英寸没掺水的酒,没加冰块。这个仪式来自过去的岁月。"我们早晨的内服药。"我们过去常常这么称呼它。和以前一样——她在呷酒时,有些战栗。

"你怎么娶她不娶我?"这就是玛蒂琳想要说的。她就是不吱声我也能听得很清楚。

问题是她从来没有说出来,我很感激。我能回答些什么呢?我会说:"心肝儿。你,玛蒂琳,过去常常哽咽着,或快活地呻吟着,好像地狱就在男人身上似的。它和中世纪一样美丽。帕蒂·拉伦是个啦啦队队长,随时准备把你弄得筋疲力尽。虽然女人们都有生来固有的技巧,但选谁得由你的爱好决定,你是想让你老婆文雅端庄,还是让她贪得无厌。她像令人向往的昔日美国一样贪得无厌,我想让我的国家待在我的生殖器上。"

当然,我这位失掉了好长时间的颇有中古风度的妇人现在已经对一下子就能砍掉别人脑袋的男人产生了兴趣。

和玛蒂琳在一起生活的最大好处是这样的:我们能一块坐在一间屋子里,能如此清晰地听到彼此的心声,以至于我们似乎正从同一口水井里把它们提上来。所以,她也能听到最后我没说出来的话。她嘴角一歪我就知道了。当玛蒂琳再次看我时,心中充满了敌意。

"我没告诉阿尔有关你的事儿。"她说。

"你那么称呼他吗?"我问她,"阿尔?"

"住口,"她说,"我没对他说有关你的事儿,因为没那个必要。他的欲火把你从我心中烧没了。雷杰西是匹种马。"

以前,还没有一个女人用这么恰切的言辞严厉地批评过我。

帕蒂·拉伦也不会。"是的，"玛蒂琳说，"你和我彼此相爱，但在雷杰西先生和我开始我们的一点男欢女爱期间，他一晚上就和我做了五回爱，并且第五回跟第一回同样美妙。你在表现最佳的晚上也干不了那么多次。你离五先生的桂冠还差得远哪，我就那么称呼他，你这个傻瓜。"

完全违背我的意志，这句话给予我的痛楚使我的眼睛里充满了泪水。这等于在忍受从伤口里把沙子弄出去那样的痛苦。但是，在那一时刻，我再一次沉入对她的钟爱之渊中。她的话使我看到我在有生之年里该把脚跟放在哪儿。它也唤起了我以为已经死了的自尊心。因为我发誓，在我被干掉之前的一个夜晚，我将要抹去她对五先生的佩服。

然而，在我离开前，我们的谈话又来了一次变化。我们默不作声地坐了一会儿，然后又沉默了更长一段时间。大概是半个小时后吧，泪水开始从她的眼睛里流出来，冲掉了睫毛油。过了一会儿，她不得不揩揩脸。

"蒂姆，我想要你走。"她说。

"行，我就回去。"

"先打个电话来。"

"行啊。"

她陪我走到门口，然后停了下来，说："还有件事我更应该告诉你。"她对自己点了点头，"但我要是告诉你的话，"她继续说，"你就不想走了，只想跟我谈话了。"

"我保证不会那样。"

"不，你会食言的。"她说，"等着。在这儿等着。"她走到起居室里一张英属殖民地时代的两边有抽屉桌子的复制品旁，在那儿，她在一张纸条上写了几句话，把它密封好，走了回来。

"你会信守这条诺言的。"她说，"我想要你握着条子，直到回家的道走完一半时，你再打开它。想一想它。别给我打电话谈这件事。我知道的我都告诉你了。别问我怎么知道的。"

"这是六条诺言。"我说。

"六先生。"她说，走过来，把嘴伸给我。这是我曾有过的最富有纪念意义的一吻。然而，这个吻是冷冰冰的。她的全部柔情，她的所有愤怒，都传进了我心中。我承认我被这两种情感的结合物弄得目瞪口呆，好像一个技艺高强的拳击家正用一个可怕的左手肘弯击和自相矛盾的右手肘弯击抓住了我，这不是描绘一吻的好方法，没有给我那一记亲吻提供我心灵的安慰物，但我说这个，是在强调我的腿走起路来如何像橡胶似的，走过了邻居家，顺路走下去，走进我的车子里。

我信守这六条诺言。在我把那辆小汽车在海恩尼斯交上去，回到我的那辆保时捷车里，一直往东哈姆开了好长时间后，我才打开纸条。我把车子停在公路上，细细读了她的便条，仅用了三秒钟。我没给她打电话，只是又读了一遍。纸条上写道："我丈夫和你妻子关系暧昧。除非你准备杀掉他们，否则咱们就别谈这件事。"

我又一次发动了保时捷车，但我在路上总是走神。我把车子开到了一个标牌前。牌子上写着：国家公园——马可尼海滨。然后，我又把车子开出六号公路，停在俯瞰着大西洋的悬崖上。这一切并不叫人奇怪。我把车停在公园指定的地方，然后走到一座低矮的沙丘上。我手玩着沙子，冥想着那些早年移居美国的清教徒，琢磨着是不是就在那儿，他们转向北，向科德角的顶端驶去，然后再绕过普罗文斯敦。对马可尼来说，还有比这个海角更好的地方来把最早的无线电信息发送到大西洋空间吗？然而，我大脑在细想这种大概念的同时，变得空空荡荡的。我叹了口气，想到了来往于贞妮和吉勒·迪·赖斯之间，伊丽莎白和埃塞克斯之间，俄国女皇和拉斯浦丁之间的无线电消息，以及，用我们自己最自谦、客气的说法，来往于玛蒂琳同我自己之间的无线电消息。我坐在这个低矮的沙丘顶上，来回在手里传着沙子，由于我见到了玛蒂琳，我试图估量估量我现在的处境。一切都落到了阿尔文·路德·雷杰西的身上吗？

　　我想起来了，我只会用长枪，不会用我那支手枪，因为这一点，我在五年里没打过一回架。由于喝酒，并且后来还抽烟，我的肝一定比原来大了两倍。但一想到要与雷杰西见面，我感到原来的一些血气又回到了我身上。我以前不是打架的好手，现在也不是行家。但我在酒吧当侍者那几年，还是学了几招儿。在牢房里，我又使它们翻了一番——我一肚子鬼把戏——但后来，这算不了什么了。在最后几次打街架时，我变得那么邪性，以至于他们总是不得不从我旁边逃走。我父亲血液里的某些东西传到了我的身上，好像我已买下了他的遗传密码。硬汉不跳舞。

　　硬汉不跳舞。在那桩奇事儿上，我的记忆，像一条绕过航标驶进港湾的小船似的，回到了我的青春时代，我感到我自己又生活在刚过十六岁,参加金手套大赛那一年了。这与我拿着玛蒂琳写的那张纸条的时刻太遥远啦。或者并不那么遥远,毕竟,我是在金手套大赛中,头一回把别人打伤了,而且伤得很厉害。坐在这儿,坐在南韦尔福利特海滩上,我开始笑了起来,因为我用这种方式看到了我年轻时的样子,我十六岁的时候。当时,我总把自己想象成是条硬汉子。我毕竟有个在街区上最硬的父亲。同时,我知道,甚至是那时,我永远不会是他的对手,但我依旧告诉我自己,我相当像他,到中学二年级时,我成了高中足球队的队员。那是个本领!我记得那年冬天,每当踢完球后,我常常对我几乎完全不能控制的世界充满了卑鄙而傲慢的敌视。(我父母那年离的婚。)我开始去我父亲的酒吧间附近的一个拳击体育馆。这合情合理。作为道奇·马登的儿子,我必须报名参加金手套大赛。

我在埃克塞特认识的一个犹太小伙子告诉我,说他十三岁那年是他一生中最糟糕的一年。他花了一年时间准备他的受戒仪式,从不知道,在某个特定的晚上,他能睡着还是根本就睡不着,背诵着那段必须在第二年冬天一个犹太教徒集会上对他家的二百个朋友宣讲的讲演词。

我暗示他说,那还没有你第一个晚上参加金手套大赛时的情形那么坏。"有件事儿,"我说,"你得半裸着身子走进屋去,没人让你这样做。五百个人在那儿。他们中有些人不中意你。他们中意另一个小伙子。他们盯着你看时,眼光很挑剔。然后,你会看到你的对手。他看上去就像一管烈性炸药。"

"是什么促使你这么干的呢?"我的朋友问。

我对他说了真话。"我想让我父亲高兴。"

对一个有着这样善良的目的的孩子来说,在更衣室里,我感到紧张不安。(其他十五个拳击手和我的心情一样。)他们,像我一样,在蓝角里面。隔墙那边,也是个更衣室,里面有十五个从红角里来的竞争者,大约每隔十五分钟的样子,我们每边就有个人走出去,走到大厅里,另一个就回来了。根本没因为匆忙建立起来的同盟而有丢脸的危险。我们彼此不认识,但我们希望大家都走运。很热诚地希望。每隔十五分钟,像我说的那样,一个小伙出去了,过一会儿,先前出去的那个回来了。要是赢了,他会欣喜若狂,要是输了,他也会很痛苦。但终于,什么狂喜呀,什么痛苦呀,还是都过去了。有个小伙子被背了进来,他们派人去叫救护车。他被一个赫赫有名的黑人小伙子打倒了。当时,我考虑要放弃比赛。但一想到我父亲正坐在第一排,我就没照直说出这句话来,"好吧,爸爸,"我自言自语,"我是为你死的。"

一旦拳击开始了,我发现,拳击运动,像别的文化一样,得花上几年时间才能学会,并且,没过几分钟,我就丢掉了我所有的那点文化。我真的吓坏了,所以,我的拳头像雨点一样向对方砸去。我的对手,长得胖胖的,黑黑的,跟我一样害怕,也从没停止挥拳。第一轮拳击结束时,我们俩没有一个能动弹。我的心都要炸了。到了第二局,我们简直就连一拳也伸不出去,站在那儿动不了。我们怒目而视,用头去挡拳,因为我们太累了,不能躲闪——挨一拳也比动一步少费气力。我们看上去肯定像码头搬运工似的,喝得太多,打不起来了。我们俩的鼻子都在流血,我都能闻到他的血味儿。在这一天晚上我知道了,血味原来跟身体发出来的气味一样。这是相当可怕的一局。当我回到我那个角休息时,我感到我就像一台超速运转的机器似的,每个零件都要转不动了。

"得玩玩命,好好打,要不我们赢不了。"教练说。他是我父亲的朋友。

当我能说出声来时,我尽量正式地对他说——你可能会想到,我已经念预科了——"如果你想结束这场拳击,我悉听尊意。"

然而,他眼睛里的神情告诉我,在他余生里,他将会重复我这句话的。

"小家伙,把他揍出粪来。"我的教练说。

铃响了。他把口腔保护罩递给我,冲着拳击场中心推了我一下。

现在,我不顾死活地打上了。我必须把我刚才那句话的肝脏吃掉。我父亲喊得这么响亮而高亢,我甚至都认为我会获胜了。轰隆!我踩上了个炸弹。我脑袋不像棒球击球员的球棍那样摆动了。我猜想,我在绕着拳击场趔趔趄趄地走着;因为我看到另外那位拳击手正上下左右来回跳动。我在一个地方站了站,然后又站到另一个地方。

新腺上激素肯定被这一拳打松了。我的双腿顿时产生了无穷的力量。我开始转圈,开始挥拳猛打。我跑动,我躲避,我挥拳(我从一开始就该这么干)。终于,我认识到了这样一个事实:我的对手所知道的拳击技术比我还少!正像我打量他,给他来个肘弯击一样(由于现在我发现了他每次都放低他的右手,所以我假装要用左手去打他的腹部)。噢,铃响了。拳击结束了。他们抬起了他的手。

其后,当那些对我表示良好祝愿的人走了,我孤零零地和我父亲坐在一家咖啡店里,第一批痛苦的波浪开始涌向我时,大麦克低声抱怨说:"你本来应该赢的。"

"我也是这么想的。人人都说我应该赢。"

"那都是些朋友。"他摇了摇头。"你是在最后一局输掉的。"

不,既然比赛结束了,我又输了,我就得认为是我赢了。"人人都说我挨那一拳以及来回走动的方式都很漂亮。"

"全都是些朋友。"他说,声音是这么悲伤,以至于你将会认为那些人都是朋友而不认为酒成了爱尔兰人的害人精。

我真想跟我父亲论出个高低,这是我以前从没有过的想法。呆呵呵地坐着,半个脑袋空落落的;躯干、四肢及嗓子闷乎乎发热,沉得抬不起来;你的心中充满了恐怖,这可能是因为你的确输了一场比赛而你的朋友硬是说你应该赢。所以我气喘吁吁地对他说,对他来说,我可能从没这样自傲过,"我的错儿是我不跳舞。我应该在铃响时快点冲出来揍他。我应该过去:揍他!揍他!变换变换位置。"我说,摇动着双手,"不停地兜圈子。然后转回来猛戳他,到他够不着我的地方跳舞,兜圈子,跳舞,揍他!揍他!"我点头赞许我自己这套绝妙的战斗计划。"当他准备时,我就能打倒他这个蹩脚的拳击手了。"

我父亲脸上没有表情。"你记得弗兰克·科斯特洛吗?"他问。

"暴徒里的头号人物。"我钦佩地说。

"有一天晚上,他正跟他的金发俊俏女人坐在一家夜总会里,在那张桌子旁边,还坐着他请来的罗基·马西亚诺、托尼·坎佐内里和大块头托尼·盖勒托。这是一个朋友欢聚的宴会,"我父亲说,"管弦乐队在演奏着。所以弗兰克对盖勒托说:'嘿,大块头,我想要你跟格洛里亚跳个舞。'这使盖勒托很紧张。谁想跟这个大人物的女友跳舞呢?她喜欢上他该怎么办哪?'嘿,科斯特洛先生,'大块头托尼说,'你知道我不会跳舞。''放下你的啤酒,'弗兰克说,'出去,到那儿跳舞。你会跳得挺棒。'这样,大块头托尼站了起来,在地板上跟格洛里亚跳起舞来,他俩之间相隔有一胳膊远。在他跳完后,科斯特洛又让坎佐内里跟格洛里亚跳,所以,他也不得不把格洛里亚带出去跳舞。然后轮到了罗基。他自以为地位高得可以叫科斯特洛的名儿,所以他说:'弗兰克先生,我们这些重量级的在舞厅里施展不开。''到舞池里蹦蹦。'科斯特洛说。在跟罗基跳舞时,格洛里亚抓住机会,低声对他说:'老英雄,帮帮忙,看看你能不能让弗兰克大叔跟我跳个舞。'

"当那段音乐结束时,罗基把她领了回来。他感觉好多了,别人的兴趣也上来了。他们开始戏弄这个大人物,但很小心,你知道,只是无伤大雅的小玩笑。'嘿,科斯特洛先生,'他们说,'科先生,跳一个吧,你干吗不跟你的夫人跳个舞呢?'

"'怎么样?'格洛里亚问,'请!'

"'轮到你了,弗兰克先生。'他们说。"

"科斯特洛,"我父亲摇了摇头,对我说,"硬汉子,"他说,"不跳舞。"

到现在，我父亲说过大约五句这样的话。"我们出生在屎尿之间"成了他的最后的和最不高兴的话，甚至像"别说了——你把风都从帆那儿说跑了"也总是最高兴的话那样，但在我整个青年时代，这句话常常是："硬汉不跳舞。"

十六岁时，作为一个从长岛来的半爱尔兰人，我不了解禅宗大师和他们的心印，但要是我知道了，我将会说，这句话本身就是个心印，由于我了解它的内涵，它就仍然伴随着我，我岁数越大，对它的意思理解得就越深。现在，坐在南韦尔福利特的海滩上，远望着朝我涌来的已走到了三千英里旅途终点的海浪，我再一次想起了帕蒂·拉伦对我性格的侵蚀作用的神力。自怜的浪涛可预见地升了起来，我想到了停止去想我的心印的时候了，除非我能给我的沉思带来新的想法。

确实，我父亲的品德比你在遇到麻烦时毫不退却这种品德更好，某种更美好的东西无疑是他不能或不会表达出来的，但他的准则就在那儿。它可能是条誓愿。我失掉了他的哲学肯定会解释得清清楚楚的某种无法捉摸的原则了吗？

这时，我看到有个人正顺着海滩朝这边走来。他走得越近，我就越努力去辨认他。随之而来的是，我脑子里的东西渐渐开始消失了。

这个人个子很高，但外表并不阴险。事实上他很胖，看上去有点像梨似的，上小下大。因为他有个罗汉肚，可肩上的肉并不多。此外，当他走在沙子上面时，他的步法很可笑。他穿得很讲究，穿的是三件一套的有饰针带子的炭灰法兰绒男装，条纹衬衫上有个白领，扎了一条俱乐部领带，在他胸前口袋里有块小小的红手帕，一件骆驼绒上衣折搭在他胳膊上。为了不磨损他的棕色平底便鞋，他用手拎着它们，这样，他就用花格短袜踩着冰冷的十一月沙子往前走。这使他像一匹大出洋相的马似的，迈着跳起来而后又轻轻点地的脚步走过湿乎乎的鹅卵石。

"你好吗，蒂姆？"这个人现在对我说。

"沃德利！"这让我有两层惊愕。一是，他体重增加了这么多——上次在离婚裁决法庭里看到他时，他还很瘦；二是，我们竟然在我已有五年没来了的南韦尔福利特海滩上相遇了。

沃德利侧过身子，把手伸向我正坐着的地方。

"蒂姆，"他说，"你的行为方式说明你完完全全是个泼妇的儿子，但我想让你知道，我并不沉湎在令人不快的感情里。生活，正像一个人的朋友不断告诫他的那样，太短暂了，没有空儿总去琢磨令人不快的往事。"

我握了握他的手。如果他想同我握手，我也没法拒绝。毕竟，他妻子在坦帕的一个酒吧间里遇到了彻底破产了的我——那是他在将近五年后第一回见到我——给了我一份差事，给他们当汽车司机，在他鼻子底下把我带上她的床，我们因此而重续我们在北加利福尼亚度过的良宵，然后，她鼓动我鼓动到这样一种程度——我绞尽脑汁地去想万无一失地杀掉他的方法。谋杀他的火花还没亮就熄灭了，我在离婚审判时，做了对他不利的旁证，态度坚定地发誓说——并且有些碰巧还就是真的——他要送给我一大笔钱，恳求我在法庭上做对她不利的旁证。我又说，他建议我把帕蒂·拉伦带到基韦斯特的一座房子里，在那儿，他准备和一个侦探、一个摄影师来一次突袭。那纯属胡编乱扯。他以前只是自己嘟囔过这种想法。我还说，他请求我去诱奸她，目的是以此作为他的证据，那真是个成功的伪证。我为帕蒂·拉伦提供的证据带给她的好处，可能同她的律师用录像机训练她带给她的好处一样多。沃德利法律上的全部火力一齐对准了我，顿时，我在证人席位上成了个明星。这些飞来的子弹极力把我渲染成一个曾犯过罪的人和海滨酒徒。这些子弹要多卑鄙有多卑鄙，但我这么干怎么能保持我良心上的纯洁呢？我在沃德利家当司机的时候，他可是把我当作埃克塞特的老同学看待，而我呢，一直没有机会回报他。

"是的，"他说，"有一小段时间我感到难过，但米克斯总对我说：'沃德利，甩掉自怜吧。这个家养活不起这种感情。'我希望他们现在把米克斯投进最糟糕的坑里，但不是在这儿，也不是在那儿。人得接受他人的忠告。"

他说话的声音最该死不过了。我待一会儿会描述这种声音的，但是现在，他的脸直接对着我。跟许多粗俗的人一样，他有个习惯，当他对某个坐着的人说话时，他总是猫着腰向前探着身子，把嘴放到你周围的空间里，使你总感到不舒服，你接受的是他那贵族式的唾沫星子。当阳光照在他脸上时，他看上去，特别是在近处看，活像个麦面团。他要是不穿得这么整齐笔挺，他的外貌就会显得呆呵呵的，因为他那薄薄的黑发直竖着，五官显得呆滞，脸松松垮垮地绷着，可他那双眼睛实在很吓人。它们很亮，有种古怪的能力，只要有人一句话说得不中听，它们就会立刻变作两

169

团怒火，好像魔鬼打了他一下似的。

所以他那双眼睛竭力想占有你，盯进你的脸，好像你是他找到的第一个长得与他相像的人。

然后是他的声音。我父亲一定会憎恨这种声音的。上帝肯定是在用沃德利的声音来夸耀他的庄严。沃德利的双元音发音弥补了他其他的缺陷。那些动人的双元音使下里巴人一下子变成了阳春白雪。

如果说我用了点时间描述了我的老同学，那是因为我仍然处在惊愕之中。我多年来一直相信巧合的神力。我甚至认为，在发生一些特殊的或可怕的事情时，一定会遇到某种巧合——这是我希望能够解释的一种稀奇古怪但又强有力的观念。但沃德利竟然愿意在这个海滩上露面——如果对此有个理智的解释的话，我会更加高兴的。

"你竟会在这儿，真是不可思议。"我想都没想就说道。

他点了点头。"我绝对相信巧遇。如果我有个圣人的话，那么她的名字就是无意中发现珍宝的运气。"

"见到我，你似乎很高兴。"

他想了想这句话，双眼目不转睛地盯着我的眼睛。"你知道，"他说，"考虑来考虑去，我认为我是这样。"

"沃德利，你本性很好。请坐。"

他依了，对我来说，这是种解脱。现在，我不必去死死地瞅他的眼睛了。然而，他大腿上的肉和他的其余部分一样，激增了很多。他的大腿靠着我的大腿，一大块软乎乎的亲切的肉。事实是，要是某人在那方面有才能的话，他就能抓住他，如此等等。他的肉有着那种女子已到结婚年龄特有的消极忍耐性，它乞求受到凌辱。在监狱里，现在我想起来了，他们常常管他叫"温莎公爵"。我常常听到犯人们这样议论沃德利："噢，温莎公爵，他的屁眼子有水桶那么大。"

"你看上去身体不太好。"沃德利咕哝道。

我没搭理这句话，接着问："你在这些地方待了多长时间？"我的意思是指这个马可尼海滩，南韦尔福利特，科德角，新英格兰，或者也包括整个纽约和费城，但他只是挥了挥手。"咱们谈谈吧，"他说，"谈谈重要事儿。"

"这容易。"

"是容易，麦克，你说的对。我总说——实际上，我过去常对帕蒂·拉伦这么说：'蒂姆举止落落大方，他天生就有这份才能。正像你似的，他是什么就说什么。可对这件事，他最虚头巴脑装面子了。'当然，我正试图偷偷摸摸地把一条线索放进她那执拗的大脑里。我是煞费苦心，试图灌输给她一个观念，要她怎么样去守规矩。"他笑了起来。这笑声中蕴含了巨大的兴奋，它是那些当他们孤独地生活时，他们在大笑声中度过他们的生活的人展露出来的，所以，要是笑声里有许多孤独的话，那它就也有着不同寻常的个性，好像他并不关心在他的自来水工程中显示出了多少最可怕的阴沟和陷阱。他绝对是以为，他自己的那种自由抵得上其他一切了。

当他笑完时，我开始琢磨是什么让他这么高兴，他说："自从

171

以前你、我和帕蒂走过这条路以来，让我长话短说吧。你骗她想些什么？"

说这句话时，他眼光一闪，好像他在建议你去偷皇冠钻石。

"全都说吗？"

"那当然。"

"你别兜圈子，往那一点上扯。"

"那是我从我父亲那儿接受过来的另一条忠告。他告诉我说：'事儿越重要，你就越得快点把它说出来。不然的话，重要性本身就会压到你身上来。那你就将永远也说不出它来了。'"

"没准儿你父亲说的对。"

"那当然。"

显而易见，他是想让我琢磨琢磨这句话。

"我想问问，"我说，"出多少钱？"

"你想要多少？"

"帕蒂·拉伦过去常常许给我月亮，"我说，"'去根除那个可怕的男性同性恋，'她说，'你会得到我身价的一半。'"我这么说，是想尽可能地对他无礼。他恭维我举止落落大方的那些话激怒了我。看是抚慰，其实不然。所以我说这句话是想看看他的创伤是不是已经封口了。我不太能拿准说它们已经封口了。他飞快地眨了眨眼睛，好像是在尽力把要淌出来的眼泪挤回去。他接着说："噢，我不知道她现在是不是用同样的话来颂扬你。"

我开始笑起来。我不得不这么干。我总在想象，在我们一切都到手时，帕蒂·拉伦对我会比她曾对沃德利所持的态度要友好些，但那也可能是个特大的假想罢了。

"在她的遗嘱里有你的名儿吗？"他问。

"我不知道。"

"你恨她恨得足可以去干这件事吗？"

"恨得咬牙切齿。"

我没打哽地说了这句话。在海滩上说话很随便，想怎么说就怎么说好了。但就在那时，五次这个数字又浮现在我的脑海里。我刚才是不是吐露了我的真情实感，要么它仅仅是那个令人讨厌的想法的一次重复：玛蒂琳·福尔科·雷杰西的丈夫一晚上就和我爱慕过的女人做了五次爱。我就像个拳击手似的，挨过几小时后似乎就不觉得疼了。

"我听说，"沃德利说，"帕蒂对你很不好。"

"噢，"我说，"你可以用这个词。"

"你看上去像斗败了的公鸡。我可不信你能干这件事。"

"我肯定你是对的。"

"我并不想真是那样。"

"你干吗不干这件事？"

"蒂姆，你永远不会相信我。"

"不管怎么样，你得告诉我。说不定我能通过比较一下那些谎话从中发现真相呢。"

"这话说得可真妙。"

"这不是我说的。是利昂·托洛茨基说的。"

"噢。这句话抵得上罗纳德·弗班克了。"

"帕蒂·拉伦现在在哪儿？"我问。

"她在附近。这你可以相信。"

"你怎么知道？"

"她正和我争夺一块房地产呢。"

"你是打算杀死她还是在交易上战胜她？"

"随便哪个都行。"他说，眼白可笑地一翻。他可能试图模仿小威廉·F.巴克利。

"可你宁可看到她死吗？"我坚持说。

"不用我自己的手收拾她。"

"为什么不呢？"

"你就是不相信我。我想让她盯着杀她那个人的眼睛，把这件事的真相彻底搞错。我不想让她在生命的最后一瞬间看到我，说：'噢，怎么，这原来是沃德利在报复我。'那太容易了。它将会让她心里很平静地死去。她一到地方找到了自己的全尸后，就知道该缠住谁了。找到我并不难。相信我吧，我宁可让她在一种极度混沌的状态里死去。'蒂姆怎么会干这种事呢？'她将问她自己。'是我低估了他吧？'"

"你这一招可真够绝的了。"

"唷，"他说，"我知道你并不理解我。想一想我们的出身和经历的差距，就能知道你不可能理解我。"

他把身子转过来，眼睛死死地盯着我，嘴里呼出的气不太好闻。

"但要是你用真正的房地产交易挫败了她，"我说，"她会知道是你在报复她的。"

"是的,她能知道。我想要那么干。我想让我的死敌看到我不是草包一个。我想让他们都知道,这是沃德利干的。死的方式是不同的。把他们送到混沌里去吧,我给。"

要是在监狱里,他并没杀死一个正威胁他的人的话,我是不会把他的话当真的。在监狱里,他出钱收买杀人者时我在场。他现在的样子和做法跟当时差不多。罪犯们会嘲笑他的,可不是当着他的面。

"把有关那笔真正的房地产交易的事儿告诉我吧。"我说。

"由于你妻子和我都注意到了同一个地方,我认为我不应该告诉你。谁也不知道帕蒂·拉伦会在什么时候回来用胳膊搂住你。"

"是的,"我说,"我会受到责难。"我感到奇怪的是,帕蒂怎么会跟代理警察局长臭味相投呢。

"我不应该告诉你,"他顿了顿,然后说,"可是,一时冲动,我是会那么干的。"

现在,我不得不盯着看那双讨厌的、大而锐利的眼睛。"我并不想搅乱你的感情,蒂姆,可我并不认为你真理解帕蒂·拉伦。她假装她不能不注意世界对她怎么看,但我得告诉你,她并不是用一般材料做成的。对此她感到十分自豪,所以就总也没有出头之日。她假装对社会地位不感兴趣。"

我想起了五年前,我们到普罗文斯敦时,我第一次领帕蒂·拉伦去参加晚宴的情景。有几个朋友把皮酒囊搬到了沙丘上,妇女们带来了一些茶点,甚至把泰国棒棒糖也拿来了。那天,月亮格外明亮。在宴会开始之前,帕蒂感到很紧张——后来我才知道,在宴会开始前,她总是感到紧张——她那么善于设宴款待朋友,这真是叫人难以置信。当时,在场的人都说迪伦·托马斯在参加令人难忘的诗歌朗诵会之前总要呕吐,所以在第一次聚会上,帕蒂用车把他们带出去美美地兜了一阵风,在散会之前,她大腿夹着喇叭吹了起来。是的,她成了那次聚会的核心人物。在以后的聚会中她也总是要大显身手。

同样,我知道他的意思。她在外给的太多,得到的却太少。我常常感到,这就像一个杰出的艺术家画烟灰缸作为圣诞礼物似的。所以,他说的我没往心里去。一点不假,我在想他是不是对的。最近,她在普罗文斯敦也闹了个够呛。

"帕蒂·拉伦的秘密是,"沃德利说,"她认为自己是个罪人。不可挽救了。一切都晚了。如果真是这样的话,那姑娘还会做些什么呢?"

"借酒浇愁,一直喝到死拉倒。"

"如果她是个傻瓜的话。我说,对帕蒂·拉伦来说,实际一点的办法是为魔鬼修建一座巨大的工程。"

他有好半天没吱声,好像他是在让他这番话沉落到无垠的空间里。"我一直盯着她,"他说,"在最近五年里,她做的事没一件我不知道的。"

"你在镇子上有朋友吗?"

他做了个手势。

他当然有朋友了。镇子上有一半人口是靠国家救济来维持生活的。他花不了几个钱就会得到他所需要的一切情报。

"我一直,"他说,"和房地产商有联系。我在科德角的角尖转了几把。普罗文斯敦给我留下了很深的印象。在东海岸,这是座最吸引人的小渔村。要不是葡萄牙人的功劳,是他们走运,很早以前它就会变成一堆废墟的。"

"你的意思是说帕蒂·拉伦想做房地产生意?"

"并不是这样。她想来个一举成功。她看中西部小山上那幢小房子啦。"

"我想我知道你说的那个地方。"

"你当然知道。难道我不清楚吗?和你在望夫台酒家喝酒的那一对男女是我的代理人。他们计划第二天到房地产商那儿把它买下来,就是你在酒桌上十分友好地把我推进去的那幢房子。"他吹了个口哨。"普罗文斯敦是见了鬼了。我完全相信这一点。要不你跟他俩谈话时怎么会想到我的名字呢。"

"这可真是妙到家了。"

"这简直叫人不可思议。"

我点了点头。我的脑袋清醒了许多,开始警觉起来。是不是帕蒂·拉伦在鬼城里把交响乐团弄跑调了?她冲着月亮吹起她那支小喇叭啦?

"你不知道,"沃德利说,"可怜的潘伯恩·朗尼那天晚上和他的金发女友还没吃完饭就给我挂了个电话。他怀疑我是不是在耍两面派。他问我在我的名字满天飞的同时,他怎么会屈尊当个购买房产的人呢?"

"那好办，提价就是了。"我说。

"伟大的计划总会遇到类似的事，"沃德利说，"计划得越周密，你越得注意提防不测的事情发生。找那么一天，我会告诉你杰克·肯尼迪被害的真相的。听说是没命中。真是一串福事！从那天起，中央情报局就不知道东西南北了。"

"你买那处房地产的目的是不是不想让帕蒂·拉伦得到它？"

"太对了。"

"你要那幢房子干吗呢？"

"我会很高兴地雇一个人看管这座空空荡荡的圣殿的。有计划地用干枯的腐烂物把帕蒂·拉伦身上的每一个洞儿都堵上。"

"但是，要是她把房子弄到手，她能干些什么呢？"

他伸出一只白胖的手。"我正琢磨这件事呢。"

"嗯。"

"新港毕竟是新港，你应该把它放在它现在所在的那个地方。马萨葡萄园和楠塔基特现在都成了房地产。汉普顿是个灾难！莱弗卡城在星期天更迷人。"

"普罗文斯敦比它们都拥挤。"

"是的，在夏天你简直没有一点办法，可那时候东海岸有哪个旅游区人不多呢。我想说的意思是普罗文斯敦有它的自然美。其他那几个地方都是大自然的等外品。在秋天、冬天和夏天，哪个地方也赶不上这个面积不大、历史悠久的普罗文斯敦。我琢磨，帕蒂·拉伦是想用那幢房子办家豪华旅馆。要是管理得当，几年以后它就会比附近的所有旅馆都有名气。在旅游淡季，它就会把其他旅馆都挤垮。我认为,帕蒂就是这么想的。要是再有几个得力的帮手的话,她就会名扬四海的。蒂姆,不管我是对还是错,这一点我是知道的。她看中了那个地方。"他叹了口气。"既然,朗尼承认自己失败了,那个金发女郎也失踪了,我得尽快找个代理人,要不然我就得亲自去。这样一来就会抬高房价的。"

我笑了起来。"你已经把我说服了。"我说,"你用不着把帕蒂杀了,最后在那块房地产上干她一顿算了。"

"就照你说的做吧。"他装着对我笑了起来。我不知道是不是该相信他。他讲的听上去不太对头。

我们俩瞅了一阵子海浪。

"我喜欢帕蒂·拉伦,"他说,"有过那么一阵子,她让我感到我是个男子汉。我总说,如果你是个直流、交流的混合体,那最好是把两条线路都通上电。"

我笑了笑。

"我说,这可不是件可笑的事儿。我可以提醒你,在我一生中我始终在争取得到我直肠的产权。"

"没成功?"

"我是唯一一个注意该回答些什么的人。"

"我在你家当司机时,帕蒂·拉伦常常跟我说我们该怎么样干掉你,沃德利。她说等你死了,我们才能过上宁静的日子。还说,要是我们不杀了你,你就会杀死我们的。她说,她认识几个邪恶的人,但你是最该杀的。她说,你有足够的时间去谋划。"

"你当时信了她的话了吗?"

"不太相信。我总在想咱俩被开除那天。"

"这就是你不杀我的原因吗？我总在想这件事。因为，你知道，我从不怀疑谁。我一直很信赖你。"

"沃德利，你必须考虑一下我当时的处境。我身上没什么钱。我曾经犯过法，在警察局里备过案的，所以不能在好酒吧里当侍者。而我所认识的最有钱的女人的所作所为就像她已经迷住了我似的，并且她还答应向我提供我所需要的一切毒品、酒和钱能买到的其他东西。我的确仔细琢磨过干掉你的方法。我鼓足勇气，可就是勾不动扳机。你知道这是为什么吗？"

"当然不知道。我问你呢。"

"因为，沃德利，我总是在想你下决心从一楼顺着墙爬到三楼你父亲房间里那一时刻。你的所作所为感动了我。你是个从草包变成了硬汉子的人。后来，我就放弃了杀你的念头。这一切信不信由你。"

他笑了笑，然后又笑了笑。他前仰后合地笑着，他的笑声引来了一群海鸥，领头的那只鸟好像在喊着："这儿有东西吃，这儿有东西吃！"

"这简直是太妙了。"他说，"帕蒂·拉伦的计划可落空了，因为你不敢杀站在壁架上的小男孩。我听你讲这些很高兴，高兴的是，作为老同学，我们终于相互了解了。我告诉你我过去曾是个多大的骗子。我从来就没离开过壁架一步。是我编的那个故事。在监狱里，谁都得有件惊人的事，所以，那个故事就成了我的了。我想让大伙儿都知道，我绝望了，别跟我胡来。实际上，我是通过管家的帮助才进了我父亲的私人书房的。你记得,那些照片都是他拍的。他掏出钥匙,让我进去。他帮助我进书房的报酬仅仅是让我答应把他的裤子纽扣解开——旧式的裤子扣,而不是拉链!——然后在那个地方玩弄一番。我照办了。我总是欠债还钱。巴黎是值得一次大弥撒的!"

他说完后站起身来,把那双鞋举得挺高,好像他是自由女神似的,然后便走开了。他走了有十英尺远,停了下来,转过身子说:"谁知道帕蒂·拉伦什么时候来找你?你要是有勇气的话,就干掉她。我给你出个数,她的脑袋值两百万外加一个零头。"说完,他把拎着鞋的那只胳膊放了下来,光着脚在冰凉、坚硬的沙滩上神气十足地走了。

他没走多远,我告诉我自己,要是我能找到那颗失踪了的金发人头的话,可能是杰西卡·庞德的头,现在可以移花接木用来充当帕蒂·拉伦的脑袋,我可能成为这个最大诓骗的幸运儿,一个摘桃子的人。这有些缺德,可值两百万美金。

我告诉自己:有能力这样想的人就有能力去杀人。

我告诉自己:思想是可鄙的。我内心中清白的最好指南是,这种欺骗的想法没有触动我。

米克斯·沃德利·希尔拜三世走了很远了,我才往回走,来到保时捷车旁。我把车开出马可尼海滨朝着普罗文斯敦驶去。

在回家路上,我对巧合的已经失去光泽的本质又有了新的了解。

我觉得有人在跟踪我。我并不能肯定,因为我车后一辆车也没有。在我加速时，没有车紧跟着我。有时还没等我拿起话筒，就能感到有人在给我打电话，所以我不能不相信有人跟踪我。他们可能离我有很长一段距离，但他们是在盯着我。是不是有人把发送信号装置安放在我那辆保时捷车上了？

我把车拐向了右边一旁岔道上，往前开了一百来码停下来。后面没有什么车。我钻出车门，看看前车厢，又瞧瞧后面的发动机。在车后保险杠上，发现了一个小黑盒子。那个盒子有香烟盒一半那么大，上面有块磁铁，所以能够固定在保险杠上。

那个盒子里面没有声响，也没有钟表的嗒嗒声，在我手里它就像块实心东西似的。我不知道它是什么玩意儿。所以，我又把它放回了原处，把车开到六号公路上，往前开了一英里来地，在笔直的公路的最高处把车子停了下来。我总在衣袋里装着个望远镜，那是我准备用来看海鸥的，于是我把它掏了出来，朝公路望去。在望远镜的镜头里出现了一辆棕色面包车，它停在另一个公路最高点。我停车时他们也停了吗？他们是在等我再次把车开走吗？我把车一直开到了特普罗的帕梅特路。这条路从公路算起先朝东延伸一英里，然后朝北延伸一英里，最后又转回来朝西跟四车道公路汇合。我转了三个方位后把车停在了一个转弯处，在那儿，我能看到帕梅特河谷对岸帕梅特路向南那段路面。那辆棕色面包车又停了下来。我以前见过这辆车。我认识它！

我把车停在一幢房子附近，然后躲在离那儿不远的村子里。棕色面包车里的人又等了十分钟。他们可能以为我是到那家串门，所以把车从那幢房子门前开过去，然后又转了回去，停在原来那个地方。我仔细听着汽车马达声,这并不是件难办的事。在冬天,公路上空荡荡的。那辆汽车的发动机声是整个河谷里仅有的声音。

现在他们的车可能又停了,可能是停在了三百码远的地方。他们在等我。我车上那个信号发送装置会告诉他们我什么时候离开。

我真想把他们那个破玩意儿扔到林子里,或者最好是把它安放在另一辆停着的汽车上,这样我的那几个跟踪者就不得不在帕梅特路上待上一宿了。但我的肺都要气炸了,顾不上这些。让我恼火的是,我在马可尼跟沃德利的邂逅原来是安放在我的保时捷车上的信号发送装置搞的鬼。显而易见,我所得到的第一个告诫是,并非所有巧合都与妖术有关,也不是所有巧合都是神圣的。我现在又和普通人一样了!

但是,我看到,坐在方向盘后面的并不是沃德利,而是蜘蛛·尼森。斯都迪坐在他身旁。毫无疑问,沃德利正在某家乡间小旅馆里读罗纳德·弗班克的书呢。他身旁放着台步话机,随时准备收听蜘蛛和斯都迪的回话。

我告诉我自己,我得自己留着那台信号发送装置。以后它可能会有用的。但要是跟它给我带来的麻烦相比,这只是个小小的安慰物罢了,但我感到,落到我头上的事儿越多,我和那颗人脑袋的距离就越近。

六

在公路上耍了些花招后,我感到很生气,又很好奇,很想喝口酒。这时,我才想起来,自从那天晚上在望夫台酒家喝过酒后,到现在我滴酒没沾。所以一回到家,把车停好我就朝镇码头走去。在镇中心,有几家好酒吧:海湾州酒吧(我们都管它叫博里格)、普博舱板酒吧、鱼和饵酒吧(又叫血桶,以纪念在那里发生的殴斗,当然这个名字是非官方的),这都是些好酒吧,但不是豪华酒吧。同以前一样,酒吧里很昏暗,脏得叫你觉得很舒服。你可以蹲着,舒舒服服地喝酒,那种舒服程度绝不亚于待在条件好又可靠的子宫里的胎儿。头顶上面吊着几根荧光灯,老掉牙的自动电唱机有气无力地转着,一点也不刺耳。当然在夏天,像博里格这样的酒吧,顾客比纽约地铁交通高峰时的人还多。据说有个夏天,巴德韦塞啤酒厂或者是谢弗啤酒厂或是那些马尿啤酒厂的某一家公共联系处的人,在酒吧和餐馆之间举行了一次竞赛,看看在马萨诸塞州哪家啤酒卖得最多。结果是,在七月,普罗文斯敦的一家名叫海湾州的酒吧啤酒卖得最多。这一点,我确信不疑。八月间一个周末的早晨,几名高级职员身穿轻便夏装飞了过来,同行的还有一个电视摄制小组,准备把授奖仪式录下来。他们想拜访一下像国民警卫队训练场那么大的有龙虾和炸鱼加土豆片的地方。

这种地方你在海恩尼斯能找到。可他们所看到的却是昏暗、恶臭的博里格。那儿的顾客只买得起啤酒，二百人挤在一起，站着喝。博里格从前门到后部发臭的垃圾箱之间的距离，可能只有盖货车那么长。论食物，你能买到夹有火腿、奶酪或是灵格加香肠的"英雄"三明治。电视摄像机转动时，那帮嬉皮士站起来说："啊，是这种啤酒。质量最操蛋。你那电视录像机上面的红灯是干吗用的？我是说得太多了，是不是？不说了！是不是？"

冬天，这里的人也不少，但你能找到个地方坐下，了解到今天所发生的一切。中午时，许多商业渔船都将靠岸。船员们都会到这儿来喝上几杯。木匠，贩毒的，捉贩毒的，几个在夏季别墅里干杂活的，在星期五手拿救济支票的未婚年轻母亲和其他拖着脚走去讨口饭吃的，或者找朋友弄杯酒喝的，都在喝着我们那些好马尿。我认识其中的大部分人，只是程度不同罢了。如果他们卷进了现在与我有关的那件事，我可以好好讲述他们一番，因为他们无论长得有多么像，但都是独一无二的。可是，在冬天，正如我说的那样，我们看上去是用一个模子造的。我们一身灰黄色，人人都穿着军队的剩余军装。

一个故事就足够了。我住在一个葡萄牙人居住的小镇。这个故事里，除了斯都迪之外没有本地人。斯都迪把葡萄牙人的脸都给丢尽了。在冬天的一个下午，博里格人少得都有些不自然了。一位约有八十来岁的葡萄牙渔民坐在柜台旁。因为长年劳动，他身子弯曲得好像是棵从海岸边大石头缝里长出来的柏树。这时，又有个渔民走了进来，他患有严重关节炎。他俩一块长大，一起踢足球,一起高中毕业,在同一条船上干活,一起来个一醉方休,可能还相互诱奸对方的妻子。可现在,八十岁时,他们相互怨恨竟跟年轻时在水坑里打拳架时差不多。坐在凳子上的那位,站起来扯着三月风那样粗哑的大嗓门喊了起来:"我原来寻思你死了呢!"另一位停住脚,回头瞅了瞅,像海鸥似的尖声回答说:"死了?我会参加你的葬礼。"他们一块喝起啤酒来。这只不过是另外一种驱散鬼魂的方法罢了。葡萄牙人说话时,知道该怎样喊叫。

我们都跟他们学。在别的地方,他们测量酸雨的浓度或空气污染的指数或土壤里氧化物的含量。在我们这儿,除了捕鱼和出租房子以外没别的工业,也没有农业。空气和沙子都是干净的。但是,在酒吧里感觉不到酒精重量的日子很少有。当我在不眠之夜与鬼城里的精灵携手同行时,我感到大家都注意到了我。我可能是洒在水池中的一瓶钢笔水。我就像根架在微火上的烂木头似的得到众人的欢迎。

同样,正如我以前在酒吧工作时所看到的那样,每间酒吧,就像每一个家庭一样,都有它特殊的习惯。在这个炉子里冒烟的那根木头在另一个炉子里却火苗四起。我的阴郁心情,和随之而来的肾上腺素,再加上头发显示出来的发狂与焦虑的情绪(这是毫无疑问的)没多久就使博里格的气氛发生了变化,欢笑声不断,人人喜气洋洋。一直在自己桌旁喝闷酒的站了起来,朝别的桌子走去。穿戴讲究的和他们的老妇人刚才一直没吱声,现在也开始感到心里迷瞪瞪甜丝丝的了。而这时,我只是在与心里的恐惧秘密交谈着,而不是与在场的任何人搭话儿——普罗文斯敦的每个冬季都可以用那年冬天最受欢迎的人的名字来命名。我自己认为，点燃这把火的是我，尽管我所做的只不过是朝别人点点头，在卖酒的柜台前被围个水泄不通罢了。皮特波兰佬头一个向我凑过来，我们扯了几句，可这几句差一点没把我的脖子扭下来。"喂，"他说，"我和你妻子谈了一阵子。"

"今天吗？"

他闷了半天才回答。我嗓子发干，使了好大劲才挤出这个问题来，当时他刚好喝了口啤酒。除此之外，他也想不起来了。在博里格，这是司空见惯的事。在博里格人们会聊起来，可他们的思路，特别是多喝了几杯，吗啡可卡因上劲时，会像水生蜉一样不知又游到哪里去了。

"今天，"皮特说，"不，不，是几天前。"

"什么时候？"

他晃了晃脑袋。"是几天前。"他可能还会说，"是几个星期前。"我注意到，冬天，人的时间概念不清楚。两个星期前或两夜以前可能发生了什么事，但如果你有说"五天前"这个习惯，那你可能会记得那件事就发生在五天前。所以，我也没再琢磨它。我又转到那个话题上来了。

"帕蒂想跟你说些什么？"

"啊，对了。我说。她想让我照看一下西面山上的那幢大房子。"

"她想买的那幢？"

"她是这么说的。"

"让你去照看？"

"我和我哥哥。"

这还讲得通。他哥哥是个好木匠。实际上,皮特是说他哥哥去照看那个地方。帕蒂可能是让皮特跟他哥哥联系一下。

我知道,帕蒂这么干是不明智的,可我又硬着头皮问道:"你记不记得,是在爱国者队那场球赛前跟帕蒂谈的,还是在以后?"

"噢,那场球赛。"他深深地点了点头。吗啡可卡因正把他带到别处去。他仔细想着——那是什么呢——是球赛,哪一天,还是屁股口袋里的钱。然后,他摇摇头说:"大约两天前吧。"

"嗯,"我说,"算准了。"

贝思·尼森悄悄走了过来。她喝多了。对她来说,这可是很少见的。她很兴奋,这就更不寻常了。

"你把蜘蛛怎么了?"她问我。

"喂,乖乖,"皮特说,"过去的事就让它过去算了。我得换换地方。"他猫下腰朝她胸部突起的那个部位的毛衣上亲了一口,然后端起酒杯朝一张桌子走去。

"蜘蛛真的和别人吵了起来?"我问道。

"谁知道呢?"她的眼睛亮起来,"蜘蛛发疯了。"

"我们都疯了。"我说。

"难道你不认为,咱们俩在某一特殊方面不正常吗?"她说。

"怎么说?"

"咱俩从没性交过。"

这是冬天里的精神状态。我有意地笑了笑,搂住她的腰。她那无神的眼睛透过眼镜片射出一股淡淡的光芒。

"蜘蛛把刀弄丢了,"贝思说,"硬说你偷的。"她咯咯笑了起来,好像蜘蛛如果没有那把刀,就跟别的男人没穿裤子一样。"他把摩托车也弄没了。"她说,"你告诉他,爱国者队能赢吗?"

"在踢一半时,这么说的。"

"他们真赢了,"贝思说,"在踢一半时,他决定换赌注,说是要气气你。现在他却说他输了那辆摩托车全都怪你。"

"告诉蜘蛛守着女人那个玩意儿吧!"

她咯咯笑了起来。"在中西部,"她说,"我们过去常说'阴部'。我想,我得给我父母写封信,告诉他们,他们的女儿再也分不清什么是女人那玩意儿,什么是阴部。"她打了个嗝。"我什么也不想对蜘蛛说,"她说,"他的情绪很不好。但告诉他又会怎样呢?"她问道,"'最坏的人最多情。'你说是吧?"她过于淫猥地瞟了我一眼。

"斯都迪还好吗?"我问道。

"噢,"她说,"你得注意斯都迪。"

"为什么?"我问。

"噢,"她说,"我见谁都说,得注意斯都迪。"

我不知道,是不是装在昏暗的塑料口袋里那个金发脑袋总是闪在我脑海中的缘故,我所听到的每一句话,似乎都与我的处境有关。是不是空气中有着真正的狂热病?只有我自己——我真心祈祷还有别人——知道那块大麻地里埋的东西。在每张桌子唤酒的声音里都夹杂着这种想法的尖叫声。我想,鬼魂们正在撕扯着酒吧里每一个人那灌满啤酒的海绵状大脑。

贝思看见我没有瞅她,说:"帕蒂·拉伦还没回心转意?"

我耸耸肩。"我听说,她在附近。"

"我想是这样。'博洛'已回到镇上。""你看见他了吗?""博洛"就是那位黑先生,但他名叫格林·约瑟夫,"博洛"·格林。

他第一天到这儿的一家酒吧喝酒,就得了"博洛"这个名字。"有好多很坏的黑鬼,"他朝我们那张坐满十个人的桌子说,"可我是坏透了腔的黑鬼。"在座的谁也没吱声,静静地坐在那儿,好像在向他的遗体告别似的——我们是东部的"野蛮西部"!可帕蒂·拉伦笑了起来,说:"别舞弄你那个博洛大砍刀了,没人会偷走你的黑色。"从她那欣喜若狂的眼神里,我看得出来,下一个黑先生已按照天意选好了。

"看见了,"贝思说,她又把我从沉思中拽到了她的身旁——我的思路也像水生蜻一样,到处游动——"'博洛'的确回到了镇子上。他十分钟前来过这儿。"

"你跟他说话了吗?"

"他刚才跟我调过情。"

看她那副高兴的样子,我能肯定她没说谎。

侍者朝我摆摆手,然后指了指服务台后面的电话。这回我那种灵感没起作用。我原以为能听到帕蒂的声音呢,可电话那头是哈坡。

"麦克,"他说,"我一直想找到你。我这是逼我自己给你挂电话。"

"为什么?"

"因为我把你给出卖了。"

"你是怎么出卖我的?"

"我害怕了。我想提前告诉你一声。"

哈坡的语调里有种金属般的焦虑情绪,听上去好像是从一种机械膜里传出来的。我试图搞明白是什么毒品把他弄得这样。他大脑里一定会有许多化学药品。

"是劳雷尔。"他现在说。

"刺花纹?"

"那个女人。劳雷尔。我给警察局长雷杰西打了个电话,把她和刺花纹的事都告诉他了。"

那对雷杰西来说并不太重要,我想,并不重要,除非帕蒂·拉伦由雷杰西陪着,亲口管玛蒂琳叫劳雷尔。

"太棒了,"我说,"阿尔文现在知道我有个刺花纹。那你出卖什么了?"

"我告诉他,劳雷尔在楼下的汽车里等着你。"

"但你为什么会认为那个名字就叫劳雷尔呢?"

"你跟她说话了。隔着我家窗户说的。"

"我说了吗?"

"你是这样喊的:'我一定会赢这个赌的,劳雷尔。'你是这样说的。"

"我可能是说朗尼。我想我是冲着一个男人喊的。"

"不对,是劳雷尔。我听见这个名字了。我相信劳雷尔死了。"

"谁告诉你的?"

"那天，我站在房顶上。我听到的。所以我才给警察局长挂了电话。我知道我不应该给你刻上那个刺花纹。刻刺花纹后，人会做出可怕的事来的。"

"你还告诉雷杰西什么？"

"我说，我想是你杀了劳雷尔。"他开始哭起来。

"你怎么会信这些？"我问道。

"我看见劳雷尔死了。那天晚上，我站在房顶上，我看见她站在地平线上。她说是你干的。"我听到了电话那头他擤鼻涕的声音。"我与自己的良心斗争了好一阵儿，才给雷杰西挂了电话。这事做得不对，我应该先跟你打个招呼才是。"

"雷杰西说什么了？"

"他纯粹是个王八蛋，白痴，大官僚。他说，他想考虑考虑。麦克，我不相信他。"

"嗯，"我说，"你应该相信我。"

"我觉得你什么也没做。从雷杰西的腔调里就能听出来。我这事做得不对。"

"听到这些我很高兴。"

他的呼吸变得急促起来。在电话里，我能感到他的神志开始错乱了。"我可能没有权利说谁杀了她，"他补充一句，"可现在我知道是谁了。"

"是尼森。"我说。

"我讨厌蜘蛛那把刀，"哈坡说，"一把邪恶的工具。"说完这句话，他把电话撂了。

一只手轻轻地拍了一下我的肩膀。我一回身看到"博洛"那双金棕色的眼睛，那双像雄狮一样的眼睛死死地盯着我。他的皮肤深黑发紫，有点像非洲人，所以他眼睛的颜色金黄得叫人感到不安。在我头一次见到他时，我就知道，他将是我婚姻上的一块乌云。我没猜错。在格林先生没闯入我的生活以前，还有三个黑人，但他证实了自己是个无可争议的黑人先生。帕蒂·拉伦以前毕竟从没离开过我。

更糟的是，现在我并不恨他，甚至对我自己这种凄凉、当王八的现状也不感到气愤。在我打电话时，他竟能走到我跟前，甚至还用手拍了拍我的肩膀。而我呢，只能点点头回报。这就是证据。

当然，我最好还是让一架直升机把我从一个小山峰带到另一个山峰上去吧。我用不着从山脚再下到谷底，然后往另一个山上爬。用不着，我是直接从哈坡的话那儿（每一句都能把我的脑袋炸下来）跳进"博洛"的目光里的。到现在，我可能浑身都注满了可卡因，我感到我与这些过量的刺激再也不沾边了——的确，什么事都来了。可我，唯一的一个候选人，只能管我自己叫大理石眼先生，今晚被跑道上的急转弯弄得麻木不仁了。但这时候除外，这时格林先生又一次把手搭在我肩上，手指恶狠狠地掐了进去——我告诉你——说道，"他娘的帕蒂·拉伦现在在哪儿？"他的满腔愤怒都传到了我身上。他说完这句话后，我突然清醒过来，以同样的暴力把他的手甩到一边，"把你抓午饭的脏爪子拿一边去。"这是中学生吵架时用的话。我有生以来第一次不怕他。如果我们俩出去到街上打一仗，我也不在乎。被人打昏在地上这个想法就如一剂止痛药一样，一剂像忘忧药那样好的止痛药。

告诉你吧，我并不怀疑他要对我做些什么。如果你曾到过一家有趣的监狱，你就会知道，那里除了黑人就是黑人，没几个你没和他们吵过的。格林先生可登不上那个大雅之堂，要不我就没命了。但他属于二层人物：很少与人争吵。现在，他的眼睛死死盯着我的眼睛。我没在乎，也盯着他的。在我们俩人看来，房间里的灯都变红了——我的意思是，它真的变红了——我不知道这是不是因为他见到我十分气愤，结果使向大脑反映颜色的神经被经过的电压弄伤了，还是因为鬼城里的火把一齐朝我们涌来。但我现在顶住的，是他过去二十五年来（从他在摇篮里遇到的第一拳）所遇到的一切愤怒的总和；他今天碰上的是我一生中经历的所有疯狂之结晶。我想，我们俩在这地狱般的红灯照耀下，就是坚持一会儿，也会给弄得头昏眼花。我们俩人站在那，互相瞅了好大一会儿，时间长得使我有时间回忆他自己一生的悲惨故事。那是他在第一次见到我和帕蒂·拉伦那天晚上讲给我们俩听的。那个故事讲了他是怎样失去他的拳击生涯的。

在他那束疯狂的目光射伤我双眼的同时，我能想起这样一个故事来真叫人难以置信，就连我自己也不信。可能我没装得那么勇敢，所以死抱着这个故事不放，希望它能缓解一下他的愤怒心情。你不能打同情你的人。

那个故事是这样的：他是一个私生子。他母亲不承认他是她的孩子，说在医院里，他们把名字牌弄混了。过去，她每天都打他。他大一点儿时，在金手套赛场上，他是见谁打谁。他是泛美拳击大赛美国队的候选队员。但他到佐治亚州找他父亲去了。可没找到，于是喝得酩酊大醉。走进一家白人酒吧。他们不卖他酒，并叫来州警。两个州警进来，叫他出去。

"你们别无选择，"他告诉他们，"卖我酒，要不我就不客气了。"

有个州警用警棍照他脑袋狠狠来了一下，结果他当场就失去了参加泛美大赛的资格。但是，他并不知道这一点，只是感到很高兴，因为他血流得像被宰了一样。他并没给吓住。实际上，他相当清醒。他逐个地把那两个州警打趴下了。全酒吧里的人一齐伸手才把他制住。他们把他绑上，送到监狱。除了别的伤以外，他的脑壳骨被打裂。他因此再也不能参加拳击赛了。

这就是他讲的悲惨故事。他认为，他所做出的蠢事统统与这个故事有关。但那个破裂的脑壳与他的豪迈气概关系不大（尽管这对帕蒂产生了相反的效果）。后来，我们跟他混熟后，才知道他是位很滑稽的人。他常常学着黑人妓女的动作逗我们发笑。我们和格林先生常见面，我还借过钱给他花。

这回你可能会知道我离灵魂和肉体的毁灭该有多近了。现在我才意识到"博洛"对我不错，不像我对沃德利那样。这让我感到挺舒服（在过上了老鼠过街的日子后）。我心中的怒火开始渐渐熄灭，和平的目光取代了它。我不知道格林先生是怎么想的。随着我的愤怒渐渐消失，他胸中的怒火也减弱了。"噢，"我主动搭话打破了这种宁静的僵局，"你想说些什么，操他妈的？"

"我从来就没妈可操。"他回答说。

他凄惨地伸出手来。我也以同样的心情在他手上轻轻拍了一下。

"我不知道帕蒂·拉伦在哪儿。"我说。

"你没去找她?"

"没有。"

"我在找她,可没找到。"

"她什么时候离开你的?"

他皱皱眉。"我们在一起待了有三个星期。后来她感到坐立不安,就跑了。"

"当时你们在哪儿?"

"在坦帕。"

"你们见到她以前的丈夫了吗?"

"沃德利,是那小子吗?"

我点点头。

"我们看见他了。有天晚上,他请我们俩到街上吃饭。打那以后,她一个人去看他。那没什么。他并不会做出叫人害怕的事来。我想她这么干是为了弄点好处。可第二天,她跑了。"他看上去就要哭了。"她对我很好。她是唯一一个对我这么好的娘们儿。"他看上去很难过。"我历尽辛苦想找她谈谈。"他盯着我的眼睛。"你知道她在哪儿?我得找到她。"

"她可能在镇上。"

"的确是这样。"

"你是怎么知道的?"

"有个小子给我打电话,说帕蒂·拉伦叫他打给我的。她想让我知道,她和沃德利回到了普罗文斯敦。她想我,那个家伙说。"

"那个家伙是谁?"

"没告诉我名字。噢,他告诉我了,但没人叫那个名字。在他告诉我时,我就知道没什么用。他用手帕捂着话筒说的。"

"他叫什么名?"

"希利,奥斯汀·希利。"

镇上口头传说的一个小缺点找上门来了。几年前,我们几个人听烦了斯都迪这个名字,开始管他叫奥斯汀·希利。我们管斯都迪叫奥斯汀·希利,没叫多长时间就不叫了。谁也没告诉过斯都迪我们给他起的新名。打电话的那个人肯定是蜘蛛。

"这个希利说,帕蒂·拉伦在普罗文斯敦小旅店里,""博洛"说,"我往那儿挂了个电话。他娘的,她根本就没去那样的地方。"

"你什么时候回来的?"

"三天前。"

"她什么时候离开你的?"

"一个星期前,可能是这样。"

"肯定有七天了吗?"

"八天,我数过。"

是的,他数着指头过日子,我也一样。

"我非杀了她不可,"他说,"她把我给蹬了。"

"没有一个她不蹬的,"我说,"她的出身很卑贱。这对她来说是种罪恶。"

"我出身和她一样卑贱,"他说,"等我见到她,我一定会做出耸人听闻的事来。"他斜眼瞅瞅我,好像是说:"你能骗别人,可是乖乖，相信我吧。"我的眼神驱散了他的疑云。他说："奥斯汀·希利说帕蒂·拉伦又来找你了。当我听到这些，我想我要让你尝尝受欢迎的滋味。"他停了一会儿，让我掂一掂这想法的重量，"可是，我知道，我不能那么干。"

"为什么？"

"因为你把我当绅士看待。"

我琢磨着这句话到底有多少是真的，看上去似乎是同意他这种说法。"可是，"他说，"帕蒂·拉伦再也不会喜欢你了。"

"那可没准。"

"她说，是你骗了她，她才和你结婚的。"

我开始笑起来。

"你笑什么，白皮佬？"

"格林先生，犹太人有句老话：'生活，老婆。'"

他也开始笑起来。

我们就这样说着，笑着。今天晚上博里格可以名垂青史了。当王八的和黑皮肤的奸夫玩得很开心。

"约瑟夫，以后见。"我对"博洛"·格林说。

"祝你走运。"

我得往回走很远的一段路。脑袋里装得满满的，都捋不出个头绪来。

天下着小雨。我沿商业大街走着，手插在口袋里，脑袋缩进风雨衣的帽子，缩得太靠里了，有辆车跟在后面我都没感觉到。直到大车灯的光束照到我的后背上，我才注意到，在我身后是一辆警察巡逻车,车里坐着一个人。"进来吧。"他说。雷杰西愿为我效劳。

我们还没开上五十英尺远,他便开口说道:"认认你女人,杰西卡。"他说。他指了指前座上的一张纸。"看看。"他告诉我,从上衣口袋里掏出了一支钢笔式手电筒递给我。

我仔细地看了看通过电传直接影印的照片。十分清楚,是杰西卡。我说:"是她。"

"我说,我们用不着你告诉我们,伙计。这是毫无疑问的。望夫台酒家的女招待和老板认出她来了。"

"干得不赖。"我说,"你是怎么找到她的?"

"这没费多大劲儿。我们与圣巴巴拉的潘伯恩办公室联系上了。在那儿,他在社会和业务方面与几位金发女人来往。我们正调查时,她儿子打来电话。他知道,她与潘伯恩到普罗文斯敦来了——正像你从唐隆的情书里猜到的那样。"

"你是说,那个儿子是朗尼的情人?"

"一点没错,"雷杰西说,"那个拿无绳刀片的孩子。"他打开车窗,扯着沙哑的嗓门喊道:"我想,我再也不看电视广告了。"

"你最好别看。"

"我说,马登。奇怪的是汤却把匙沾上了。看起来她的名字不叫杰西卡。"

"她的真名叫什么?"

"劳雷尔·奥克伍德[①]。她的姓拼写方法很怪:w、o、d、e,发

[①] 奥克伍德是由oak(橡树)和wood(木头)合成的名字。

音为wood。"

这时,我想起来在那次以尼森大叫一声而结束的降神会之前,我对哈坡说的那番话。"哈坡,"我说,"告诉大家,我们在想方设法与玛丽·哈德伍德联系,她是我母亲的表妹。但我真正想交谈的是个叫劳雷尔的女人。"

这样的巧合就连信号发送装置也做不到。我不由自主地哆嗦起来。与雷杰西坐在警车里,以每小时十五英里的速度在商业大街巡逻,我开始很明显地颤抖起来。

"你得喝点什么。"阿尔文·路德说。

"没什么。"我说。

"可能你身上那个刺花纹上要是没刻'劳雷尔'这三个字,"他建议道,"你身体会好一些。"

"你想把车停下吗?"

"这没问题。"

我们是在商业大街的尽头。我们来到清教徒移民曾在那儿登陆的地方。但现在下着小雨,我什么也看不见。

"好了,"他说,"出去吧。"

我感到不那么惊慌了。一想到在这个被石匠用凿子修过的家伙陪伴下走上二英里半地回家我又有了勇气,想试一试。

"我不知道你指的是什么,"我说,"但这对我无所谓。我多喝了几杯,然后开车去找哈坡,让他给我刻个刺花纹。可能杰西卡告诉过我,她的真名叫劳雷尔,但我没记住。"

"当时她和你在一起吗?"

这我得好好想想该怎么回答。"哈坡说她跟我在一起。"

"你这是说你记不住了？"

"记不太清了。"

"所以，你可能会把她杀了，然后把这件事忘得一干二净？"

"你是在指控我吗？"

"咱俩应该这么想，我是在勾勒一幕剧情的轮廓。我自己认为，我也是个作家。"他再也不能控制住自己。那匹野马扯着嗓子高声嘶叫起来。

"我并不喜欢你讲话的方式。"

"喂，伙计，"雷杰西说，"玩笑归玩笑，但你别把屁股总放在我枕头上。我立刻就可以逮捕你。"

"凭什么？我根本没犯罪。那个女人可能回圣巴巴拉去了。你不要因为抓错了人损坏你的名声。"

"让我用另一种方法讲给你听。"他说，"我现在把你作为谋杀伦纳德·潘伯恩的嫌疑人来逮捕。"

"你不是说，他是自杀吗？"

"我是这样想的。但得先进行刑事侦查。在我们的要求下，他们特地从波士顿赶来。超级验尸官，他们喜欢别人这么称呼他们。可我背地里管他们叫超级大心眼。"他说着自己编的笑话又嘶嘶笑了起来。"他们会用发现的东西把你的心弄碎。"

"他们发现了什么？"

"让我告诉你吧。用不了多久就会公开的。潘伯恩可能是自杀，但如果他真是自杀，那是谁开的车呢？"

"你告诉我他钻进车后行李厢里,把盖子盖上,然后开枪自杀的。"

"车后厢底的血都凝了,上面有层抽褶,好像是血刚要凝时有人开的车,从作案的地方往望夫台酒家开去。"

"难道酒家里的工作人员没听见车子回来了吗?"

"如果是早晨三点,他们不可能听到。他们都下班了。我说,咱们别争辩了。车是被别人开走的。血上面的痕迹证明了这一点。"他耸耸肩,"马登,很明显,在朗尼自杀后,有人把车开到了望夫台酒家。"

"能是杰西卡干的吗?"

"是的,可能是劳雷尔·奥克伍德干的。我问你:你和她性交了吗?"

"我想我和她性交了。"

他打个口哨。"我的上帝,你脑袋是桶糨糊吗?你怎么连这种事都想不起来?"

"使我感到麻烦的是,我想我是当着潘伯恩·朗尼的面和杰西卡性交的。"

"我并不愿意引用黑鬼的话,但卡修斯·克莱说过:'你并不像看上去那么呆。'"

"你这是什么意思?"

"别让我的赞美老是在你的嘴边转。"他点了支雪茄,然后朝它吐了一口烟,好像它是个爆破筒。"马登,你还没告诉我你的剧情呢。第一,你当着朗尼的面和杰西卡做爱。第二,你提上裤子就走了。第三，杰西卡安慰朗尼。第四，他开始抱怨起来！我们这些男性同性恋对付不了这样的竞争。他躲藏在车后面的行李厢里。砰！给他留了个礼物——他的尸体。这些同性恋者可能心毒手狠。但她是个值得尊敬的娘们儿，不愿意让公众知道这件事。所以，她把车开回望夫台酒家，丢在那儿，然后朝圣巴巴拉的家走去。"他点点头。"这是有枝有叶的。如果，第一，你能找到她昨晚在哪儿睡觉，尽管我可以事先告诉你，以省下请律师的部分费用，你随时都可以说她回到了你的屋里，满脸泪水地睡在沙发上。除非你把自己的床让给她。"他打开车窗，把烟头扔了出去。"第二，她再次出现时，必须是活着的，用来证实你听说的一切。你得祈祷，她的尸体可别从那片沙丘和树林那边出来。"

"你想过这些了。"

我本想安慰他一下。他只点点头。

"让我再给你讲个情节。你、她和潘伯恩一起坐你的车到韦尔福利特。在回来的路上，朗尼再也忍受不了失去她的痛苦，所以，他拿手枪吓唬你。你停住车，跟他厮打起来，把他的枪打落在一边。在吵骂中，她中了一枪。致命的一枪。你把她丢在树林里，用车把他拉到他的车旁，逼他钻进车后行李厢里——这时，他软得像条虫子。然后，你把车开到一个僻静的地方，打开后车厢盖，把枪管对准他的咽喉，用动人的语调说：'我不会伤你，朗尼，这只不过是有趣的游戏罢了。我常用这种方法带孩子出去玩。亲亲我的枪口，朗尼。'然后，你扣动扳机，稍微擦了擦，怕你的指纹留在上面。然后，你把车开回望夫台酒家，把你的车开回林子里，把她的尸体丢在那儿。小子，你一切做得都很顺利。美中不足的是，你忘了擦你车的前座了。正像我妻子说的，'人无完人'。我这个人也有不足之处。我让你溜了，车座上的血一笔勾销。我是个乡下佬，相信我的朋友。这一点儿不假，"他说，"你最好祈祷她的尸体别被找出来。你完蛋后第二个完蛋的就是我，因为我相信了你鼻子出血那番话。"

"噢，"我说，"那你干吗不现在把我抓起来？"

"你琢磨琢磨吧。"

"你没有证据。如果她是在我车里被打死的，她的血会溅他一身。"

"可能你是对的。咱们去喝一杯吧。"

再也没有比这更烦人的了。我最最不情愿的事就是和他一块喝酒。可他猛踩了一下油门，吹着《星辰》小曲，车后扬起一团沙土和一股橡胶味。

我想，我们可能会到参加国外战争的退伍军人的酒吧去，因为那是他最喜欢去的地方。他却把车开到市政大厅，带我沿着地下室的走廊来到他办公室。他用手指了指一把椅子，随手拿出一瓶波旁威士忌。我琢磨我们到这儿，是来为他桌上那些录音设备服务的。

"我寻思，我得先让你看看这个地方的礼仪，"雷杰西说，"然后再享受享受我们的监狱。"

"我们能不能谈些别的？"

他咧嘴一笑，"你说吧。"

"我妻子在哪儿？"

"我正希望你能告诉我。"

"我同和她一块跑了的那个家伙谈过。她八天前就把他甩了。我相信他说的话。"

雷杰西说："那得核对一下。"

"核对什么？"

"据劳雷尔·奥克伍德的儿子说——顺便说一下，他的儿子也叫伦纳德，可他们管他叫桑尼，桑尼·奥克伍德——帕蒂·拉伦七个晚上以前在圣巴巴拉。"

"这我可不知道。"

"你当然不会知道。她在那儿与沃德利这家伙在一起。"

我以前从来就不清楚"无言以对"这句话是什么意思。现在，我明白了。

"波旁酒味道如何？"

我只点了一下头。

"是这样，她在圣巴巴拉与沃德利在一起。他们俩在朗尼的海滩俱乐部里与劳雷尔·奥克伍德和伦纳德·潘伯恩一块吃饭。他们四个人坐在同一张桌旁。后来桑尼和他们一起喝咖啡。"

我仍然说不出话来。

"想知道他们谈些什么吗？"

我点点头。

"过一会儿你得给我讲讲。"

我点点头。

"好啦。据桑尼告诉我……"他接着说,"顺便说一下,从电话里听不出来桑尼是个搞同性恋的人。你不认为潘伯恩在那封信里撒谎吗?"

他用手指画个问号。

"可你认为潘伯恩看上去不像同性恋者?"

我摇摇头。

"我真是难以相信,"他说,"在同性恋窝里究竟有多少玩头。上帝,不是你就是我可能是女性化的爷们儿。"

"你怎么说都行,亲爱的。"我口齿不清地说。

他听了后,哈哈大笑起来。我很高兴,我能发声了。说不出话来是叫人感到震惊的,谁都会想方设法排除它。

我们每人呷了一口波旁酒。

"想抽口大麻烟吗?"雷杰西问。

"不想。"

"那我抽,你介意吗?"

"难道你不怕在你的办公室里给抓住?"

"谁抓我?我想抓谁就抓谁。就这么回事。"他真的掏出了一支大麻烟,点着了。

"真棒。"我说。

"是不错。"他吐出一股烟,"哪口大麻里都有个笑话。"

"是的,警察先生。"

"马登,桑尼告诉我说,潘伯恩和劳雷尔是坐飞机到的波士顿,然后开车到普罗文斯敦,并装成喜欢帕拉米塞兹房地产的游客。"

"那幢房子叫那个名儿吗?"

"是的,几年前有个希腊人为掩护阿拉伯人,买下了这幢房子。现在沃德利想把它买下来送给帕蒂。这就是他们在饭桌上谈的。"

他又抽了口大麻。

"他们说要复婚。"他说。

"真是妙极了。"我想我也受了大麻烟的影响。

"你知道帕蒂为什么想要那个地方?"雷杰西问。

"她从没告诉过我。"

"据桑尼说,她一年前就盯上那幢房子了。沃德利想把它买下来送给她,就像理查德·伯顿为伊丽莎白·泰勒买钻石那样。"

"这种消息一定会叫你不高兴吧?"我问道。

"你这是什么意思?"

"你和帕蒂·拉伦没用手指头同时伸在一瓶果酱里?"

如果我们是拳击家的话,这句话我只能对我自己说。这是他不得不承认的第一拳。他眨眨眼,一脸怒气烟消云散。我只能这么形容它——好像宇宙被什么捅了一下,产生了一场雷电风暴。

"我说,我说,"他说,"告诉你吧,老兄。别问我你妻子的事,我也不问我妻子的事。"

大麻烟在他指节边上冒着青烟。"我想来一口。"我说。

他把那支烟屁股递给我,我在快要灭的烟蒂上猛吸了一口。

"好啦,"他说,"告诉我今天下午你和沃德利都谈了些什么。"

"你怎么会知道我们见过面?"

"你能想得出镇上有多少人向我告密吗?这部电话,"他敲敲它,吹嘘说,"就是个市场。"

"你卖什么?"我问。

"我卖警察档案里删除的名字,"他说,"我卖废除不重要的起诉。马登,你他妈的好好琢磨琢磨。等你琢磨出味来就直接到这儿,告诉你的朋友阿尔文,今天沃德利在海滩上都说了什么。"

"我要是不说呢?"

"那比坦帕的社会离婚还要糟。"

"你认为你能较量过我吗?"

"我会尽力的。"

我觉得我想告诉他。这并不是因为我害怕了(大麻烟告诉我,你不会再怕别人),而是因为我感到好奇。我想知道,他寻思出什么了。"沃德利,"我说,"告诉我说,他和帕蒂·拉伦争着想买那幢房子。"

雷杰西吹了个口哨。"沃德利计划欺骗帕蒂·拉伦或是你。他以最快的速度反复琢磨着这种选择,就像一台里面嘎嘎响的计算机。他可能想骗你们俩。"他说。

"他是有理由的。"

"你愿不愿意告诉我为什么?"

"几年前,我们在坦帕住时,帕蒂·拉伦想让我把他干掉。"

"你没说过。"

"你害羞什么?"我问,"她没告诉过你吗?"

这是他的弱点。毫无疑问,他不知道如何回答有关帕蒂的话。"我不清楚你指的什么。"最后他说了一句。

"说别的吧。"我说。

这可是个错误。他马上抓住时机。"你和沃德利还说了些什么?"

我不知道该不该告诉他。这时,我一下子想起来了,沃德利可能把我们在海滩上谈的都录下来了。经过一番巧妙的编辑,我看上去就像是个廉价的杀手。"沃德利担心,"我说,"潘伯恩死了。他感到奇怪的是,杰西卡为什么失踪了。他总是说,他应该直截了当地出个价买下那幢房子,但这么干会抬高价钱的。"

"他没对你透露帕蒂·拉伦在哪儿吗?"

"他想让我设法找到她。"

"他怎么酬谢你?"

"钱。"

"多少?"

我为什么要保护沃德利呢?我寻思着。这是不是我家那种已经退化了的偏见?我家人都不愿意和警察交谈。这时,我想到那个信号发送装置。"两百万。"我说。

"你相信他的话吗?"

"不信。"

"他给你那么多钱是想让你杀她?"

"不错。"

"你能为此作证吗?"

"不。"

"为什么?"

"我不能肯定他是不是诚心要做这件事。无论如何,我是不会同意的。我在坦帕时就发现,一到商定做件惊人的大事时,我就成了一支受了潮的爆竹。"

"我能在哪儿找到沃德利?"

我笑了笑。"你怎么不问问你那几个向你告密的呢?"

"哪几个?"

"开棕色大面包车的。"

他点点头,好像我走了一步好棋似的。

"告诉你吧,"他说,"他们不知道。他只是偶尔和他们碰头。"

"他想干吗?"

"他是通过私人无线电步话机与他们交谈,然后再碰头。他只是走到他们跟前,马上又扭身走开。"

"这你相信?"

"我还没给他们点儿颜色看看。"

"为什么?"

"要是打伤了告密者的话,你可就会声名狼藉了。除此之外,我相信他们。沃德利会那么干的。他想让人们相信他是个自命不凡的人。"

"可能你并不十分着急在哪儿能找到帕蒂。"

他左右搪塞,高声嚷了一阵,装出很镇静的样子。他用大手指头把那个烟屁股弄灭,然后卷成一个球,扔进嘴里。没有证据,他脸上的笑容暗示到。

"我没错,"他说,"你妻子会平安无事地回来的。"

"你肯定?我可怀疑。"

"咱们等着瞧吧。"他温和地说。

我不知道他说的有多少是真的,他说的假话里胡编的程度有多大。但是在他脸上除了一丝空虚的表情外,什么也看不出来。我又呷了口波旁酒。大麻和波旁酒混在一起不是味儿。

看上去他喜欢这种结合。他又拿出一支点着了。"杀人犯真该死,"他说,"有时你会遇到这样的案子,它会把根扎在你心上。"

我不明白他指的是什么。我接过他递给我的大麻烟,抽了几口,又递给他。

"有这么个案子。"他说,"有一个长得很漂亮的单身汉。他随便弄个姑娘,把她带到汽车旅馆。他和这个姑娘做爱,并说服她把大腿分开,同时用一次成像快速照相机把这个场面拍下来。然后,他就把她杀了。然后,他又拍一张,死前和死后对比一下。拍完第二张后,他就溜掉了,把那姑娘丢在床上。你知道他是怎样被抓起来的吗?他常常把照片收藏在一个影集里。一个姑娘一页。他母亲是头戒备心很重的看家狗,她把影集的锁头砸开了。当她看到里面的照片时,她昏倒了。醒来后,她立刻向警方报了案。"

"你干吗给我讲这样的事?"

"因为我对这个案子很感兴趣。我是个执法人员,它对我很有吸引力。每个心理分析学家在内心深处都有点精神变态。要是你在灵魂中没有潜在的邪恶的话,那你绝对当不好警察。我讲的你感兴趣吗？"

"你讲得不怎么样。"

"噢，噢。好的地方检察官是不会让你坐到证人席上的。"

"我想走了。"我说。

"我开车送你回家好吗？"

"谢谢，我走着回去。"

"我并不想惹你不高兴。"

"你没有。"

"我得告诉你。我对那个有快速成像照相机的小子很感兴趣。他的所作所为与某种事实很相似。"

"这我肯定。"我说。

"沙扬娜拉。"雷杰西说。

到了街上，我又开始哆嗦起来。但这是种解脱，因为刚才我险些碰到我所说的一切。我说的话都连在了一块。离开他办公室后感到宽慰是很自然的。但我恨那个家伙，他脑袋瓜子真灵。他讲的那件事的确叫我感兴趣，让我心里直发痒。

他究竟想告诉我什么呢？几年前，我用快速成像照相机，给玛蒂琳拍了不少裸体照片，并一一收藏起来。不久前，我又照了许多帕蒂·拉伦的裸体照。这些照片就像在暗礁中寻食的鱼似的藏在我的书房里，一想到这些照片在我这儿，我心里就不是滋味，好像我有一把打开地牢的钥匙。我又一次问自己：我是那个惨无人道的杀人犯吗？

我很难用语言来描述当时我有多难受。我真的病了。这回大

213

麻烟发挥了作用。我的喉咙开始抽搐起来，一会儿整个胸部、腹部都跟着上下扭动。从我食管里先冒出一股胆汁，波旁酒，然后是肚里的一切东西。我靠着一个篱笆墙，把这种痛苦丢在邻居的草坪上。谁都会希望大雨能宽恕我的过失。

不错，我就像个半截身子压在大石头底下的人，用了吃奶的劲儿，咬紧牙忍住疼，好不容易才抽出身子。可那块巨石又压在了身上。

我知道，我为什么呕吐。我不得不到地洞那儿去一趟。

"噢，不行，"我轻声自言自语道，"空着的！"可是，我不知道。我的直觉和鬼城都那样有劲儿，催我回去看看。如果杀人犯，正如我们常说的那样，总要回到犯罪现场，那么他一定会留下痕迹，因为我确信不疑，为了另一个夜晚证明我没杀人的唯一办法是回到森林那儿。如果我不回去，我可就有罪了。这就是逻辑。这个逻辑越来越有说服力，以至于开门进屋时，我最急迫的任务就是去拿保时捷车的钥匙。就像以前那样，我开始琢磨起这趟旅行的精神陪伴：公路、乡间大道、中间高两头低的沙路。我提前看到了这场雨在低洼地上汪成的水坑，然后是那条羊肠小道和洞口那块盖着青苔的石头。我甚至看见了，当然是凭想象，在我手电筒光下的塑料袋。我左思右想，一直走到了思路的尽头。在我准备好后想走时，那条狗突然舔起我的手指来。四天来它第一次对我表示亲热，所以我把它也带上了。它那片扁平的大舌头一触到我手心，我马上想到一些实用的理由：它可能有用。因为要是洞里没东西，那谁敢说洞边上也没埋什么呢？它的鼻子会把我引到那儿。

但是，我得承认，我娇嫩的肚子受不了狗身上那股味，我真想不带它去。但它已经跳进车里，严肃得就像一名即将奔赴前线的战士，一条黑色的拉布拉多大狗（顺便说一下，它名叫"呆子"，因为它干什么都呆头呆脑的，什么也学不会）。

我们出发了。它坐在我身边的凹背座椅上，鼻子冲着车窗，我们俩都十分严肃地开着车。车子开到离特普罗那个拐弯处还不到一半路程时，我突然想到那个信号发送装置。一想到有人仍在跟踪我，我心里就扇起了一股火。我把车停在公路边上，把那个小盒子摘下来，丢在里程碑下面的浅沟里。然后，我们又上路了。

我认为没必要把走完后半截旅途的经过讲述一遍。

我和前几次一样，犹豫不决。离目的地越近，就越不敢踩油门。后来我把车子停下，后来又停了一次。最后那次是停在水坑里。我害怕，真像见了鬼一样，我害怕我不能把车发动起来。殖民地时期，这片林子里有块空地，空地上有个绞台。透过蒙蒙细雨，每个大树杈看上去都吊着个人。我不知道这个场面的效果使谁更加精神错乱，是我还是那条狗。它总是不停地低声哀号着，好像爪子被夹子夹住了。

我拿着手电筒，深一脚浅一脚地走在小路上。林中的雾很浓，我的脸湿得像是刚刚用水洗了一遍。大黑狗的肩头紧靠着我的大腿，但离那根歪了吧唧的树只有几码远时，它猛地蹿上前去，狂叫起来，声音听上去又高兴又害怕，就像跟我们一样，也要把内心深处的两部分呼唤出来。确实，在兴奋与恐惧混杂的声音中，它听起来更有人情味了,这在以前是从没有过的。我不得不把它叫回来,要不然,它会把洞边石头上的青苔扒下来。

但当我移开石头时,它呻吟了一声。这声音就像我发出来的一样,因为我不想看。然后我再也忍不住了,在手电筒的光下出现了一个黑色的、软而滑的塑料袋,上面爬满了虫子。我浑身是汗,手哆嗦着就像被鬼怪碰了一下,慢慢地伸进洞里——摸到了!——再往里伸一点,把袋子拖了出来。袋子比原来想的要沉些。我不想占用更多的时间来讲述我解绳结所用的时间,可我不敢直接把袋子撕开,好像鬼城里的小河会从口子那儿一下子流出来。

绳结终于解开了。我把手电筒举起来,看到了我妻子的脸。子弹从一千个晚间的夜幕里射出来。惊恐的神色凝固在我妻子脸上,脖子根那儿血淋淋的,都给砍乱了。我只看了一眼,连第二眼都没敢看,就把袋子系上了。就在那时,我感到了灵魂的存在。在我解袋子绳结时,就感到它在我心中翻动。

我站起身来,准备离开,两条腿一步一步往前挪,像灌了铅一样。我不知道我还能不能走。我也没拿定主意是把她带回去呢,还是让她在这个该死的地方安息。我正迷迷糊糊地不知道该做什么好时,大黑狗停止了哀号,把头和肩伸到洞里,用前爪扒拉几下。忽然,它又向后退了出来,嘴里叼着个绿塑料袋。现在我看见了杰西卡·庞德的脑袋。我不能管她叫劳雷尔·奥克伍德。

我双手拎起两颗人头,把它们拿到车里。这件事,听上去是不是有些奇怪?我一只手拎一个塑料袋,把它们放到车后行李厢里,很小心,生怕混淆了死神的面纱——塑料袋,多可怜的盖尸布呀！黑狗跟我一起走着，就像个送葬者似的。小路两旁，大树静静地站在那儿。保时捷车的马达起动时的轰鸣声，在这墓穴般的寂静中就像炸弹爆炸一样响。

我们把车开出林子。因为我并不知道我在做些什么，我把车停下来，去找那个信号发送装置。我正找时，斯都迪和尼森赶来想害我们。你听这些是不是合情合理？

后来，我仔细琢磨过这件事。我想，在我把信号发送装置卸下来之前，他们一直在跟踪我。他们肯定是等了一会儿，然后驱车赶到他们认为我会停车的那个地方，但既没发现汽车，也没看见房子，只有愚弄他们的那个盒子发出来的声音。那个声音不是从公路上发出来的，但是他们不知道具体地点。于是他俩停下车，等了起来。

当我手拿信号发送装置，从里程碑前的壕坑里站起来时，我才看到他俩往这边来。这时，他们开始往我这边跑。我记得，当时我认为，他们是想知道我从洞里偷了些什么——这证实了我当时是怎样的疯狂。疯狂的特征是这样的：你浑身的血从一个超验时刻流到另一个超验时刻，根本没感到害怕。既然考虑到这件事，我想，他们当时一定气坏了，在大雨中足足等上该死的三十分钟，只是为了他们那个发声的小盒子。所以，他们准备好要收拾掉我，因为我没有很好地使用他们那台精致的仪器。

他们朝我和狗扑过来。尼森手里拿着把刀，斯都迪拎着个轮箍。我和那条狗从没有在死在一块的条约上签字，但这时，它却不离开我半步。

我说不出来我们是从哪来的劲儿。车后行李厢里有两个金发女人的头在保护着我们。那两颗人头，如果再加上我的这颗，就是二百年的化身了。这给了我反抗的力量。我疯狂的行为又给了我更大的力量，因为通过提高其逻辑的表现力，我正在把我那两个女人从肮脏丑陋的坟墓中移到高雅舒适的安息场所。

所以，我气得简直要发疯了。在过去的五天里，愤怒像火药似的一下子塞满了我的脑袋和四肢。看到蜘蛛、斯都迪杀气腾腾地扑过来，我就好像扣动了扳机一样。我记得大黑狗是怎样蹲在我的身边，它的毛像钢钉一样直竖着。就在那一瞬间，发生了一件事，从而结束了它的生命。我不知道这一切是不是仅仅用了还不到十秒钟的时间。大黑狗猛地向尼森扑去，一口咬住蜘蛛的脸和脖子，但同时蜘蛛的刀尖深深地刺进了它的心脏。它死时还趴在蜘蛛身上。蜘蛛一边尖叫一边跑，双手捂着脸。斯都迪和我打的时间稍长一些。

他兜着圈子，找时机抡那个铁器。我躲开他，时刻准备把手中的信号发送装置朝他脑袋扔过去——现在，这是我的信号发送装置了。可那件东西并不比一块石头沉多少。

无论在气头上还是平时，我根本不是块打架的料。我的心跳得不行。我不是那块铁器的对手。我必须看准时机，朝他下巴上狠狠来一家伙——我的左手打架不行，所以我只好等他抡那个铁箍时再进攻。和铁箍交手没别的打法。你得让对方先动手，等武器抡过去以后，再扑过去。斯都迪懂这个。他左右挥舞铁箍，但从不大甩。他在等着，让我自己因高度紧张，而不打自垮。斯都迪等着，我们来回兜圈子。我能听见,我的呼吸声比他大。这时,我把信号发送装置朝他扔去,砸在他脑袋上,随后用右手朝他脸上打去,可只打在了鼻子上,不是下巴。铁箍落到了我的左胳膊上。他没站稳,所以没使出全身力气,但我的胳膊算是交代了。我疼得差一点被他第二次抡起的铁箍打中。他挥动着铁箍尽扑空,因为从鼻子流出来的血已淌到嘴里,他感到他脸上的骨头被打碎了。

他又扑上来,我一低头,随手抓了两把路边的碎石子,朝他脸上扔过去。他什么也看不着,用尽全身的力量把铁箍朝我抡过来。我轻轻往边上一跳,抡起右拳用尽全身力气照着他猛地砸去,顿时我胳膊像被电击了一样。他和他那个铁箍一起倒下去。然后,我朝他的脑袋猛踢了一脚。这可是个错误。那一脚把我大脚指头弄断了。疼得我无法用铁箍砸他的脑袋。我捡起铁箍,一蹦一跳地朝他们那辆车走去。蜘蛛手捂着脑袋,靠在车上哼哼着。我体验到了发疯的喜悦。我抡起铁箍,把车窗、前灯、后灯砸了个稀巴烂,然后还不满足,又想把车门砸下来,但没成功,只把折页弄断了。

蜘蛛在一边瞅着,等我砸完时他说:"喂,伙计,发发善心。我需要包扎一下。"

"那你为什么说我偷了你的刀?"我回答说。

"那是别人偷的。我弄到一把,但屁也不顶。"

"它在我那条狗的肚子里。"

"真抱歉,伙计,我原来并不想害它。"

这回他可告饶了。我没理睬他,小心地绕过斯都迪,这样

219

我就不会用那个铁箍砸他的脑袋了，我跪在呆子身边，它就躺在保时捷车附近。保时捷车是它最喜欢的战车。我用那只好胳膊把它架到车的前座上。

然后，我开车回家了。

用得着我给你讲述一下这种战争的优点吗？我剩下的勇气使我把两个塑料袋子拎到了地下室，把它们放到一个纸箱里。（我还没对你讲这件事呢，二十四小时后，这两颗人头发出的味儿简直让人受不了。）然后，我在院子里挖了个坑，把狗埋了。我是用一只好胳膊，一只好脚干的——地面在雾雨中变得很松软——然后我冲了个澡，上床睡觉。要不是在路边上打了一仗，我绝不能睡着，早晨起来可能就得上精神病院，晚上我睡得像死人一样，第二天早上一睁眼，就看见我父亲在我屋里。

七

很难说我们看到对方时是不是高兴得不得了。我父亲正在冲速溶咖啡,但他一看到我醒来,就放下了咖啡罐,轻轻地吹了个口哨。

我点点头。我走下楼,脚肿得老高,左胳膊都抬不到我脑袋那么高了,胸腔里冰凉。我眼睛的周围可能都是黑圈。

但道奇的样子更使我吃惊。他脑袋上几乎连一根头发也没有了,瘦了许多,脸上有块红斑,它使我想到风口上的一堆火。我一眼就看出他可能得了一种怪病,正在进行化学治疗。我猜,他可能早已习惯旁人嫌恶的眼神,因为他说:"啊,我知道你这是什么意思。"

"哪儿有病?"

他比划了一下,意思是说既不是这儿也不是那儿。

"谢谢你给我打了个电报。"我说。

"孩子,如果你有别人不会把你怎样的事,你就别讲。"他看上去很虚弱,就是说,他看上去并不精力过人。但我不知道他是不是不舒服。

"你在进行化学治疗吗?"

"几天前就停了。恶心真叫人受不了。"他向前迈了几步,轻轻拥抱了我一下，不太紧，好像怕传染似的。

"我听到个笑话，"他说，"这家犹太人在医院门厅里等着。医生朝他们走了过来。这小子很有钱，嗓音洪亮，说起话叽叽喳喳的，像佬一样。"我父亲有时就像他以前提醒我母亲那样提醒我：根是扎在地狱的厨房里的，你他妈的就是该死。他假充内行的样子总是与众不同，发音时总是随意地把"鸟"发成"佬"。

他接着讲下去。"'我给你们带来了，'医生说，'好消息跟坏消息。坏消息是你父亲得了不治之症。好消息是他的病不是癌症。'那家人异口同声地说：'谢天谢地。'"

我们一块笑了起来。等我们重新平静下来，他递给我一杯没喝的咖啡，自己又冲了一杯。"我们也有坏消息。"他说。

"不治之症？"

"蒂姆，谁他妈说得准呢？有时，我想一得上我就知道了。如果我真知道病因的话，我可能就会找到治病的方法。告诉你，我恨透了医生开的那些药片。我吃药时又恨我自己。"

"那你睡眠情况怎么样？"

"我觉一直很浅。"他说。然后，他点点头。"孩子，我除了半夜三更而外，什么都对付得了。"这句话对他来说可真够文雅的了。他马上闭住嘴。"你出了什么事？"他问道。

我不知不觉地把路旁那一仗对他讲了一遍。

"你把那条狗丢在哪儿啦？"他问。

"埋在院子里。"

"在你睡觉以前？"

"是的。"

"有教养。"

整个早晨我们都待在厨房里。我煎完几个鸡蛋后,我们试图到起居室坐坐,但帕蒂的家具并不是替老码头工准备的。不一会儿,我们又回到厨房。屋外又是一个灰蒙蒙的天。他通过窗户朝外看,不由得哆嗦起来。

"你怎么喜欢这个鬼地方?"他说,"就跟爱尔兰冬季的后海岸一样。"

"不,我喜欢它。"我告诉他。

"真的?"

"我是在被踢出埃克塞特后才头一次到这儿来的。想没想起来,咱俩都喝醉了?"

"那还能忘了吗?"看到他笑了我感到很高兴。

"那天早晨,你回纽约,我决定到这儿来过夏天。那以前我说过这个镇子。我一到这儿就不想走了。到这儿一个星期后,有天晚上,我到公路边上一家舞厅去玩。那儿有个长得很漂亮的姑娘,我一直盯着她。但我并没凑上去。她和她自己那帮人在一起,正跳舞呢。我只是在看。快结束时,我鼓足勇气,走下舞池,来到她身旁,直勾勾地瞅着她眼睛,她也看着我。我们俩一起走出门去。操他娘的,跟她在一块的那帮小子连屁都没放。所以,我们俩穿过公路,来到林子里,躺在一起,道奇,我和她发生了性关系。我想从我走到她跟前到和她性交仅有六分钟光景。这件事留给我的印象比我以前做的任何一件事都深刻。"

我讲的这些可把他给乐坏了。他习惯性地伸出手去拿波旁酒酒杯,但发现酒杯不在那儿。"所以,来这个地方是你的运气。"他说。

"在某种程度上是这样。"

"你现在怎么样?"他问道,"用铁箍把流氓打了一顿,你看上去并不很高兴。你是怕他回来?"想到斯都迪可能会决定回来,他的眼睛里现出了喜悦的神色。

"有许多事可说,"我说,"但我不知道是不是该全都倒出来。"

"和你的妻子有关?"

"有一些。"

"我说,如果我再活上十年的话,我什么也不说,可是,因为我不能,我得告诉你。我相信,你娶了个不该娶的娘们儿。该娶的是玛蒂琳。她可能是只复仇的珍珠鸟,但我喜欢她。她漂亮,她纤巧。"

"这是你的祝福吗?"

"多少年来,我心里装了许多事一直没说。这可能会引起内部腐烂。那位叽叽喳喳叫的佬说,癌症的一个病因就是恶劣的环境。"

"你想告诉我些什么?"

"娶有钱女人的那个小子会自食其果的。"

"从前我还认为你喜欢帕蒂呢。"以前他们喜欢在一块喝酒。

"我喜欢她的聪明劲儿。如果其他的乡下佬都像她那样有胆量,那他们可以主宰世界了。但我并不喜欢她对你做的那些事。有些女人应该穿件T字领衫,前胸印上:'过来转转。我会让你变成搞同性恋的人。'"

"谢谢。"

"我说，蒂姆——这不过是一种修辞。不涉及个人。"

"你过去总为我操心，是吧？"

"你妈太文弱。她把你给惯坏了。是的，"他说，冰蓝色的眼睛看着我，"我为你担心。"

"也许，你用不着。我在监狱蹲了三年，从没栽过跟头。他们管我叫'铁下巴'。我从来不玩男人那玩意儿。"

"干得不赖。我以前总琢磨这种事。"

"我说，道奇，"我说，"那好处在哪儿呢？你感到我自以为是个男子汉？我并没那样。我在保护什么？你是个保守的狂热宗教教徒。你会把所有的男性同性恋者都关在集中营里，其中包括你儿子，如果他也搞同性恋的话。就是因为你们幸运，出生时手里拿着老虎卵子。"

"咱俩喝点什么吧。你胃口不大好。"

"你喝酒还行吗？"

他用手比划一下。"只是偶尔喝点儿。"

我拿出两个玻璃杯，倒上波旁威士忌。他又往酒里倒了很多水。如果没有别的根据，这足可以证明他有病了。

"你误解了我，"他说，"你认为二十五年来我一直独自待在摆好家具的屋里，什么都不想吗？我也想跟上形势，我年轻时，如果你是男性同性恋，那你就该死了。甚至问都不用问。你是地狱的差使。现在人们发起了同性恋者革命。我看着他们。他们到处都是。"

"嗯,这我知道。"我说。

"哈,哈。"他说,用手指了指我。很明显,酒刚一下肚就像天使那样让他兴奋起来,"我儿子赢了。"

"善于跳舞。"我说。

"我记得,"他说,"科斯特洛,对吗?"

"不错。"

"我肯定不知道那是什么意思。"他说,"六个月前,他们叫我别再喝酒,再喝就没命了。所以,我戒酒了。现在,我一睡觉,精灵们就从房子的木建部分钻出来,围着我的床转圈玩。然后,他们教我跳舞,整整跳了一宿。"他咳嗽起来,咳嗽声里夹杂着肺里发出的空洞声。他本想笑的,可笑一下子变成了咳嗽。"硬汉不跳舞,我告诉他们。'喂,虔诚的信徒,'精灵们回答说,'不停地跳呀。'"他盯着酒杯里的波旁威士忌,好像酒里藏有精灵的家族。他叹了口气。"我的病让我不那么一心一意地信教了,"他说,"我想了想同性恋的事,你知道我相信什么啦?他们有一半人是有勇气的。对于软弱无能的人来说,做男性同性恋者需要拿出更大的勇气。再不,他们就娶个小耗子,胆小得都不敢搞女性同性恋。然后他们双双成了精神分析家,养了一帮会玩电子游戏的聪明伶俐的小家伙。搞搞同性恋,我说,如果你是个胆小鬼的话。举办一次同性恋宴会。我谴责的是那些不搞同性恋的人。他们是男的,但没胆量。你是个男子汉,蒂姆。你是我身子的一部分。你有优越的条件。"

"我以前从没听你说过这么多。我这辈子从没听过。"

"那是因为咱俩都是陌生人。"

"你今天看上去可真像陌生人。"我说。这是真的。他大脑袋顶上浓密的白发不见了,以前他的头发很白,就像象牙和奶油一样。可现在,只剩下一个大大的秃顶了。他看上去更像一个俄国将军,而不是爱尔兰侍者的形象。

"我想现在和你谈谈,"他说,"我可能是显得过于近乎了,但在弗兰基·弗里洛德的葬礼上我就是这样表露的:蒂姆是我的一切。"

我很感动。有时一连几个月,有时要隔上半年,我们才通一次话。但我们关系看上去仍然很好。我希望这样。现在,他证实了这一点。

"是的,"他说,"我今早起来很早,借来寡妇的车。一路上我在想,这次我一定要面对面地把心里话告诉你。我不想在你不知道我对你的关心之前死掉。"

我感到很窘迫,所以我顺着他的话头说下去。刚才他提到"寡妇的车"。"你和弗里洛德的妻子私通过吗?"我问道。

父亲看上去很腼腆,这可不常见。"最近没有。"他说。

"你怎么能干出这种事?和你朋友的妻子!"

"过去十年里,弗兰基整天喝得迷迷糊糊的。他那个玩意儿不听使唤,他对他老婆也不感兴趣。"

"朋友的妻子?"我以我们家特有的方式笑了笑,男高音。

"只有一两次。她需要它。我只是因为可怜她才干的。"

我笑得眼泪都流下来了。"我不知道现在谁在吻她。"我唱道。让你父亲守自己的灵简直好极了。突然,我感到想要哭。

"孩子,你是对的,"他说,"我希望,并且祈祷,弗兰基从来就不知道这件事。"他看了看墙壁,"等你年纪大了些,你就会感到好像有什么事办错了。你待在盒子里,而且盒子的四壁不断地往里收。所以你就要做你以前没有做的事。"

"多久以前你就知道你有病了?"

"四十五年前,我在圣·文森特医院住院时。"

"要是当时真得了癌症,而且又没有症状,这时间可太长了。"

"没一个医生能确诊。"他说,"让我看,这是有两个开关的疾病的回路。"

"你这是什么意思?"

"在这种怪病发作之前,发生了两件可怕的事。第一件是扣上扳机;第二件是开火。我带着扣上的扳机游荡了四十五年了。"

"是不是因为你自从中了枪弹后,就没能恢复过来?"

"不对。因为我的卵子早就给打掉了。"

"你?你在说些什么呀?"

"蒂姆,当时我停下来,感到鞋里面全是血,圣·文森特医院就在我眼前。我本应该去追朝我开枪的那个坏种。但当我看见医院时胆子就小了。"

"我的天,你已经追了他六个街区远了。"

"这不算多。我当时身体很棒。在我停住脚时,考验我的时刻到了。我没勇气再追他了,我没勇气。在事物发展过程中,会有什么东西叫他摔倒的。我没坚持到底。相反,倒停了下来。这时,我清楚地听见我脑袋里有人在对我说话。我承认,这是上帝或超人在第一次对我说话。这个声音说:'你胆怯了,孩子。这是真正的考验。追到底。'可是,我走进了圣·文森特医院,抓住了那个勤杂工的衣领。我正想对那个穿白衣服的小子不客气,忽然感到通往癌症电路的第一个开关打开了。"

"你疯了。"

他喝了一大口加水波旁威士忌。"我倒希望我真疯了。那样,我就不会得癌了。对这个我可有研究,我告诉你。如果想找,你可以找到一些从没公开的统计数字。精神病院里的精神病人得癌症的可能性常常是普通人的一半。我这样分析:不是你肉体变疯,就是你精神变疯。癌症是医治精神病的良药。精神病是治疗癌症的妙方。大部分人都不知道对付它们有多艰难。我一生的经历告诉我。我没有任何借口。"

我没吱声,不和他争辩了。我很难对他这番话做出判断。他对我的热情为什么似乎总是先来自冰雪覆盖的田野那儿?我可能曾是道格拉斯·马登体内的一粒种子,但那是当他再也瞧不起自己肉体时他体内的种子。从某种程度上说,我是一粒有瑕疵的种子。我昔日的创伤,已被埋在了心里,早已不碰的创伤隐隐作痛。怪不得父亲总是对我冷冰冰的。这在向我暗示:在以后的日子里——如果我能活下去的话——一想到这次交谈我会气得直哆嗦。

但尽管如此,我还是爱我父亲,一种该死的爱。他在我了解他的过程中蒙上了长长的阴影。

我再次感觉到一种巨大的恐惧，因为现在我又一次认为是我杀了那两个女人。过去几年里，有无数次了，我真想用空拳狠狠地揍帕蒂·拉伦一顿。但每次我都忍住了，每忍一次我都感到我就要得病。不是这样吗？是的，就像我父亲那样，我一直生活在恶劣的环境中。我又想到了那个促使我爬上高塔的念头。那天晚上，我是否希望阻止把第一个开关关上？

这时，我感到，我得对大麦克说实话。得把杀死两个人和藏在房子底下那个阴暗潮湿的地下室里的塑料袋的事统统讲给他听。我再也忍不住了。但我没勇气直截了当地把这些告诉他，相反，我要给他下点毛毛雨。

"你信不信宿命论？"我问他。

"噢，"他回答说，"什么宿命论？"换个话题让他感到很高兴。我父亲在酒吧里工作多年，培养得对任何问题都不吃惊，即使你提到的问题大得没边儿。

"就说足球赛吧，"我说，"上帝能不能找出个能赢的球队？"

显而易见，道奇与这个问题打了一辈子交道。这从他的眼神里便可以看出，他正在想是不是该把这有用的知识泄露出去。然后，他点点头："我想，如果上帝赌球赛的话，他赢的比率是百分之八十。"

"你是怎么知道这个数的？"

"我们可以这样想，在比赛那天晚上，他到运动员睡觉的地方转转，仔细瞧瞧。'匹兹堡队能赢。'他自言自语，'杰兹队可不行.'他断定,匹兹堡队值三点还多。所以,他赌匹兹堡队。我敢肯定,他赌五次,有四次能赢。"

"但为什么在五次中能赢四次呢?"

"因为足球,"我父亲说,"人们都说足球是圆的。如果说五次中能赢四次以上,那就不现实了。如果他想从百分之八十升到百分之九十九,那他得算上成百万次。这不太划算。他还有许多别的事要做呢。"

"但你为什么就说五次中有四次呢?"

我父亲认为这是个很重要的问题,"有些时候,"他告诉我,"搞足球预测的人也许能走运一个多月,他的预测会有百分之七十五的把握。我想,他可能找到了走向更高境界的通道。"

我想到了哈坡。"有的人运气能不能更长一点?"

我父亲耸耸肩。"不一定。这些通道可不好维修。"他把比喻弄混了,可他并没在意这些。"这可是危险的举动。"

"那么赌输了的一方呢?"

"那些人也在通道上,只是里面的东西朝相反的方向流。他们的预感同上帝比是一百八十度。"

"这可能就是平均律吧。"

"平均律,"他讨厌地说,"让人大脑混乱,那是我知道的最操蛋的主意。马粪一堆。通道不是叫你发财就是叫你上当。贪心的人被通道治坏了。"

"如果赌注结果是五十对五十呢?"

"那么,你就和通道不沾边了。你是台计算机。看看报纸就知道。计算机预测的结果是五百对五百。"

"行啦,"我说,"这就叫预测。我真想说它是巧合。"

他看上去很为难。我站起来,又往杯子里倒了点酒。"往我杯里多倒点水。"他说。

"巧合,"我说,"你认为这是怎么回事?"

"全是我说了,"他说,"你给我讲讲。"

"嗯,"我说,"我认为它和通道一样。不同的是,它是个通信网。我相信,我们能收到别人的想法。我们常常是没意识到这一点,但我们的确是收到了。"

"等等。你是说人们能发送、接收无线信息吗?心灵感应?没意识到?"

"你管它叫什么都行。"

"嗯,"他说,"我想问问,为什么不能意识到?"

"有一次,"我说,"我在阿拉斯加的费尔班克斯。你感觉到了。是因为有个通信网。"

"是的,"他说,"快到北极了。你当时在费尔班克斯做什么?"

"诓骗。没什么大事。"实际上,我和玛蒂琳分手后,跑到那儿去贩卖可卡因。同一个月,我从阿拉斯加赶回来后又到佛罗里达去做同样的生意,结果给警察捉住了。我卖了两公斤可卡因。因为我付给律师很多钱,所以他充分利用了雄辩术,使我只蹲了三年监狱(并经过举手宣誓)。

"有天晚上,我在费尔班克斯和一个小子吵了起来,"我告诉他,"他是个丧门星。第二天早上我一醒来就在脑子里看见了他的脸。他面部表情很难看。这时,电话响了。还是那个家伙。他的声音和他长相一样。他想那天下午和我见面。一整天,我碰到了前一天我遇到的那些人,他们有的生气,有的高兴,和我想的一样。这就和梦一样精确。在那天快要结束时,我见到了那个老于世故的家伙。但当时我对这件事并不感到紧张。因为从正午开始,我脑中十分清晰地看到了他。他看上去疲惫不堪。一点不假,当我见到他时,他就是那副德行,比我胆还要小的家伙。"

我父亲咯咯地笑了起来。

"跟你说吧,道奇,"我说,"我认为,阿拉斯加人喝酒的目的是不想使别人生活在自己的脑袋里。"

他点了点头。"北部地区。爱尔兰,斯堪的纳维亚,苏联。醉得像泥一样。"他耸耸肩,"我还是不明白这和你争论的事有什么关系。"

"我是说,人们不想生活在彼此的脑袋里。那太可怕了,太残忍了,像动物一样。巧合就是信号,证明他们正在向这种状态转化。"

"是什么促成了这种状态呢?"道奇问。

"我说不好。"我说。我深深地吸了口气。"如果全面考虑一下,还有比我父亲的貌视更糟糕的东西。"我想,当重要的、没有预料到的事快要发生时,人们就会从平时的争吵中挣脱出来。他们的思维开始向一起靠拢。这好像是,即将到来的事件产生了一个空间,我们开始朝那个空间移动。令人吃惊的巧合以疯狂的速度接踵而来。它就像某个自然现象一样。

我感到他在思考自己的过去。在枪击那天早晨,他是不是经历了与这相似的事情？"你指的是什么样的就要到来的事件？"他问道。

"邪恶的事件。"

他这次变得很谨慎。"什么样的邪恶事件？"

"比如，谋杀。"

他在琢磨我说的这句话。然后，他摇摇头，好像是说："我不喜欢你说的那套。"他看着我。"蒂姆，"他说，"你还记得侍者手册吗？"

这回该我回答了，我点了点头。我第一次做侍者工作时，他递给我一张时间表。"儿子，"他说，"把这些记住。在纽约，在大街上，半夜十二点到一点是下流的偷看者的好时候，一点到两点放火，两点到三点抢劫，三点到四点酒吧拳架，四点到五点自杀，五点到六点车祸。"它就像个打好字的时间表似的保存在我的脑子里了。它很有用场。

"谋杀并没什么好奇怪的。"他说。

"我说的不是纽约，"我说，"是这儿。"

"你是说这儿发生谋杀是件非常特殊的事？"我看到他的思路徘徊在科德角的湿冷空气与杀人的血腥味之间。"嗯，"他说，"好啦。我承认这一点。"他看上去并不十分高兴。"那我们说这些是什么目的呢？"

"被卷进了许多巧合中，没法脱身了。"我说。

"嗯，照你分析，现在你可能离使人不愉快的事很近了。"他说。

"比你想的还要近些。"

他半天没吱声。

"上星期有人自杀了,"我说,"尽管那个男的可能是他杀。我相信,出事那天晚上,我偷了他的女人。"我下一个想法更古怪:因为我父亲得了癌症,不管我告诉他什么,他都不会把它传到别人的耳朵里。这可能就是得癌症的一大好处。他可能像座坟似的,接收信息,但永远也不把它们发送出去。我父亲现在是不是站在精灵那一面,而不站在我们这边呢?

"要说的比这多多了,"我说,"现在还没公开,上星期在这个镇上,两个女人让人杀了。"

"我的上帝。"他说。这个消息可够惊人的了,甚至对他来说也是这样。"谁干的?"

"我不清楚。我隐隐约约地知道一点,但不敢肯定。"

"你看到被害者了吗?你能对你的事实打包票吗?"

我不愿意回答。只要我管住嘴巴,我们仍然待在厨房里喝酒:我可以使他这次来访安安稳稳地满足他往日喝酒的乐趣,也可以使他得到在酒的伴随下,在毫无意义的理性空间中漫游时的快感。但我下一句话好像把我们俩都从水里捞了出来。我们浑身滴水,头脑清醒,来到另一片酒滩上。

我想我可能有好半天才回答父亲问了多次的问题:"你看到受害者了吗?"

"看见了,"我说,"她们在地下室里。"

"哎呀!"他的杯子已经空了。我看见他伸出手,要去拿波旁酒酒瓶子，但又缩了回来。他把酒杯倒扣过来。"蒂姆，是你干的？"他问。

"不是。"我端起酒杯，把杯中酒一饮而尽。"我认为不是我干的，"我说，"可又说不准。"

我们开始详谈起来，一件一件地谈。我把我从到望夫台酒家喝酒那天晚上到现在所发生的事一件一件全告诉了他，我能想起来的都说了。但我承认（我的确感到应该用这个字）当我说到帕蒂·拉伦是两个被害女人之一时，我父亲大叫了一声，这一声就像一个人从窗户上掉下来，然后被墙上的长钉划透了的时候，失声喊出来的一样。

我无法描述他当时的表情。他脸上那两块粉红色的斑迹，现在逐渐蔓延到了他的头部和下巴上。以前，这两块红斑只长在两颊突起的地方，使他曾经是粉红色的脸显得十分苍白。这个现象是他的病情已有所好转的幻觉。我也是这样想的。不管他怎样讨厌警察，但他看上去活像警察——任何一个导演都会让他扮演管区警察队长或是侦探长，简直太像了，不管他愿意不愿意，他不由自主地扮演起他在生活中应该扮演的正面角色。在他的质问下，我不得不把什么都讲出来。他真是个合格的审查员。

最后，我说完了（我们从早晨一直讲到下午。只吃了几块三明治，喝了点啤酒）。他终于说话了，"有两个问题让我弄不清楚这件事。一个，你是没罪还是有罪。我很难相信你没罪，但你是我儿子。"他停了一下，皱皱眉说，"我的意思是，我也很难相信第二个——就是你有罪。"

"你是说,"我告诉他,"这事可能是我干的。你刚才说的!原因是:你也会杀人。实际上,在工会斗争那些日子里,你可能也杀过一两个人。"

对此,道奇没作回答。他说:"好人为正义,或是为荣誉去杀人,并不是图钱。小人才图财害命呢。贪心的吸毒鬼才为了钱去杀人。但你不是这种人。你能在她遗嘱中得到一笔钱吗?"

"我不知道。"

"要是她真的给你留了一大笔钱的话,你可就要倒霉了。"

"她可能把钱全都花光了。她一直不肯告诉我她到底有多少钱。我怀疑她没钱,前几年帕蒂·拉伦搞了几次投资,但结果都很糟。我们可能破产了。"

"我真希望是这样。"他说。他用那双冷冰冰的蓝眼睛瞅了瞅我。"问题出在谋杀方式上。这是我的第二个问题。为什么?为什么有人要杀这两个女人呢?要是你干的,那么,你和我,蒂姆,就不得不承认失败了,我是这么想的。我们的种子太可怕了,不能让它传续下去。"

"你谈论这样的事情倒很冷静呢。"

"那是因为我不相信你会做出这样残暴的事情。我只是把它当作一种选择提出来,有什么就直说了吧。"

他有一种杰出的直觉,总是知道该做些什么。这种以极特殊方式表现出的直觉叫我感到恼火,好像我们不是在谈论生死攸关的大事,而是在进行一场家庭口角。思想上的分歧。不,杀了那个小子,道奇·马登说。不,儿子说,把他送进精神病院。我想动摇父亲的想法。

"我能干出这种事,"我对他说,"我可以告诉你。我说那种事儿我是做得出来的。精灵在折磨着我。如果真是我干的,我可是处在昏迷状态中。可能是精灵让我去干那种事的。"

大麦克厌恶地瞪了我一眼。"在这个世界上,有一半杀人凶手都这么说。操他娘的,别听他们那套,我说,如果他们讲真情又有什么用?他们是个避雷针,把其他人甩在空中的屁话都收了回去。所以他们太危险了,不能让他们和人在一起。"他摇了摇头。"你想知道我是怎么想的吗?我希望,并祈祷你没干这件事,因为,实际上,我不能没有你,我甚至都不能告发你。"

"你在跟我兜圈子。先是一种选择,然后又来了一种。"

"你这个大傻瓜,"他说,"现在我正想方设法先捋出个头绪来。"

"来一杯吧。"我说着呷了口波旁威士忌。

"对啦,"他说,没理睬我刚才说的话,"第二个问题牵涉到第一个问题。为什么有人把头给割下来了?你所做的一切只是想避免蹲一辈子监狱,到精神病院去度过余生。因为这种可怕的罪行,甚至会被判处极刑——最起码,他们也会在本州把你吊死。所以,你得是个疯子。但我可不信你真疯了。"

"谢谢,"我说,"但我相信,那个杀人凶手也没疯。"

"那么为什么神志清醒的人要把人脑袋割下来呢?"他重复道,"只有一个道理可讲。那就是他在用计,要你陷入罗网。"他眉开眼笑,就像物理学家证明了自己的假设一样。"那块大麻地边上的坑里能装下一具尸体吗?"

"不能,除非把那个床脚柜挪走。"

"能装两具尸体吗?"

"绝对不可能。"

"我们可能会分析出来割脑袋的原因了。有些人为了一些实惠是什么事都做得出来的。"

"你是说……"

但他并不想把他思维过程的结果转让给我。"对啦,我是说,有人把这两颗人头割了下来,这样就能放到洞里了。有人希望你来承认这一罪过。"

"一定是两个人中的一个。"我说。

"有可能。"他说,"但我还能想出其他几个。"他用中指敲打着桌面。"那两个女人是被击中了头部吗?"他问,"从她们的脑袋上,你能看出她们是怎么被杀的?"

"不知道,"我说,"我没仔细看。"

"她们的脖子呢?"

"我没忍心看。"

"所以,你不知道脑袋是用钢锯、刀子或是别的什么东西割下来的?"

"是的。"

"你认为应该再看看那两颗人头吗?"

"我不能再打扰它们了。"

"蒂姆,一定得调查清楚,为了我们自己。"

我感到一下子老了十年，真想哭。"爸爸，"我说，"我不能看她们了。那是我妻子，看在上帝的分上。"

他这才想起来。由于大脑运转以致发热使他的记性变得很差。

"行，"他最后说，"我下去看看。"

他走后，我进了洗澡间，吐起来。我真想大哭一场。既然我现在独自一人，再也不怕在父亲面前精神崩溃了，可眼泪却干了。我冲了个澡，把衣服穿好，往脸上洒了点剃须洗剂，回到厨房。他坐在那儿，脸色苍白。所有的粉红色全不见了。他袖口湿乎乎的。我意识到，他一定是在地下室水池里洗的手。

"不是你妻子那位……"他开口说道。

"杰西卡，"我说，"奥克伍德。劳雷尔·奥克伍德。"

"对，"他说，"是那个。她脑袋是用刀割下来的，可能是用大砍刀，一下子就砍下来了。帕蒂却不同。那个家伙不知道是怎么下的手，用刀把脑袋一点一点割下来的。"

"你能肯定吗？"

"你自己想看看？"

"不。"

不知怎么，我看见了。我不知道是在想象中看到的还是从他的视网膜里真的看到了。但我的确看到了杰西卡的脖子。脖子上的刀印齐刷刷的，刀口最近处的皮肉有些发紫，这可能是刀猛地砍下去时造成的。

我用不着想象帕蒂的脖子了。我永远也忘不了那个血肉模糊的烂脖子。

我父亲张开了手。手心上有粒子弹残片。"这是从奥克伍德脑袋上找到的。"他说,"我要不在地下室翻他个遍,是绝不会甘心的。但我以前见过类似的东西。这是22号手枪子弹的残片,这种子弹是平头。我要说的是,这种子弹一见血就炸。要是打到脑袋上,一粒就足够了。可能还用了个消音器。"

"往她嘴里开的枪?"

"不错。"他说,"她嘴唇看上去发紫,就像有人用力把嘴撬开过似的。可能是用枪筒。在上腭的弹洞附近还有被火药烧焦了的痕迹。弹洞很小。正好是22号手枪子弹那么大。头的外部没有子弹出口。我只能把这么点东西掏出来。"他用手指了指那粒子弹碎片。

硬汉子跳舞。你最好相信这一点。只能把这么点东西掏出来。我的腿肚子哆嗦起来。我不得不同时用两只手勉强把酒杯端到嘴边。我感到我没勇气走向帕蒂那颗脑袋。

他告诉我,帕蒂的情况与杰西卡一样。"她脸上,头顶上都没有枪伤,也没有青肿的痕迹。我想,子弹可能是打在心脏上,她很快就死了。"

"你怎么会这么想呢?"

"只是一种猜测。我不知道。可能是把刀刺进她的心脏。她的脑袋除了向我证明她是谁以外,什么也没告诉我。"他皱皱眉,好像忘了一个更重要的细节。"不不——它还告诉我一件事。想要弄清真相得找个验尸官来,但我猜你妻子——"他现在也说不出帕蒂·拉伦这个名字来——"是在另外那个女人死了二十四小时到四十八小时之后被害的。"

"嗯，这可以找出证据来。"我说。

"不，"他说，"我们永远不会知道。"

"为什么？"我问道。

"蒂姆，"他说，"我们必须把这两颗人头毁掉，"他抬起手阻止我继续问下去，"我知道要付出的代价有多大。"他说。

"那么我们永远也找不到凶手了。"我漏嘴说了一句。

"我们能肯定是谁干的，我认为。我们只是拿不出证据罢了。"他的脸色又有所好转，变得微红了，"如果你想要得到满意的结果，我们不得不想别的方法。"

"据我推算，"他说，"我觉得不可能只有一个凶手。用大砍刀的人是不会摆弄小刀子的。"

"玩大砍刀的通常不可能有22号手枪和特制的子弹跟消音器。"

"我得好好琢磨琢磨。"他说。

我俩谁也没吱声。我自己在思考着。我的四肢开始麻木起来，就像在十一月林子里走了好长一段路，刚刚坐下来喘口气似的。

"我的分析是这样的，"他说，"有人故意选你大麻地边那个洞来藏杰西卡的脑袋。这就直接牵连到你，使你没法说这事儿与你无关。然后，有人把头弄走了。这是为什么？"他握紧双拳好像在开车。"这是因为有人决定要杀帕蒂。这个人想肯定一下，以后两颗人头都要埋在这儿。他不想让你或者第一个凶手回去毁掉证据。或者假设你吓坏了。你可能会向警察报告这件事。所以，第二个人，他把人头弄走了。"

"或者是她，"我说，"弄走了那颗人头。"

"或者是她，"我父亲说，"尽管我不知道你的意思。"当我再也没什么可讲时——我是一时兴奋才讲了那么多——他说，"嗯，我琢磨有两个主犯。一个是杀杰西卡的，另一个杀了帕蒂。第一个把杰西卡的头放在那儿是想坑你，第二个把人头弄走了，目的是想过后再把两颗人头一块埋在那儿。到那时，或者在不久以后，你就得承担两次凶杀的罪名了。"

"你可真能琢磨。"我说。

"在人们干这些事时，"我父亲说，"他们会相信，他们正清晰地注视着整个场面，即使他们正做的事儿只是在汤里多放一份调料。"

"那么谁是厨师呢？"

"沃德利，就他一个。在和你谈话时，他可能早就知道帕蒂已经死了。可能是他杀死了帕蒂，一直在骗你呢。"

"我可真看不出来。"

"他瞧不起你。我并不责怪他。可能他听说杰西卡的人头没了，他想你能知道在哪儿。所以，他想要帕蒂的头。他想你会用杰西卡的人头搪塞一下，说那是帕蒂的。这样，他就会得到他想要的东西了——两颗人头。"

"你不能不重复那个词吗？"

"人头？"

"它叫我受不了。"

"没别的可以替换。"

"就说她们名字吧。"

"那不准确，除非我们找到了她们的尸体。"

"就说她们名字吧。"

"我说，"他说，"你跟你妈一样爱胡思乱想。"

"要是我奶奶、姥姥，都成天在爱尔兰的泥炭地里挖泥炭，我也不在乎。一点不假，我跟我妈一样爱胡思乱想。"

"行啦，行啦，"他说，"你妈赢了一个球。祝她安息吧。"他打了个嗝。波旁威士忌、啤酒和身上的病一起生效了。"把酒瓶子递给我。"他说。

"你想得太多了，"我说，"为什么沃德利不知道杰西卡在哪儿呢？要是雷杰西干的，沃德利肯定会知道。蜘蛛是他们俩的联系人。"

"假设他们在联系的过程中出了点差错。在这种情况下，人们知道什么，不知道什么都是叫人吃惊的。"他用指关节敲着桌面。"我说，沃德利不知道杰西卡在哪儿，他想让你把她带给他。"

"我想沃德利已经把她们俩放在洞里了。根据已经发生的事情来推测，蜘蛛和斯都迪在跟踪我。要不是那样，当我回到地洞那儿时，他们可能就在那儿，在我一手拎一颗人头出来时，他们就会把我抓住了。他们可能是最叫人恶心的下贱小人，想让一个公民蒙受不白之冤。"

我这番话触动了他。我父亲扬扬眉表示同意。"这些听起来不像那么回事，"他说，"他们寻思你到了洞那儿，可信号发送装置告诉他们你把车停住了。怪不得在你往回走时，他们要火冒三丈了。"

"我想，我们有个事例可以用来控告沃德利。"我说。

"涉及帕蒂，你弄到了一些线索，但是，谁杀了杰西卡呢？"

"可能也是沃德利干的。"

"你可能喜欢用加消音器的22号手枪。但你见过希尔拜先生玩大砍刀吗？"

"也许是斯都迪？"

"有可能。"

"你认为是谁？"我问道。

我父亲当侍者时，扮演了多少回私人侦探、刑事律师和名誉高级法院的法官呢？他把手放在嘴角，好像拿不准是不是该从橡皮膏似的嘴上把真话剥下来。

现在他把手移开。"我不喜欢这个雷杰西，"他说，"也不喜欢你描述他的方式。他可能就是凶手。"

"你认为是他杀了杰西卡？"

"他可能会使用杀伤力很强的22号手枪和大砍刀。他是唯一能同时使用这两件武器的人。这小子是个武器狂。他可能还在地下室里藏有燃烧弹呢。他会琢磨出怎样杀你的方法，把头上沾有毒药的竹签子埋在你走的小路上。我见过这号人。'谈到武器，'他们说，'我感到非常熟悉。我是复兴时期的人。'"

"嗯，可你憎恨警察。"

"叫你说着了，一点不错。只是，有些不可信。这个家伙是草原上的一条狼。先是职业军人后来又成了警察！我把他给看透了，他是个彻头彻尾的专捉毒品犯的便衣警察。他并不是什么代理警察局长。那只是个幌子罢了。他是毒品管理局一个排解纠纷的人。我敢肯定，在局里，他们都很怕他。他一来，他们就吓得尿裤子。"

"我很难相信你说的这番话。"

"我比你更了解警察。有多少年了，星期三晚上我用钱哄走黑手党，星期四用钱把警察请回门？我了解警察。我明白他们的心理。我这样想，为什么像雷杰西这样雄心勃勃的家伙能在科德角猫下呢？"

"这儿是捉毒品狂的中心。"

"这比佛罗里达差远了。他们可以把他派到那儿去。他们在骗他。你得懂警察的心理。没一个警察愿意和一个让他感到不舒服的职业警察打交道。你下的命令不能叫人不高兴，不然你就会多个敌人。合法带枪的家伙有很多机会干掉你，根本用不着在你背后开枪。所以，当警察不得不和狂人打交道时，他们并不会想法子解雇他。他们给他戴上假官帽。让他当蒙大拿州特温爱克斯的全权人物。在马萨诸塞州、尿都……不，"他以决定的口气说，"我一点也不喜欢雷杰西。所以我们得把那两颗人头处理掉。"我开始和他争论起来，他说的话又把我给顶了回来。"如果他们在你的地下室里找到了那两个塑料袋，"他说，"那你就走上绝路了。你是个容易命中的目标。你要是把人头挪走，那会更糟。他们一看到你钻进了汽车，就会跟踪你的。"

"那我去把妻子埋掉算了。"

"不，你不能埋。这件事我去干。我用你的船、你的渔具和工具箱。船上还有多余的锚吗？"

"没有。"

"那我就用船上那个。把帕蒂和杰西卡绑在一起。"

这回该轮到我说声"我的妈呀!"了。

"喂,"道奇说,"你看我像个心黑手狠的人;我看你呢,就像个活靶子。"

"我得跟你去。这是我起码要做的事。"

"要是我一个人出去的话,那我只是个出去钓鱼的老家伙。他们不会扫我第二眼的。可你!他们会看着你的。他们会调来海岸警备队。当他们发现船上有两个没身子的女人时,你怎么说呢?'噢,'你会说,'我刚找到它们。声音告诉我往哪儿看。''对,'他们会说,'你是贞德姑娘。第二个贞德。'"他摇摇头,"蒂姆,我的孩子,你就在这儿待着吧。我只去几个小时。在这期间,你怎么不去打个电话?"

"给谁打?"

"飞机场。你可能会问出杰西卡到这儿的时间。"

"你是怎么知道那就是她到镇上的第一个晚上,或是他的?"

我耸耸肩,我不知道。

可是,当他走进地下室时,我一动不动地坐在椅子上。要不是他在地下室楼梯上喊我,我是绝不会动一下的。"蒂姆,我把小船划到你的大船那儿。出去走走。我想把它们带到离房子远远的地方。"

我看见的是精灵,可他看到的是真人。好啦,他去冒险了,可至少我还能出去走走吧。

我穿上派克大衣,从前门走出去,来到商业大街。现在是下午，街上人很少。但我知道，我不能在街上溜达太长时间。街上静得很，静得就像是洒在地上的阳光，它们从头顶上灰色云团的缝隙中飘落下来。我知道，海滩上会有由阳光和阴影交织而成的图案。在听到我们那艘二十英尺长的捕鲸者号船的马达发动的突突声（帕蒂的船）后，我转向了空荡荡的海滩，走在沙子上。那只小船，被丢在停泊处，轻轻漂荡着。看不到海岸警备人员，只有几艘钓鱼船往镇码头方向开来，我父亲正驾驶着捕鲸者号朝海湾驶去。我深深地吸了口气，拖着微微作痛的双脚，踩着沙子往回走。

　　回到屋后，我感到吃惊的是，出去走一圈使我精神了许多。我按照道奇的建议，决定打几个电话。我先给机场打了一个。我运气不错，在检票处工作的那个姑娘是我的酒友。她正好当班。所以我可以问她杰西卡·庞德或劳雷尔·奥克伍德和潘伯恩·朗尼在过去的几个星期里是否来过或离开普罗文斯敦。几分钟后她告诉我，十五天前杰西卡·庞德乘下午的航班来的，九天以前乘早晨第一趟班机回去的。她在机场预定过来往机票，从普罗文斯敦到波士顿，由波士顿到旧金山，由旧金山到圣巴巴拉。根本没有名叫潘伯恩的旅客。但那位姑娘回想起来了，庞德离开那天早晨她在值班，警察局长雷杰西开车送她到机场。"照顾好这位妇人，他告诉我。"姑娘说。

　　"他俩看上去很友好吗？"我问。

　　"蒂姆，那天我因为头一天晚上酒喝得太多了，没看清。"她边想边说，"我猜，他们很近乎。"

　　嗯，这些话打开了可能性的栅门。如果杰西卡·庞德独自一人到这儿有一个星期,然后又飞到圣巴巴拉,又从那儿回到这儿,那么问题就是:她是和潘伯恩一起为沃德利工作还是她自己?

我给镇上房地产代理商打了个电话,我跟她最熟。但她只给了我那个波士顿律师的名字。据她所知,那块房地产并没出售。然后,我又给那个律师的办公室打个电话,我自报名字是朗尼·奥克伍德。当律师接电话时,我说:"思韦特先生,我母亲,奥克伍德女士不得不到欧洲去处理一件紧急事情,她让我和你取得联系。"

"嗯,你给我挂个电话,我真高兴。在过去几个星期里,我们都在翘首而望,盼望你母亲来。她早该到我这儿来了,来送银行担保支票。"

"是的,我知道。"我说。

"那太好了。请替我给她捎个口信。现在我担心房价将要上涨一些。或者价格一定会涨。要是我们得不到她准信儿的话,你知道,没粮草我是守不住城堡的。许诺毕竟是许诺。我们得见到她的支票。上星期,又有人出价了。"

"我马上和她取得联系。"

"你必须和她取得联系。事情总是这样:多少年过去了,某幢房地产除了罚金和税收以外什么也没得到。突然,谁都想马上把它买下来,在同一个星期内。"他咳嗽起来。

"思韦特先生,她会跟你取得联系的。"

"我希望这样。你母亲是个漂亮女人。"

我马上把电话挂了。我是在扮演她儿子的角色,我知道的东西太少,不敢和他谈下去。

但我的猜测得到了一些证实。劳雷尔·奥克伍德可能打算为自己买下那幢房子。这是不是会阻止沃德利,所以也涉及了帕蒂·拉伦?

我问自己这样一个问题:帕蒂·拉伦会对想做这种事的女人怎么样呢?

"她会杀她。"这毫无疑问是我得到的回答。

这样一来,如果帕蒂·拉伦杀了杰西卡,用22号手枪加消音器,那么雷杰西干吗要把受害者的脑袋割下来呢?是想把她最容易认出来的部分留在我的大麻地里?难道帕蒂·拉伦恨我都恨到了那种地步,或者是雷杰西恨我恨到了那种程度?

打完电话后,我对事态的发展过程比刚才清楚了一些,气也就更大了,目的性也更加明确了。我觉得身上有了点儿父亲的勇气,这可能吗?我不得不相信,乐观主义是我最危险的嗜好,因为我现在想看看,我几年前给玛蒂琳拍的裸体照和最近给帕蒂·拉伦拍的裸体照。这个欲望可够古怪的了。在这个时候,想想淫猥的照片,然后再看看它们,可真叫人感到精神振奋。再说,我有着古典性格。

我上了楼,从卷宗箱里抽出一个装有照片的信封。原来里面装着三张帕蒂的裸体照,玛蒂琳的两张。这两个女性,我真感到可怕,都把腿劈得老大,显示出她们下身灵魂的金光。一点不假。可现在信封里装有十张光纸相片。五个人头齐刷刷地被剪了下来。

我知道,我也相信,就在这时,我父亲已经选好了位置——他已到了深水区——准备把两个人头和锚链投入海里。他用绳把人头绑在锚链上。我知道，鬼城的袭击立即把我打趴下来。这是我一生中遭到的最强烈的攻击。

"操蛋、丑恶、讨厌。"第一个声音尖叫道。"胜利属于盗尸人，蠢货。"第二个声音说。

"是蒂米灵巧的手指，击败了那些凶手。"

"把那个残忍的草包打残废了。割开装满脓血的酒瘤。"

"喂，蒂米，闻闻臭屎，舔舔鼻涕。"

"你是个侵略狂，你是个抢劫犯，你是个叛徒。"

"把他带进来——他偷走了我的房子。"

"你是个抢夺犯，你在我的床上嫖过。"

"把这个家伙的肠子掏出来。嚼烂他的鸡巴。"

"他跟他爹干的。一对疯子。随时准备下手的杀人狂。"

"你杀了杰西卡！"我耳朵里有个声音在号叫着。

"道奇杀了帕蒂！"另一个耳朵里的恶婆子尖叫道。

"为什么？为什么我们要杀头？"我大声问道。

"噢，乖乖，你爹在找治他病的药方呢。那就是药方。闻闻血腥味。"

"那是他，"我大声说，"那我呢？"

"你也有病，你这个收买贼赃的家伙。你让我们的符咒给镇住了。"

"滚吧，你们这群臭婊子！"我喊道。

我独自站在三楼的书房里，黄昏灰淡淡的玫瑰色阳光从窗子射进来。我眼睛看着大海，耳朵贴在鬼城的沙滩上，双脚，据我所知，站在海湾的海底。在我脑海中，我看见了两颗系在锚链上的人头慢慢地坠入海底，金黄色的头发上下漂动着，就像两朵海花。它们穿过水的栅栏沉到海底。我相信，我知道铁锚碰到海底时，因为一切吵闹声都停止了。我耳朵里那些喊叫声是不是在欢迎帕蒂·拉伦的头呢？我站在那儿，浑身都被冷汗打湿了。

现在我的四肢分别哆嗦起来。我身体有一部分在颤抖，有一部分则一动不动。这种现象我可从没经历过。这时我感到有个念头向我注意力的中心移来，它那强大的势力让我难以抵抗，好像思维和我是一扇门的正反两面似的。这时，我再也忍不住了；我必须去仔细地检查一下我的手枪（帕蒂的手枪）。那是22号手枪。

这听起来真叫人难以相信，可你知道吗，在过去五天里，我竟然没想过这件事。可现在，传票已经到了；我不得不检查一下那支22号手枪。

它还在那个老地方，在她那边儿的床头柜里。手枪仍然放在盒子里。有人打开过，盒子里面有股难闻的气味。最近有人用过这把枪，放回去时没擦。是我干的？子弹壳从枪膛里弹了出来，子弹夹里少了颗子弹。

我并不感到自己有罪。我感到愤怒。证据离我越近，我就越感到气愤。这支手枪使我感到极为愤怒，这好像我是个刑事律师，别人并没事先打好招呼就向我提出一个叫人讨厌的证人。确实，我感到自己无罪，怒火满胸。他们竟敢这样干？他们是谁呢？是什么事叫我心乱如麻？奇怪的是，别人——其中包括我父亲——越觉得是我杀了他们，最起码杀了其中一个，我就越觉得不是我干的。

电话铃响了。

我觉得是玛蒂琳打来的。

"感谢上帝,是你,亲爱的。"她说,然后就开始哭起来。

她那种圆润而干哑的嗓音,能用立体声表现所受的痛苦。她的感情不久就汇成了一条忧伤的小河,向你哭诉着多年来失去真正爱情的痛苦和躺在不应该躺的床上性交时,狂热的海誓山盟。"噢,乖乖,"她极力控制自己说道,"噢,亲爱的。"然后又呜呜哭了起来。我可能是在听一位妇女的哀号,因为她刚刚得知她丈夫死了。

"亲爱的,"她终于说话了,"我原以为你死了。我心里冷冰冰的。"她又哭了起来。"我刚才害怕,没接电话。"

"为什么?"

"蒂姆,别出去。把门锁好。"

我想不起来她以前曾哭得这样厉害。"出了什么事?"我恳求地问。

她慢慢地平静下来。她说的每一句话里都有她的悲痛、恐惧和狂怒。有时,我真不知道她是不是能因为恐惧或愤怒而说不出话来。

她找到一些照片。我最后才听明白。她往他的橱柜里放新洗好的衣服,无意中看到一个上了锁的盒子。她以前从没见过这个盒子。他在卧室里放一个上锁的盒子这件事让她很生气。要是他真有什么秘密的话,他干吗不把它放在地下室里?所以,她把盒子砸开了。

她的恐惧随着哭泣声传给了我。就是在电话里,我都能听到她浑身的颤抖声。

"玛蒂琳,别这样,"我说,"说清楚点儿。你必须说清楚点。那些照片里面有谁?"

"帕蒂·拉伦,"她说,"全都是帕蒂·拉伦的。是裸体照,很放荡。"她哽咽得说不出话来。"那些照片比你拍我的还要糟。我真不知道能不能忍受下去。我一看到这些照片,就想到你可能死了。"

"照片里有我吗?"

"没有。"

"那么,你怎么会这么想呢?"

她的哭声发生了变化。这好像从马背上摔下来的年轻姑娘的啜泣声,不管这个姑娘是多么害怕,受了多大刺激,她还是得重新骑上去。所以玛蒂琳迫使自己在脑子里重新回顾那些照片。然后,她说:"亲爱的,他把照片里所有的人头都剪掉了。"

"你最好离开那幢房子。"我告诉她。

"我相信,他决定杀你。"

"玛蒂琳,离开那幢房子吧。你的处境比我还要危险得多。"

"我真想让一把火把他房子给烧了。"她说,然后又吃吃地笑了起来。这比她的忧伤更叫人心烦。"但我不能。我可能会把邻居家也给烧了。"

"那有可能。"

"但当那些枪烧化了时,你想想他的脸色吧。"

"你仔细听着。在他收藏的武器中有大砍刀吗？"

"有好几把呢，"她说，"还有几把大刀片。但他只使一把剪子。"她开始哧哧地笑起来。

"你发现大刀片丢没丢？"

"我不清楚，"她说，"我不知道他究竟收藏了多少武器。"

"你认识22号短枪吗？"

"是把手枪？"

"对。"

"他收藏了各种手枪。"我不提这件事了。

"玛蒂琳，我想让你到我这儿来。"

"我不知道还能不能走出去。我把他给我买的几件睡衣都撕碎了，我现在简直瘫了一样。"

"喂，"我说，"你能走，一定能。"

"不行，"她说，"什么也不管用。"

"玛蒂琳，要是你不能来，我开车去接你。"

"不行，"她说，"他快回来了，会碰上咱俩的。"

"那你就收拾一下，钻到你的车里。"

"我不想开车。"她说，"我一宿没睡。自从你到这儿来我一直没睡。"

"为什么？"

"因为我爱你。"她说。

"好啦。"我说。

"什么好啦？"

"这不假,"她说,"我们俩都爱你。这不难理解。"她实际上已经从忧伤之中挣脱出来,能欢快地笑出声来。"你是个魔鬼,"她说,"只有魔鬼在这样的时刻能奏出叫人愉快的曲调。"

"你要是不想开车,"我说,"就叫辆出租车,到普罗文斯敦。"

"坐五十英里出租车?不行,"她说,"我可不想让出租汽车公司把钱都挣去。"好嘛,她还是那样让人感到放心地节俭。

"我需要你,"我告诉她,"我认为帕蒂·拉伦已经死了。"

"你认为?"

"我知道她已经死了。"

"好吧,"她停了一会儿说,"我来。要是你需要我,我就来。"

"我需要你。"我说。

"要是他来了怎么办?"

"那咱俩就在这儿正视他。"

"在哪儿我也不想看到那个人。"她说。

"有可能他也怕你。"

"你最好还是信我的话,"玛蒂琳说,"他是害怕我。今天早晨,他离开家以前,我告诉他别回头。我说:'要是用上十年的话,你这个肮脏的丧门星,我就从后面开枪打死你。'这他相信。我能看到他的脸。类似这样的事他会相信的。"

"那我更相信了,"我说,"要是你知道什么是22号手枪。"

"噢,"她说,"请别这么快就完全理解我。"

"这是谁说的?"我问。

"安德鲁·盖德。"

"安德鲁·盖德？你从来就没有读过他的作品。"

"可不要告诉别人。"她说。

"用你的车。你能开。"

"我会到你那儿的。可能我会叫辆出租车。但我是会到你那儿的。"她问了我的住址，谈到我父亲会和我们在一起时，就更坚定了决心。

"有个男人我可以跟他生活在一起。"她说完便把电话挂上了。

我算了算，不到一小时她就会收拾完，路上再用一小时。但根据玛蒂琳的习惯，可能这个习惯十多年来一直没变，她得让我等上四五个钟头。我琢磨着是不是开车去迎她，但我决定不能这样做。我们在这儿力量才会强大。

现在，我听到小船往吊柱靠拢的哗啦声，然后就是沉重的脚步声。他绕到前门，用几年前他第一次来串门时帕蒂·拉伦给他的钥匙打开门，走了进来。帕蒂·拉伦死了。这个想法就像每隔十五分钟就打一次的电报，注入我脑子里，但只有"皮"没有"瓢"，就像装电文的信封，里面没字。确实，没有感情。是的，玛蒂琳，我自言自语说，我会迷恋着你，可现在不行。

父亲来到厨房。我看了他一眼，往杯里倒了些波旁威士忌，烧点开水为他冲咖啡。他看上去很疲倦，但颊骨外的红润仍然覆盖着整个脸膛。他看上去很善良。

"你干得不赖。"我说。

"非常好。"他像一位老渔民那样眯着眼看我。"你知道，我的船离岸有三里远时，我突然意识到，他们可能用望远镜或比那更糟的东西注视着我。他们甚至可能会用土地测量员的经纬仪。如果他们用这两个玩意儿跟踪你，就会知道你在哪儿往水里投的东西，然后再派潜水员下去打捞。什么也跑不了。所以，我觉得我最好在船中速行驶时，把渔具包扔到海里，同时要弄准，一定要站到背着海岸那面。这样，我的背就能遮挡住我在做些什么。我敢肯定，我是白干了，"他说，"没人盯着我。有这种可能性。可在当时，我并不是这么想的。"

咖啡冲好了。我递给他一杯。他一口气把它喝了下去，就像一台旧柴油机加油一样。"我刚准备把人头扔到海里，"他继续说，"忽然担心起来，要是绑脑袋的绳子松了怎么办。你知道，把那两颗脑袋系在锚链上最费劲了。"他详细描述起来。就像个妇产科医生讲述怎样把两个手指头伸进去从妇女的屁股那儿把婴儿的脑袋弄出来那样。或者，对了，就像个老渔夫手把手地教你如何把小虫穿在鱼钩上那样，这样它就不能死。他一边讲一边还晃着脑袋。我听了一会儿才知道，他是把绳子从一个眼睛里穿进去，然后再用尖钉在眼睛边上钻个洞把绳子引出来。让我感到吃惊的是，我是多么不了解我父亲哪。他边说边想，好像是个在公共卫生部工作的职员正背诵着他是怎样在有趣的工作中收集到最破旧的油桶的。直到他说完后，我才意识到他为什么讲得这么津津有味。在讲述过程中，他找到了一种医治疾病的方法。请别让我用保证书的形式来证明我说的这番话。但是，从我父亲的举止中可以看到，他沾沾自喜，十分自得，好像他是个处在康复期的病人，因为不听医生的话而使病情好转起来。

他下句话把我吓了一跳。

"在我出去时,"他问,"你感觉到有些不寻常的事吗?"

"你干吗要问这个?"

"我本想告诉你,"他说,"可当我把铁锚放下去的时候,我听到有人说话。"

"他说了些什么?"他摇了摇头。

"你听到什么了?"

"我听到是你说的。"

"你相信那些声音吗?"

"考虑到当时的情况——不。但我想听你谈谈。"

"我没说,"我说,"据我所知,我没说。可是,我已经开始认为,在某种程度上,我是该为其他人的思维负责的。"当我看到他不明白我的意思时,我说:"这就好像我正在污染那个通天的管道。"

"尽管你有一半爱尔兰人血统,这我并不在乎。"他说,"你的智力退化得根本不配当爱尔兰人。"

"得啦,别说不中听的了。"我说。

他喝口咖啡。

"给我讲讲'博洛'格林吧。"他说。

"我可不能奉陪。"我告诉他。

我们俩的交谈现在处于变化莫测的梦幻般的境地。我觉得我离某一难以捕捉的真理近了一点,他却想谈谈"博洛"格林。

他确实是这样做的。"在我回来的时候,"他说,"这个叫'博洛'格林的人总出现在我脑海里。我觉得好像帕蒂告诉了我,要我琢磨琢磨他。"他停顿一下,"我是不是对帕蒂过于多愁善感了。"

"你可能多喝了几杯。"

"我是要醉了,醉成一摊泥,"他说,"我想念她。我告诉自己——你想知道我内心有多狠吗?——我告诉了自己,要是你把一块大石头绑在老狗身上。然后把它投进海里,那你会想念这条狗的。这对你来说够残忍了吧?"

"你已经说了。"

"这叫粗鲁。但我想她。我把她埋葬了,他娘的。"

"是的,爸爸,是你干的。"

"做这件事用不着有卵子的人。"他说完后闭住嘴,"我有点丧失理智,是吗?"

"如果你不服老的话,那当个麦克又有什么好处?"

他哈哈大笑起来。"我爱你!"他喊道。

"我爱你。"

"给我讲讲'博洛'。"

"你在想什么?"

"我想,你在某种程度上是个同性恋者。"道奇说。

"那证据呢?"

他耸耸肩。"帕蒂。帕蒂在水面上告诉我的。"

"你干吗不眯一会儿,"我说,"再过一会儿我们可能会需要彼此的帮助。"

"你上哪儿去?"

"我想到街上溜达溜达。"

"保持警惕。"他说。

"休息一下。如果雷杰西来，客客气气地跟他谈。在他不注意时，用铁锹照他脑袋狠狠来一下，然后把他绑上。"

"这个主意可不怎么样，你只是说说而已。"我父亲说。

"躲着他点。这小子可能会对咱俩下手。"

我能看出来父亲在想些什么，但他紧闭着双唇，什么也没说。

"睡一会儿吧。"我告诉他，然后出去了。

我前些日子总是漫不经心地混着，但是，说实在的，我离提高警惕这四个字也不太远。我刚说完"我对其他人的思维负责"，就感受到了一种特大的激励。我觉得我必须得开车到镇子上转转。这种冲动就像在我喝得酩酊大醉时，驱使我爬纪念碑的动力一样，难以抗拒。在我胸中，我感到很恐惧，一种非常微妙的恐惧。这种感觉与我爬塔时感受到的一样。它就像某人那种最微妙的自豪感的阴影一样。

我服从了，我并没花将近二十年的时间仔细琢磨白白爬塔的教训——没有。我在红肿的大脚指头和半瘫的肩膀允许的情况下，迈着矫健的步伐走过大街，钻进那辆保时捷车，一只胳膊搭在方向盘上，慢慢地向商业大街驶去。我并不知道我要寻找什么，也不清楚是不是有丰功伟绩等着我去完成。没有，我想这就和非洲猎人感到大动物在附近时的那种兴奋心情一样。

镇子静悄悄的，跟我的情绪一点也不一样。镇中心的博里格空了一半。从血桶酒吧的窗户外面往里瞧，我看见一个小子在打台球，他眯眼琢磨着下一球该怎么打。他那个孤独样，活像凡·高油画里的人物，一个站在阿尔酒吧间当间的侍者。

我在市镇大厅那儿转向左边，把车停在通往警察局地下室入口处对面的路边，雷杰西的车也停在路边，紧挨着其他车子，车里没人，可马达没熄火。

这种诱惑跟爬上纪念碑的指令一样清晰。它让我钻出车门。走到他的车前，把马达关掉，拔出钥匙，打开后行李厢，往里看——在创造性的视觉的帮助下我看到了那把大砍刀——我把它拿出来，锁上行李厢，把钥匙插进打火器发动了马达，然后离开他的车，回到我的保时捷车里扬长而去。是的，我事先就看到了我将要做的这些动作，其栩栩如生的程度与我到地洞前所想象出的那段旅程没什么两样。现在，我的头一个反应是：干吧！第二个反应是：别干。

这时我才明白，我们并不只有一个灵魂，而是有两个，我们的父亲和母亲——这是最起码的！——如果你愿意的话，还有白天和黑夜。我在这以前是从来不知道的。我说，这不是在解释二元性。我所拥有的那两个灵魂就像一对辕子前的役马——配合得很糟糕的一对马！——要是一匹说"干"，另一匹立刻就说"不干"。那个可怜的车夫就是我自己。现在我得投关键的一票了！干，我就得这么做，别无他法。我再也不能干爬纪念碑的那种事了，它已经把我给毁了。

所以，我钻出车。让我感到不安的是街旁一个人也没有，所以我得马上动手。我故意装得腿脚不好使，一瘸一拐地走到他车前（好像在警察的眼里，受伤的人不会太惹是生非）。我的心跳得厉害，恐惧一直穿过眩晕的浓雾在令人狂醉的天空中飞翔。你有过面罩麻醉的经历吗？在逐渐麻醉的过程中，你看到过同心圆转进你的大脑里吗？当我把钥匙从他车上取下来时，我就看见了一个个同心圆。

"喂，你好，雷杰西，"我说，"希望你别在意，我想借用一下你行李厢里的轮箍。"

"啊，不行，我不同意。"他说，随手掏出一把手枪，朝我开火。

这事过去了。这个场面过去了。大脚指头疼，手哆嗦，我把钥匙插在行李厢的锁头里。

大砍刀就在那儿。

就在那一时刻，我的心跳得就像高压电线上的小猫，我想，我要死了。就在这时，我知道远处有一根悲痛与狂喜的琴弦；他存在，或者它存在，或者他们在那边。这证实了，我们那种充满才智与热情的生活只是生活的一半。另外一半属于其他东西。

我马上想跑，但我没这样做。我用力把大砍刀从行李厢底部撬起来——它站在那儿啦！——我把警察巡逻车的后厢盖猛地关上，强迫自己钻进他的车里。我在他车里待的时间足够再启动发动机了。这时，我才无顾虑地穿过马路，来到我自己车旁。在路上，保时捷车的方向盘不断振动，我那没受伤的手握不住，只好用双手。

沿着布雷德福特大街开了五个楼区，我把车停在一个路灯旁，仔细瞅了瞅大砍刀。在没有靠胶垫那面刀片上的血都干了。我对雷杰西的看法混乱了。我从来都没想到他竟如此粗心。

当然，要是他用这件武器杀了杰西卡的话（一点不假，他可能是用这件），他可能事后再也没碰过刀刃吧？如果有人将到深渊里休息，当他得知他的疯子伙伴们也会知道害怕和哆嗦是个什么滋味时，他也会感到宽慰的。

我脑袋里乱得像团麻。我开车在镇上转了个遍之后，才得出这一简单的结论！应该把大砍刀放在行李厢里，而不是让它和我肩并肩地坐在前排座上。赶巧，我来到商业大街尽头的转弯处，那儿正是早先清教徒第一次登陆的地方，在那儿，防波堤把沼泽地拦腰切开。我停住车，打开行李厢盖，把大砍刀放进去——我这才发现，刀刃上有缺口——然后盖上。这时，我看见我身后有辆小汽车。

沃德利走了出来。他可能在我保险杠上又放了一台信号发送装置。上帝，我出门时忘了检查车子。

现在，他朝我走来。防波堤边就我们俩人，月亮刚刚升起来。

"我想跟你谈谈。"他说。他手里拿着一把枪。可以肯定，枪口上装着消音器。啊，对了，这支枪与我那把22号手枪一模一样。用不着多想就能知道，弹夹里有颗软头炸弹在等待着。

八

"沃德利，"我说，"你看上去很邋遢。"可是，我的话音颤抖起来，使我想表达的意思变弱了许多，我是想让他知道我并不怕那支枪。

"我刚才，"他说，"埋了个人。"

天上的云走得很快，淡淡的月光时隐时现。即使这样，我仍能看清楚，他身上沾满了湿漉漉的沙子，就连头发上、眼镜上都是。

"咱们在防波堤上散散步吧。"他建议说。

"这很难办到，"我告诉他，"我踢斯都迪时把脚弄伤了。"

"是的，"沃德利回答说，"他认为是你踢的他，他感到很生气。"

"我等着他今天来找我。"

"我们再也不会看见他了。"沃德利说。

他把枪筒轻轻地摇晃了一下，好像是让我坐在屋里最舒服的那把椅子上。我往前走了几步，他跟在我后面。

这段路可真不好走。防波堤顺着沙滩、沼泽地和海湾延伸，有一英里多地。防波堤顶部有的地方很平，但有时你不得不跳过四五英尺宽的小沟，再不就得挑好道走。天又黑，再加上我身上的伤，我们走得很慢，可他几乎并不介意。在我们身后，商业大街上偶尔有辆小汽车驶过，向转弯处开去，不是到普罗文斯敦酒家就是继续往前开，穿过沼泽地，上了公路。我们沿着防波堤走了几百英尺后，这些车子就离我们很远了，车灯看上去好似海上的船灯，离我们很远，很远。

潮水还很高，但已经开始退了。防波堤的巨石高出水面八九英尺。脚下是从沼泽地那边涌回来的海水，流经防波堤时发出轰轰的响声。我大脚指头和肩膀一阵阵隐隐作痛，但我只好挺着。如果我的生命就将在这没有尽头的防波堤上结束，那倒没什么，还有比这更糟糕的地方。我仔细听着海鸥那不安的扑打声，对我们这种夜间"散步"不满地叫唤着。在晚间，这种叫声可真够响亮的！我感到似乎能够听到水湾里大叶藻的晃动声和海绵动物在牡蛎壳上吃东西的声音。海浪上下波动使漂浮在水面上的杂物与小浪花轻轻地拍打着防波堤的石头。这是个没有风的夜晚。要是没有十一月的寒气的话，宁静的海面会让人以为现在是盛夏。但不是，这无可争议的是晚秋的夜色！北方的寒冷充满了宁静的夜，它告诉我们，在永恒之中，充满魅力的王国是冰冷而寂静的。

"累了吗？"他问道。

"你想一直走到头吗？"

"是的，"他说，"我事先告诉你一声，过了防波堤，你还得走上半里地的沙滩。"他向左指了指，可能是在防波堤与一英里地以外的灯塔中间那个地方。灯塔坐落在科德角海滨外滩的末端。那片沙滩上没有人家，也没有正式的路，只有四辆交通工具可并排走的小道。十一月的夜晚，那儿非常静。

鬼城曾经在那儿兴隆一时。

"那可够远的了。"我说。

"看看,你是不是能走完。"他回答说。

他离我有好几码远,这样就用不着用手端着枪。当我碰到难走的地方(有一两个斜坡因为潮水的流动变得很滑),他只是站着不动,等着,直到我走了过去,他才肯迈步。

过了一会儿,我感到情绪又上来了。在这危急关头,车的消息并不重要。我的大脚指头,不管是断了还是没断,似乎能动弹一点儿了,受伤的那条左胳膊上下动几下也不疼了。除此之外,我一点也没感到害怕。尽管我在监狱里对沃德利有了点儿了解,我并没把他放在眼里,我毕竟在被开除那天,看到他哭了,另一方面,我不想做些野蛮的动作以刺激他扣扳机的手指头。年轻时他的确是很危险的。

走完了一大半路以后,我要求休息一会儿。他点了点头,坐在离我十英尺远的地方。我俩坐得不算太远,可以交谈。现在,他把枪握在手里。就是在这儿,他很快地告诉我一些细节。他想跟我谈谈。

简述一下就是:尼森死了。斯都迪死了。贝思和"博洛"·格林离开了镇子。

"你是怎么知道这些的?"我问。

"'博洛'杀斯都迪时我在场。而且我肯定看见贝思和'博洛'离开了镇子。嗯,是我给了他俩钱。他们是坐你砸坏的那辆车走的。都是她的车。"

"他们到哪儿去了?"

"贝思想到密执安州(密歇根州)去看父母。很明显,他们是想隐居在查尔瓦科斯。"

"'博洛'可以在查尔瓦科斯大出风头了。"

"漂亮的黑人除了在新港以外,到哪儿都受欢迎。"他绷着脸说道。

"难道贝思没想想蜘蛛吗?"

"我告诉她,说他把她给遗弃了。她似乎没感到惊慌失措。她说,她打算把房子卖了。我想她一直在想密执安。"

"她知道斯都迪死了吗?"

"当然不知道。谁能告诉她呢?"

我试图用得体的方法问他下一个问题。好像我一直和一个陌生人谈话,并且刚刚给他讲了个波兰笑话。现在,我想问:"你是不是有机会变成波兰人?"所以,我以相当中肯的语调问道:"你知道谁杀了蜘蛛?"

"要是你想知道的话,那就是我。"

"你干的?"

"很贪婪。"沃德利说。

"你是不是想敲我的竹杠?"

"对。"

"我可以问问这是为什么吗?"

"蒂姆,我认为你近来跟人脑袋有牵连。至于尸体,你知道,是蜘蛛跟斯都迪处理的。"

我冒险猜测了一下。"是他俩埋的尸体?"我问。

"那两个女人。"

"埋在哪儿啦？我想知道。"

"我俩就到那儿去。"

"那可太棒了。"

我们都不吱声了。

"就在鬼城那儿。"我说。

他点了点头。

"你知道鬼城的事儿吗？"我问。

"当然。帕蒂·拉伦告诉我的。她离不开那个地方。遗憾的是，她的尸体分散得太远了。"

"从她的角度看，是这样。"

"她的脑袋在哪儿？"沃德利问。

"在海底。我就知道这么多。不是我亲手干的。"

"反正我不想帮她这么大个忙，"他说，"把她的脑袋跟身子接上。"

我不知道应该说什么好。

"斯都迪和蜘蛛都埋哪儿啦？"我问。

"不远。我把他们埋在一块儿了。两女两男。他们彼此离得很近，所以如果灵魂升天时他们会互相帮助的。"他忽然感到想笑，但因为他没笑出声来，所以我们俩谁都不会认为我会跟他一块笑出声来。

然后，他举起枪，朝天上放了一枪。"嘭"的一声，就像个吹鼓了的纸袋被突然拍破时发出的声音一样，没什么可值得庆祝的。

"你放枪干吗？"我问。

"太兴奋了。"

"噢。"

"我感觉很好。我把该埋的都埋了。干得不错。"

"'博洛'没有帮你一把吗？"

"当然没有。我把他和贝思打发走了，这我刚才告诉你了。他太操蛋了，不能让他在这儿久待。我告诉你他很强壮，他用手把斯都迪给杀了。把他给勒死了。"

"在哪儿？"

他的脸上似乎浮现出一种邪恶的神色。我说的是似乎，因为我在月光下看不清楚，但我感到他是故意不回答这个问题，这样会让他感到很愉快。

"你为什么想知道那件事？"他终于开口说。

"好奇。"

"求知的欲望可真强烈啊，"他说，"你以为，如果我把你给杀掉了，我不是说我想或不想——说老实话，我没有理由——你以为，如果我回答了你提出的几个问题，你到那个黑暗的世界里就能够更好地武装起来吗？"

"是的，我想我的确是这么感觉的。"

"太好了，我也是。"他狡诈地一笑，"这全都发生在普罗文斯敦的森林里。斯都迪在离公路不远的地方有个窝棚，孤零零的一间小房。我们吵了起来。"

"你把那两个家伙打死后,领着'博洛'去拜访贝思。"

"是的。"

"他和她走了。就是这样吧?"

"昨晚他们俩待在一起。很明显,在你离开博里格后,她跟他玩得很开心。所以,我催促他们一块儿去旅行。"

"但'博洛'干吗要杀斯都迪呢?"

"因为我事先告诉他了。"沃德利点了点头。"我说,斯都迪杀了帕蒂·拉伦,并把她的尸体喂他的狗了。"

"我的上帝呀。"

"斯都迪一条狗也没有。"沃德利说,"据我所知。但你会想到,他能干出这种事来。这小子是条野狗。"

"可怜的斯都迪。是他杀死了帕蒂·拉伦吗?"

"不是。"

"谁干的?"

"可能过一会儿我会告诉你的。"他显出一副若有所思的样子,我觉得他的枪口可能会低一点儿了,但没有,一点也没有。它一直对着我。那圆圆的枪口产生的效果就像检察官眼睛上的两个高光点一样有力。

"我看,"最后我嘟哝一句,"咱们该走了。"

"嗯。"他说,然后站了起来。

我们继续往前走。

"我可以再问你几个问题吗?"

"当然可以。"

"你是怎么把这两个家伙的尸体弄到鬼城的?"

"我把他俩塞进我车子的行李厢里,然后把车开到我租的那幢房子那儿。那幢房子地处滩角。那儿没人。所以,我没费劲儿就把两具尸体拖到我船上,是在白天干的。"

"尸体不沉吗?"

"我看来真没劲。"

"你以前身体很弱。"

"蒂姆,我现在是在做工抵补。"

"我应该干。"

"可能,你必须要干。"

"你用船把尸体运到鬼城,然后就把它们埋了?"

"只是那两个小子的尸体。实际上,我一开始就该干埋人这个活儿。我要不把那个小活儿分派出去,蜘蛛和斯都迪不可能会屡屡对我施展这样的手段。"

"但无论如何,你在把他俩埋了后,又把船开回到滩角那幢房子那儿了吧?"

"是的。"

"然后,信号发送装置就把你带到了我这儿?"

"不,你把我的信号发送装置给扔了。"他又一次令人费解地笑了笑,"我是碰巧遇上你的。"

"那可够可怕的了。"

"我喜欢这样,"他说,"这可能是天意。"

"是的。"我说。

"你有记忆幻觉吗?"他问,"这种能力总跟着我。我琢磨我们是不是不止一次不在同一个环境中了。也许,下次我们应该干得更好一些。"

"我可不知道。"我说。

我们继续朝前走。"我得承认我在找你的车。"他说。

"我到处转悠,终于看到了你的保时捷车。"

"我说不好这叫我感到高兴还是忧伤。"我回答说。可能是天意,但我不得不表现出病人在手术前那种愉快的幽默感。

我们继续往前走,谁也没吱声。在我们下面,水面粼光闪闪。我思索着浮游生物的发光活动,但脑袋里空空的,什么新玩意儿都没有。我们来到前进道路上最深的一个裂沟。由于我跳不过去,我只好顺着边上的小石头往上爬,结果把手划了个口子。听到我的咒骂声,他以同情的语调说:"让你走这么远可真够狠心的了,但这很有必要。"

我们继续往前走。走啊,走啊,最后只是双脚有节奏地一个劲儿地往前挪动。所以,我根本没有注意到,我们已经来到离我们的出发点有一英里地远的另一个海岸了。现在,我们离开防波堤,沿着海湾沙滩的最后一个海湾走着。脚踩着湿乎乎的沙子,冰凉冰凉的。但渐渐地,海滩变干了。月亮躺在云朵里,四周很黑,每走一步都得很小心。在沙滩上,不时会遇到旧船板,硬邦邦地躺在那儿,像一具具尸体,月亮似的发出淡淡的银光。你可以听到退潮声,惊飞的矶鹬的尖叫声,螃蟹爬的沙沙声和地鼠的叽叽叫声。我们的脚踩在牡蛎壳、尖嘴蛤壳、空帘蛤、贻贝和油螺上，发出嘎吱嘎吱的响声——在被踩碎时，这些钙质的东西能发出多少响声？干枯的海草和果囊马尼藻在我们脚下像花生壳一样发出嘎嘎的响声。在逐渐退去的潮水上面，黑乎乎的海港浮标显露出来。

我们大约走了半小时。在水边，粉色的水母和月水母懒洋洋地沐浴着月光，好像太阳光下的肥胖女人。人们称为美人鱼头发的海草被冲到了岸边。我在潮水边上湿乎乎的粼光闪耀处走着，好像我生命的最后几束光线可能要和这些冷光溶在一起似的。

我们终于来到了目的地。那是一条沙地，和其他沙地没什么两样。他用手指了指一小块低洼沙地。这块沙地穿过一片高草，一直通向海滩洼地。如果你坐在那儿，根本就看不到海湾。我试图告诉自己我现在是在鬼城的沙地上，但我怀疑，鬼魂们是不是在这儿定居。在我们面前，光秃秃的，一片漆黑。在这片沙滩上，风一定会很厉害的。我想，鬼魂乐意群聚在一个世纪前漂向商业大街的那些小木房子附近。

"帕蒂的尸体就埋在这儿吗？"我终于开口问道。

他点了点头。"我看不见我把他们埋在哪儿了，是吗？"

"是的，光太暗了。"

"在大白天也看不见。"

"那你是怎么知道他们埋在哪儿的？"

"根据他们和这些灌木的位置来断定。"他说，用手指了指低洼地边上的几株植物。

"似乎不太清楚。"

"你看见那个翻过来的马蹄蟹壳子了吗?"我点了点头。"再仔细瞧瞧。我往里面放了块小石头,这样它就不会动了。"

在这昏暗的月光下,我根本没看见,可我假装看见了。

"帕蒂·拉伦,"沃德利说,"就埋在那个蟹壳下,杰西卡埋在她右边四英尺远的地方,蜘蛛埋在她左边四英尺远的地方。斯都迪在蜘蛛左边四英尺远。"

"你选好埋我的地方了吗?"这是我想说的一句话——这是勇敢的病人冲动时最起码的要求——但我并不相信我的声音。我感到嗓子有点沙哑。真有点荒唐,现在,在临死前,我的心情就和我在高中第一场足球赛发球前的心情一样。确实,我的心情没有我在金手套大赛第一场比赛时紧张。是不是生活把我的心冻成冰了,或者我还在严密注视,准备抢他的枪?

"你为什么要杀死帕蒂·拉伦?"我问。

"别那么肯定说就是我干的。"他回答说。

"杰西卡是谁杀的?"

"噢,不,劳雷尔在性格上有些严重缺点,但我绝不能杀她。"他用没拿枪的那只手摆弄着沙子,好像是在苦思着下一轮该说些什么。"听着,"他说,"我想我还是告诉你吧。"

"我希望你能这样。"

"这又有什么关系?"

"正像我说的那样,有关系。"

"要是你直觉真准的话,那就甭提多有趣了。"

"请告诉我。"我说。我好像在对一位年长的亲属说话。

他喜欢这样。我相信,以前他从没听见过我的话语里有这种音调。"你知道,你是个多粗野、龌龊的人吗?"沃德利问。

"我们总也看不到自己的缺点。"我告诉他。

"你是个贪婪得叫人害怕的角色。"

"我不得不承认,我不明白你干吗要说这些。"

"我朋友伦纳德·潘伯恩在许多方面都很蠢。他声称自己在同性恋群体中寻过欢、作过乐,但实际上,他根本没沾过边儿。他是壁橱里的生物。他的同性恋欲望叫他吃了不少苦头!他感到万分痛苦。在性生活上,他是多想成为正常人啊。劳雷尔·奥克伍德和他同欢可把他给乐坏了。这些你都想过没有?你没想过。你就在他眼皮底下跟她性交。"

"这你是怎么知道的?"

"因为杰西卡,你管她叫杰西卡,告诉我了。"

"你说些什么呀?"

"是的,乖乖,那天晚上都很晚了,星期五晚上——六天前,她给我打了个电话。"

"那时候你就在普罗文斯敦了?"

"那当然。"

"杰西卡说了些什么?"

"她感觉良好。你让他们看完那出戏后——他们都是普通人!——竟然厚颜无耻地把他们抛回到他们车里。'迷路吧!'你冲着他们嚷道,'你们这两头猪。'这对侍者的正直感该怎么讲呢,马登?你们这种人,个个都是愚蠢的小丑。他们还能说什么?他俩自己走了，然后吵了起来，吵得一塌糊涂。朗尼恢复了本来面目。就像个发脾气的小孩子。我的意思是，他们吵得很厉害，难解难分。他骂她母狗，她跟他叫老娘们儿。老娘们儿。这个词可真叫朗尼受不了。可怜的朗尼，他钻出车，狠狠地把行李厢盖关上，然后走了。她是这么想的。她在等他。她甚至都没听见'嘭'的一声响，但她意识到她听到了一个什么声音。刚才肯定'嘭'地响了一声，就像开启香槟酒瓶盖时发出的声音一样。她独自一人坐在车里，车就停在一个人也没有的维斯角海滩停车场上。她刚刚被朗尼臭骂一顿，变成了母狗。她听见有人打开一瓶香槟酒。是不是朗尼想缓和一下紧张空气？她等了一会儿，然后钻出车来看看。根本看不到朗尼的身影。噢，乖乖。她一时冲动，打开了后行李厢盖。他躺在那儿，死了，嘴里含着枪。对我同类中的人来说，这是最好的死亡方式。'亲爱的朋友，'他可能会这样说，'我宁可在嘴里含着一根男性生殖器，但有人要是出去时奶头冰凉，那孩子就得去含冰凉的奶头啦。'"

沃德利在讲这段故事时，一直把枪口对着我，就像他的食指一样。

"他在哪儿弄到的安有消音器的22号手枪？"我问。

"他一直把枪带在身上。几年前，我买了一套很少见的手枪，有三支——我认为，全世界划拉到一块也不超过一百支——我送给帕蒂·拉伦一支，送给朗尼一支。但这是另外一码事儿。不管你信不信，有一段时间我非常爱朗尼。"

"我闹不清，他为什么只在星期五晚上才带枪？"

"他一度把枪带在身上。这会让他感觉到自己是个男子汉，蒂姆。"

"噢。"我说。

"从来没想到吧？"

"要是我跟杰西卡的事儿惹恼了他，那他干吗不开枪打死我？"

"你不带枪，"沃德利说，"因为你会用它。他不能。噢，我了解朗尼。他希望能用惊天动地的事件来化解他的愤怒。杀了你，杀了劳雷尔——但是，当然，你们俩他谁也杀不了。他是个同性恋者，亲爱的。"

"所以，他才自杀？"

"我不想说谎。这不是你的错儿。他在经济上遇到了麻烦，面临着一场相当严重的刑事处分。一个月前，他求我帮忙。我告诉他我试试看。但你得知道，尽管我很有钱，但替他还清债务也会叫我喘不过气来。他意识到了我不可能替他付这么大一笔钱的。"

我又哆嗦起来，可能是累的。我的鞋跟裤脚都湿了。

"你想拢堆火吗？"

"是的。"我说。

他想了一会儿。"不行，"他最后说道，"恐怕不太容易。这儿的东西都很湿。"

"是的。"

"我烦烟。"

"是的。"

"真抱歉。"他说。

我用手玩起沙子来。突然他开了一枪。听着,嘭。子弹钻进我鞋跟下面一英寸深的沙子里。

"你干吗开枪?"我问。

"别想用沙子来迷住我的眼睛。"

"你是个神枪手。"

"我练过。"

"这我看得出来。"

"这可是得来不易。对我来说,要把好手弄到手都不容易。你想这公平吗?"

"也许很公平。"

"恳求魔鬼都够了。"

我俩谁也没吭声。我尽量不让自己身子战抖。对我来说,这样的战抖可能会激怒他,接着他还会干什么呢?

"你只给我讲了一半,"我说,"杰西卡给你打电话时你干了些什么?"

"我尽量让她镇静下来。当时我的心情也不平静。朗尼死了!最后我告诉她要她在车里等我,我开车去接她。"

"你当时想干什么?"

"我还没来得及想。遇到这种情况,你能告诉你自己的只是'一团糟'。但同时,我开车驶向维斯角。可别人告诉我的方向不对。我来到了北特普罗,方向正好相反。等我摸到维斯角时,劳雷尔不见了,她的车也没影了。我回到海滩角,准备告诉帕蒂·拉伦,她告诉我的方向是错的以及我对她这种做法的看法,她也不见了。那天晚上她没回来。从此以后,我再没见到杰西卡的面。"

"帕蒂·拉伦跟你住在一起吗?"

"我们快要住在一起啦。"

"我很愿意这样。"

"首先,告诉我,帕蒂到你那儿去过吗?"沃德利问。

"我想,没有。"

"你想不起来啦?"

"当时,我烂醉如泥。她可能路过那幢房子了。"

"你知道,"沃德利问,"帕蒂·拉伦过去对你的健忘症都说些什么?"

"不知道。"

"她过去常说:'傻透了腔了。'"

"她会说这样的话的。"

"她总是管你叫大傻瓜,"沃德利说,"在坦帕你给我们开车时,趁没人在附近,她总是这样对我说。上个月,她还以那种方式说起你呢。大傻瓜。她干吗要管你叫大傻瓜呢?"

"也许她喜欢用这个词儿。"

"帕蒂恨你恨透腔了。"

"我不知道这是为什么。"我说。

"我想,我知道,"沃德利说,"有些男人鼓励他们的女人进行特殊的口淫,这样他们会觉得很舒服。"

"噢,基督。"我说。

"你跟帕蒂干过这种事吗?"

"沃德利，我不想谈这种事儿。"

"异性恋者对这种事都是守口如瓶。"他叹了口气。接着，他转了转眼珠子，"我希望，我们能有堆火。这样会更性感一些。"

"的确会更惬意一点儿。"

"但是，我们办不到。"让我感到吃惊的是，他打了个呵欠。这时我意识到，他打呵欠就像只猫。他不觉得那么紧张了。"帕蒂·拉伦过去常对我口淫，"他说，"实际上，这就是她促使我娶她的方法。那以前我从没舒舒服服地玩过。我俩结婚后，她不这么干了。凉火鸡。在我告诉她我想继续干那种事时，她说：'沃德利，我不能干了。我一看见你的脸就想起你的屁股。'所以，当她管你叫'大傻瓜'①时，我很不高兴。蒂姆，她跟你干过那种事吗？"

"我不想回答。"我说。

他开了一枪。从他坐着的那个地方。他瞄都没瞄，把枪冲前一伸，扣了扳机。只有神枪手才这么打枪。我裤子很肥，子弹从我膝盖上部的裤筒里穿了过去。

"下一把，"他说，"我就要打烂你的火腿了。所以，还是请回答我的问题吧。"

他把我给镇住了，这是毫无疑问的。现在，我的勇气已降到了零点。在这种条件下，能打肿脸充胖子就够不容易了。

"是的，"我说，"我只让她干过一把。"

"是让她还是强迫她？"

---

① 美国俚语，又有"屁眼子"的意思。

"她想要干。她很年轻,这种事对她来说很新鲜。我敢说,那以前她从没干过这种事儿。"

"你们是在什么时候干的?"

"在我跟帕蒂·拉伦第一次上床睡觉时。"

"在坦帕?"

"不是,"我说,"她从没告诉过你吗?"

"你先告诉我,然后我再告诉你。"

"我和一个姑娘到了北卡罗来纳州。我跟那个姑娘同居两年了。我们看到了一个广告,到北卡罗来纳去见一对想过上一次换妻周末的夫妇。我们到那儿时,看到了一个大块头的老头儿跟他的年轻新娘,帕蒂·拉伦。"

"当时她是叫帕蒂·厄伦吧?"

"是的,"我说,"帕蒂·厄伦。她嫁给了本地的一位传教士。这个人还是高中足球队教练和镇子上的按摩疗法医生。他的广告里写着他是个妇科学家。但他很快就告诉我:'这是个幌子。美国姑娘认为要是能找到个妇产科医生,谁也抵不住换妻的引诱。'他是个大块头儿,身材很难看的老家伙,秃顶,但下面很慷慨,这是后来听我女朋友说的。叫我吃惊的是,他俩处得挺好。在我那边儿,帕蒂·厄伦听说我是从纽约来的真正侍者后很激动。"我没再多说。我因为说得太多了,感到不大舒服。我的确没觉出来他正仔细听着呢。

"头一天晚上,她真跟你干那事儿啦?"

我用不着再跟他兜圈子。

"是的,"我说,"那天晚上同我们待在一块儿的任何一个晚上都不一样。我们似乎是天生的一对儿。"我想让他在我死后一辈子都琢磨这句话。

"她什么都干了吗?"

"或多或少的。"

"或多?"

"就那么干的。"

"在坦帕她又跟你干那种事儿了吗?"

"没有。"我扯了个谎。

"你在蒙我。"他说。

我不打算让他再来一枪。这时,我想起来了,沃德利的好爹米克斯可能经常问也不问,上去就揍他。

"我说实话你能受得了吗?"

"人们总对有钱人说谎,"他说,"所以,我感到自豪的是,我会同真理共存,不管它让人多么不愉快。"

"那好吧,"我说,"在坦帕,我们确实干了那种事儿。"

"什么时候?"他问,"什么场合下?"

"在她想让我杀了你时。"

这是我所经历过的最大的一次赌博。可是,沃德利是说话算数的人。他听了后,觉得我没撒谎,就点了点头。"我总是这么想。"他说,"当然啦,"他继续说道,"所以她总是那么说你。"

我没告诉他,自打北卡罗来纳那一宿后,有一段时间,帕蒂·拉伦一直给我写信。这就好像我回到了纽约,我们的那宿欢乐也回到了她的身边。她不得不从她嘴里把那宿的记忆抹去。"傻瓜。"她在信里总是这么称呼我。"亲爱的傻瓜。"她在信里常常这样开头,再不就是:"听着,傻瓜。"直到信断了,傻瓜这名才没了。当时,我在监狱里已经蹲了一年了。在监狱里,我不喜欢别人这样称呼我。我没回信。她也不来信了。我们失掉了联系。几年后,有天晚上,我正在坦帕的一家酒吧里站着,突然感到有人拍我的肩膀。我扭头一看,是个漂亮的金发女郎,穿着十分入时。她说:"你好,傻瓜。"这种巧合弄得我目瞪口呆。

"我猜她真想把我给杀了。"沃德利说。

"你猜着了。"

他开始哭起来。他忍了好大一会儿,终于再也忍不住了。我感到吃惊的是,我被这一切感动了,但这只是我的半个身子。我的另一半却十分紧张——千万不能动,动弹一点就可能没命了。

几分钟后,他说:"这是我离开埃克塞特后头一次哭。"

"真的?"我说,"我平常总哭。"

"你能哭得起,"他说,"你有点儿男子气,所以有倚靠。我多多少少是个自我创造物。"

我没吱声。

"你跟帕蒂是怎么再度结合的?"我问。

"她给我写了封信。那是在我们离婚几年以后啦。我恨她是有道理的,她在信里就这么说的,但她真的很想我。我告诉自己:'她这是缺钱花了。'我把她的信给扔了。"

"离婚时她没得到一大笔钱吗?"

"她不敢多要。我的律师可能会上诉告她,要求判她死罪的。她等不起。她从没告诉你吗?"

"我们不谈有关钱的事儿。"

"是她出钱养活你?"

"我想当个作家。我签了合同。"

"你文笔怎么样?"

"她把我整得头昏脑涨的,写不出叫我满意的东西来。"

"可能你是个侍者。"沃德利说。

"可能我是。"

"她经济方面的事儿你一点也不知道?"

"你是说她破产了?"

"她在投资方面没灵感。她乡下佬气太浓,不相信别人的忠告。我想,她这才意识到以后几年日子可能会不好过。"

"所以,她开始给你写信。"

"我尽可能不给她回信,但我还是回了。你知道吗?她在特普罗还有个信箱呢。"沃德利问。

"我不知道。"

"我们又通信了。过了一段时间,她才透露出她的兴趣来。她想买西面山上那幢房地产。我想,它可能会使她想起在坦帕失去的一切。"

"你玩弄了她的欲望吗?"

"我想把她的心给折磨碎。当然,我泡了她一顿。两年来,我一会儿叫她信心百倍,一会儿让她灰心丧气。"

"而我总在想,她那种可怕的情绪都是我给造成的。"

"虚荣是你的恶习,"沃德利说,"不是我的。我总在提醒我自己,回到她身边就等于回到魔鬼那儿。但是,我很想她。我总希望,她可能会真的认为我很迷人。"他用脚拍打了一下沙子,"对此你感到奇怪吗?"

"她可从没说过你一句好话。"

"她也没说过你的好话。帕蒂性格最叫人不愉快的一面是她好贬人。要是你想得到她同情,那得让太阳从西边出来。"

"可能,这是因为她在别的方面也有这种优点。"

"当然。"沃德利说。因为冷,他咳嗽起来。"你知道吗,过去我跟她在床上玩得很开心?"

"不知道,"我说,"她从没告诉过我。"

"我确实干得不赖。没一个爱搞同性恋的娘们儿能比我干得还好。有一段时间,我真的爱她爱得要命。"

"当她跟'博洛'·格林在坦帕出现时,发生了什么事?"

"我并不介意,"沃德利说,"我想,那算她有脑子。这些年她一直没来,要是她自己突然出现在我门口,那我一定会怀疑她。她把'博洛'带来,我们玩得很开心。'博洛'两头儿都行。我们这叫三管齐下。"

"你看到帕蒂跟另外一个男人干那事不觉得不舒服吗?"

"我总说,爱尔兰人的性观念天真得可以。这怎么会叫我感到不舒服呢?我对帕蒂干那事的同时,'博洛'干我。真销魂,这才叫生活呢。"

"那不叫你感到不舒服吗?"我又重复了一句,"帕蒂过去常说,你忌妒心很强。"

"那是因为我想当个好丈夫。这是最容易受到伤害的感情。可现在,我扮演的是欲火十足的先生。我玩得很开心,所以我对劳雷尔说:到东部去,亲爱的女人,出个价把帕拉米塞兹房地产买下来。她去了。不幸的是,她的贪婪把事儿给整复杂了。潘伯恩·朗尼给我打电话时,提到奥克伍德,说她回圣巴巴拉去了。我并不赞成她这样做。她应该在波士顿跟银行讨价还价。所以,我不得不考虑,她是不是求她在加利福尼亚的有钱朋友帮忙去了,要自己出钱把那幢房子买下来。这样一来,她可真把我坑了。我现在承认,我想买那幢房子。帕蒂·拉伦需要个城堡好当王后,但我想把我也带进去。这并不会引起强烈反对,是不是?"

"不会。"我说。

"可是,劳雷尔到圣巴巴拉使我感到不安。我建议我跟帕蒂一块儿到普罗文斯敦,来个突击式拜访。顺便说一下,这是甩掉'博洛'的一个良机。他太缠人了。"

沃德利嗓子变得很干哑,好像他不管喉咙怎样抗议还是决心把该说的都说完。我头一回意识到,他比我还要疲倦。他的枪口离地是不是只有一根头发丝儿那么高?

"在圣巴巴拉吃饭时,劳雷尔施展出全部招数。她告诉帕蒂各种叫人难以置信的话,什么帕蒂性格极好啦,等等。饭后,我告诉潘伯恩:'我不相信你的女人。到波士顿去找点儿事儿干,跟劳雷尔待在一块儿,盯着她点儿。'毕竟是他推荐了她。我怎么会知道，我把他送上了绝路呢？"

我点着一支烟。"你和帕蒂也到东部去了吗？"

"是的。并且在滩角那儿租了处房子。我到那儿还不到十二个钟头，朗尼就自杀了。我再次见到劳雷尔是在蜘蛛·尼森路边的小屋子里。他带我到那去是去看她的尸体。你曾见过无头死尸吗？就像一尊没有头的雕像一样。"

"这是在哪儿干的？"

"在斯都迪家的后院。他把劳雷尔塞进个很结实的金属垃圾筒里。这是他们以前常用的老办法，然后再用塑料袋把所有的东西都装起来。"

"你没感到难过吗？"

"我吓呆了。你想想跟蜘蛛和斯都迪这么邪恶的人在一堆儿看这样的东西情形该是怎样。"

"可你是怎么跟他俩认识的？"

"通过'博洛'·格林。我不得不告诉你，帕蒂失踪那天晚上，我到商业大街的酒吧里找她，碰到了'博洛'。我很容易就叫他相信了，我再也不知道帕蒂在哪儿。"

"通过他，你结识了蜘蛛？"

"不是，我是靠斯都迪介绍才结识蜘蛛的。'博洛'把斯都迪引见给我。"看样子，"博洛"和斯都迪去年夏天在一起贩卖毒品来的。这叫作因果报应。

听上去，他精神有些错乱。现在，我害怕起来，我怂恿他说得太多了。要是他涉毒的方面太多的话，那就说不好弹夹里的子弹要往哪儿飞。

但是,现在可不是害怕他的时候。他仍想把心里装的东西都倾吐出来。"是的,蜘蛛很快就开门见山了,几乎就在我们刚见面时。他说,他以前听说过我,并想马上就来最大的一次行动。我想避开他,斯都迪却在一旁口若悬河,说什么他能控制镇上吸毒成瘾、级别最高的警官。要是我肯出钱,他会为我跑笔大宗毒品买卖。是的,他说,就连警察局长也得听他的。你要相信,我会让他证明这一点的。这时,他和斯都迪把我领到斯都迪家把劳雷尔抬了出来。"

"你怎么知道那就是劳雷尔?"

"银色手指甲,还有奶头。你看过劳雷尔的奶头吧?"

"你对蜘蛛干的这个活儿说了些什么?"

"我没说个不字。我感到好奇。我想:这个镇子可真特别!当个大旅馆的老板,控制山一样高的毒品,那可真够绝的了。我跟文艺复兴时期的王子差不多。"

"那不是真的。"

"不是,不是,但我是跟他说着玩儿的。我当时毕竟精神不好。朗尼死了。劳雷尔让人给肢解了。帕蒂失踪了。这帮无赖占有着那具尸体。所以,我很认真地问蜘蛛无头妇人是怎么到了他那儿的。当时他大麻烟劲正足,所以把什么都告诉了我。我真难相信有些罪犯是那么让人信赖。蜘蛛告诉我说,一个专捉毒品贩子的警察把尸体交给了他,自己却把人脑袋留下了。"

"雷杰西吗?"我问。

"就是他。"

"是雷杰西杀的杰西卡吗?"

"我不知道。他的确想把她的尸体给处理掉。这些缉毒警察太傲慢了。我敢肯定,他有十八种方法叫蜘蛛负罪。所以他自认为,他可以利用他。"

"为什么?要是发现了那具尸体,雷杰西可以说那是蜘蛛跟斯都迪干的。他俩对他毫无办法。"

"那当然,"沃德利说,"罪恶的支撑物是权力。没有帕蒂,我也变得精神不正常了。可是,在斯都迪的小房子那儿,目睹了可怕的惨状后,我回到了滩角。帕蒂·拉伦正在屋子里等我呢。闭口不谈她去过哪儿了。"

他又哭了起来。这可把我吓了一跳。可他硬把眼泪控制住了。就像个不许啼哭的小孩子似的,他说:"她不再想要帕拉米塞兹房地产了。既然朗尼自杀死了,她决定,那个密约算吹了。此外,她爱上了一个人。她想把真情告诉我,她说。她想跟另外一个男人私奔。她同他相处好几个月了。他想和她住在一起,但他又得忠于他妻子。最后,他才下定决心和她一块儿出走。我问她是不是愿意告诉我那个男的是谁。她说,他是个好人,一个身材健壮的男子汉,一个穷光蛋。那我该怎么办,我问她。'博洛'该怎么办?是'博洛'吗?不是,她告诉我。跟'博洛'相处只是个让人不快的错误。她也曾试图把这个新闯进她生活的人从心中抹去,但没成功。你想当时我的感觉会怎么样?"沃德利问我。

"心灰意冷。"

"心灰意冷。我并没像我想的那样玩弄把戏。我再一次意识到,我太喜欢她了,她给我点什么我都会很高兴地接受的,哪怕只是她的一个大脚指头。"他开始急促地呼吸着,好像没时间吸气似的。

"'行,'我对她说,'离开我吧。'当时,我希望保持一点儿个人的尊严。我感到自己就像是站在发狂了的艺术家面前的裸体模特。'走吧。'我说,'没什么。''不,'她说,'并不是为什么。我需要钱。'蒂姆,她要的数目足够我维修帕拉米塞兹那幢房子的了。'别发疯了,'我告诉她,'我分文不给你。'

"'沃德利,'她说,'我想你欠我二百万还多。'

"我真是难以相信,这有多恶毒。你知道,我头一次见到她时,她只是个空中小姐,并不怎么文雅。你根本不知道,在我指导下她是怎么变的,她很聪明,学会了许多小花招,从而钻进了我的世界。我原以为,她要是有个旅馆作为自己宫殿的话,可能会高兴得发狂的。她的确也总是敦促我这么想的。可是你知道,她根本就没瞧得起上流社会。兄弟,她让给我了。她告诉我,应该把我准备拨用维修帕拉米塞兹房地产的那两百万拿出来,做其他生意。跟她那个神秘朋友!她可能会叫我投资贩卖可卡因。"

"这都是她告诉你的?"

"不,但她说的那些就够意思了。我可以猜出没说出来的那部分。最后她说:'沃德利,我可警告你。把钱给我没错儿,要不然,这回你管保活不长。我叫我男友把你杀了。所有的虫子都会从你肚子里爬出来。'"

他用手擦擦脸。他鼻子可能感到不舒服。"'行,'我说,'我给你开个支票。'我回到卧室,取出那把22号手枪,装上消音器,然后来到起居室,朝她开了一枪。这是我一生中办的最冷静的一件事。我抄起话筒准备给警察局打个电话。我正想自首,但想要活下去的一些魂灵可能从帕蒂那儿传到了我身上。我把她捆好,塞到车里,然后给蜘蛛打了个电话,要他在斯都迪家里等我,让他俩把她跟劳雷尔埋掉。我会付给他们一大笔钱的,我说。你想想蜘蛛说了些什么?"

"说什么啦?"

"'你走吧,'他说,'这我包了。'"

"剩下的是一件很可怕的事儿吗?"

"从头到尾都叫人毛骨悚然。"

"那你为什么告诉我,说你想要帕蒂·拉伦的脑袋呢?"

"因为那天我发现蜘蛛已经把帕蒂的脑袋给割下来了。他只把尸体埋了。他告诉我他要留着那个人脑袋。他告诉我时还咯咯一笑。蜘蛛说他准备让我拎着她的脑袋拍个照片,我看得出他在想什么。他想把希尔拜的几百万家财全搂到自己腰包里。他们以为我的钱唾手可得,好像这钱不是我的一部分似的。我想这回你该明白我为什么把他干掉了。除了钱以外,我还有什么?"他把手枪撂在身边的地上。

"就在这时,斯都迪和'博洛'回来了,算这小子倒运。我当时还站在蜘蛛尸体边上。感谢上帝,我说服了'博洛',告诉他斯都迪就是他一直在找的家伙。"

沃德利用手捂住脸。手枪就在他身边的沙子上,但本能告诉我别动。沃德利抬起头时,脸上浮现出茫然的神色——最起码我看到的是这样。

"你可能不会相信,"他说,"帕蒂是我爱情的希望所在。我并不是光为自己打算。要是她能找到真正的爱情,我会在婚礼上当男傧相,她有这种可能性。我很喜欢这样的想法,我和她在科德角顶端创造了这个极为特殊的地方。最古怪的特殊人物都可以在那儿歇息。这是真正的社会名流和真正社会的结合,最完美的结合。噢,他们该多么希望我和帕蒂成为一唱一和的主人哪!"他疲倦地叹了口气,"她从不认真想这件事。她欺骗了我,总琢磨去做可卡因买卖,挣大钱。蒂姆,她是个大傻瓜。我可也不精明。像我这种人,要是不精明就非倒霉不可。"

他捡起枪。"我到这儿来是想杀死你。开枪杀人会让你有一种特殊的快感。比你想的还要令人陶醉。所以,我一直在找能站得住脚的理由,把你干掉。可我想我办不到。我没生多大的气。"他叹了口气,"也许,我应该把自己杀了。"

"把自己杀了?"

"不,"他说,"这不是一种可行的选择。在审理我离婚案期间,我遭了不少罪。我再也受不了这样的嘲弄了。"

"这才对。"我说。

他侧身躺下,身子蜷缩成一团,把枪筒拿到嘴边儿。"我想你很走运。"他说,然后把枪口塞进嘴里。

可我想,现在他所感觉到的是,躺在这,身上连盖的东西都没有，这该有多单薄呀。

"完事儿以后，"他说，"你能用沙子把我埋了吗？"

"行。"

我说不清楚这之后我干了些什么，我站起来，朝他走去。他把枪从嘴里拽出来，对准我。

"不请客我就捣乱。"他说。

然后，他放低枪口。"坐在我身边。"他说。

我坐在他身边。

"用胳膊搂住我。"他说。

我顺从了。

"你有点喜欢我吗？"

"沃德利，我的确有点喜欢你。"

"我希望是这样。"他说，然后把枪口对准脑袋，朝大脑开了一枪。

尽管这支枪安了消音器，可这一枪的声音还是不小。可能是他灵魂的大门被打开了。

我们俩在那儿坐了好长一段时间。在我的同学中，没有第二个会得到我如此完美的哀悼。

最后，我冷得实在受不住了，我站起来，想挖个坑。可扁砾石片太凉，把我手指头都冻僵了。我只好把他放在一个浅坑里，往他身上盖了几寸沙子。我发誓明天一定带把铁锹来，然后朝防波堤走去。

我一踏上防波堤，脚步就慢了下来。来的时候我的脚很灵巧，可现在疼得就像一颗露出了神经的牙齿；肩膀每动一下就钻心地疼。

但是，疼痛也有排除的办法。我一生经历的叫我无法承受的事使我彻底垮了下来，我感到很镇静，以一种宽慰的心情想起了帕蒂的死。是的，这可能是止痛的良药——悲伤。

我失去了一位我从来不能理解的妻子。随她而去的，是她那不可战胜的自信心的活力与同样可怕的深不可测的思想。

我开始想到帕蒂离开我那一天——是二十九天前，还是三十天前？我们开车出去观赏十月的秋叶，那比我们自家院子里的矮小松树要好看多了。在科德角海湾拐角处，奥尔良附近有。在公路的一个拐弯处，我看见一棵枫树。树上的叶子是橙红色的，在蓝天的反衬下分外好看。橙红色的叶子在微风中抖动，秋天的棕色影子映在最后一抹红色中。我看着树，自言自语地嘟哝一句："噢，你这个可爱的娼妇。"当时我并不知道这是什么意思。可坐在我身边的帕蒂说："总有一天，我会离开你的。"（这是她给我的唯一一次警告。）

"我并不知道，这关系重大，"我说，"我再也没有和这差不多的感觉，好像我连你一半的一半也没有。"

她点了点头。

在她那猫一样的奢侈中，总有鬣狗一样的残忍和贪婪——嘴角流露出冰冷的严厉，叫人难以琢磨出意思的阴笑。但有没有力气并不要紧，她总是自我怜悯。现在，她小声对我说："我觉得我受骗了。我被骗得好苦啊。"

"你想要什么？"我问。

"不知道，"她说，"我怎么够也够不着。"然后，在她那有限的同情心的促动下，她碰了一下我的手。"曾经有一次，我以为我得到它了。"她说。我把她的手推了回去，因为即使我告诉了沃德利，我们在爱情方面仍然有我们自己的衡量标准。就在那天晚上，我们又见面了，在床上玩得畅快极了，就像一对跳火炭舞的演员。我们你上我下，欲火熊熊，达到了高潮。那天晚上，我们就像克里斯特法·哥伦布那样高兴，因为我们两个人都发现了美洲，我们的国家总是分成两半。我们俩在相互吸引的快感中跳着舞，亲亲热热地躺在一块儿，睡得那股香甜劲儿，就好像一对并排摆着的糖制奶头。

第二天早晨，大斯都坡，她丈夫，从其他几个帽子中，找到一个戴上，然后我们都到教堂去做礼拜，玛蒂琳、帕蒂、大斯都坡和我。他主持了礼拜仪式。他是我们美国的主要狂人之一：他会在星期六无节制地放荡，但在星期天他又能为别人举行洗礼仪式。我们圣父的庭院里有好多高楼大厦，但我敢肯定，大斯都坡把星期六看成了厕所。我从来就理解不了他们俩为什么会结合在一块儿。他是足球教练，而她是啦啦队队长。他让她遇到了麻烦，然后他俩就结婚了。孩子生下来就是死的。这是她在培养下一代上所做的最后努力。我们见面时，他们已经收到好几封响应他们那份广告的回信了（"……必须已经结婚"）。我要是有几分天资的话，非得写本书把大斯都坡和他那种美国思想描述一下不可。可今年不行。我只能给你讲讲他那次布道，因为我的确没忘。我在防波堤上,一边走一边回想着,我当时坐在一座平庸无奇的白色教堂里。那座教堂还没有一间教室大呢,也没有鬼城的小棚子雄伟。既然帕蒂现在已经离去了,他的声音又回荡在我耳畔。

"昨天晚上,我做了个梦。"他说。帕蒂挨着玛蒂琳坐着。她紧握着我的手,在我耳边像高中生那样轻声说道:"你的妻子——那就是他的梦。"可大斯都坡从没感到她也到场了。他继续说道:"会友们,这不仅仅是个梦。这是在目睹世界的末日。天上乌云翻滚,耶稣踩着祥云来召集他的孩子们。会友们,看到这一切可真叫人害怕呀:有罪的人连哭带嚎的,跪在他脚下,祈求开恩。《圣经》上说,将有两个女人磨玉米——一个将被带到天上,另一个则将被留下来。在床上将会有两个人。"——帕蒂·厄伦用胳膊肘冲着我肋条骨就是一下——"一个被带走了,另一个被留了下来。当妈的看到孩子从自己怀里被带到天上去见耶稣,会号啕痛哭的。她们被留了下来,因为她们抱着罪孽不放。"帕蒂·厄伦的手指甲深深抠进我手掌中,但我并不知道她这样做是为了憋住自己别笑出声来还是因为太年轻受不住给吓的。

"《圣经》说,"大斯都坡说,"天上绝不允许有一丝罪孽的痕迹。你星期天上午坐在教堂里,而当天晚上离开了,因为你想去钓鱼,那你就绝对不能成为一名基督徒。会友们,魔鬼想让你说:'一晚上不去没什么。'"

"是没什么。"帕蒂·厄伦对着我耳朵说,她嘴里的热气直扑我的脸。但玛蒂琳看到这情景可给气坏了。她不高兴地坐在我另一侧,冷冰冰,就像一堆凝固了的润滑油。

"然后，你做的是，"他说，"到电影院去，然后再去喝上几杯，然后你就踏上了到狱火和地狱去的路——在那儿，火没灭，虫子也没死。"

"你是地狱里的猫，"帕蒂·厄伦低声说，"我也是。"

"来吧，会友们，"大斯都坡说，"趁乌云还没到来，趁我们还来得及请求宽恕，今晚到耶稣那儿去吧。来吧，跪下吧。帕蒂·厄伦，请你走到钢琴前，和我们一起高唱第526曲吧。请耶稣在你心中歌唱吧。"

帕蒂·厄伦以劈柴火的架势弹了起来。全体教民齐声歌唱：

我没有请求，
可你的血为我而流，
你让我到你身边去吧，
噢，上帝的羔羊，我来了——我来了。

做完礼拜后，我们回到大斯都坡家，去吃他那老处女妹妹做的星期日晚餐。土豆炖肉煮得呈死灰色，都凝上了，冰凉冰凉的，外加蔫巴巴的萝卜缨子。我很少见到有谁能够像大斯都坡和帕蒂·厄伦在星期六晚上所做的那样，精力充沛、充满活力，在星期日晚餐上却来了个一百八十度大转弯。在饭桌上，我们谁也没说话，临走时又相互握握手。几个小时后，玛蒂琳遇到了车祸。我再次见到帕蒂·厄伦是在五年以后。那是在坦帕。她跟大斯都坡离婚后，当了空中小姐。她在一次航班上遇到了沃德利，后来她就成了米克斯·沃德利·希尔拜三世女士。

回忆的力量会把你从痛苦中解救出来，所以我走在防波堤上时的精神和身体状况跟来的时候差不多。潮水已经退去了，平坦的沙滩散发着一股沼泽地的气味。月亮下，角叉菜在水坑里微微晃动着，发出缕缕银光。使我感到吃惊的是，我竟找到了我那辆保时捷车。死亡可能存在于一个宇宙中，而停下来的车可能是另一宇宙的东西。

直到我在点火器上转动钥匙时，我才想起来，我允许玛蒂琳到我家所需要的那四五个小时时间到现在可能过了。要不为这件事，我真不知道我是不是能回家（帕蒂的家）去见雷杰西——不可能。我可能会到望夫台酒家喝他个酩酊大醉，等到第二天一早就什么都忘了。我点着一支烟，把车开上布雷德福特大街，往家里开去。一支烟没抽完就到家了。

在我家房门对面的街上，一辆警察巡逻车停在我父亲那辆车后面。那是雷杰西的车。这我早就料到了，可是玛蒂琳没来。

我不知道做些什么才好。看起来现在最重要的是见到她，用她发现的那些残缺不全的相片把自己武装起来。这时，我才想起来，我甚至都没告诉她把相片带来。当然，她会带来的，可她真会带来吗？为了些实用目的而探索她的恐惧和悲伤，并不是她的天赋，也不是她的罪过。

但由于玛蒂琳还没赶来，我想我最好还是去看看父亲怎么样了（尽管我确实希望他平安无事）。所以，我尽最大努力蹑手蹑脚地绕到厨房窗户那儿。道奇和阿尔文·路德的身影清晰可见。他俩分坐桌子两头,手拿杯子,看上去轻松自在。的确是这样,雷杰西的枪和枪套挂在另外一把椅子上。我敢肯定,从他那镇静劲儿看,他并没发现大砍刀没了。但也可能是他没机会去打开车后行李厢厢盖。

我看着看着,他俩大笑起来。我的好奇心又来了。我想,都五个钟头了,玛蒂琳还都没来,所以五分钟之内她还是来不了,我得利用这个机会(尽管我的心因为反对这一冒险行动而开始剧烈跳动)。尽管如此,我还是绕了过去,从活板门那儿悄悄地溜进地下室,走到厨房那个位置的下面。地下室早就成了我的大后方。有多少次在宴会上,看到客人们在喝我的酒(帕蒂的酒)我感到心烦,于是,就到这里来。所以我知道,在地下室里能听到上面厨房里的说话声。

雷杰西在说话。他正回忆他在芝加哥当捉毒贩的秘密警察的那些日子呢。他告诉我父亲,他有个手相当狠的伙伴,一个名叫兰迪·里根的黑人。"你相信这个名字吗?"我听到雷杰西说,"当然,谁都管他叫罗纳德·里根。真罗纳德是当时加利福尼亚州州长,但大家都听说过这个名儿。所以罗纳德·里根就成了我的伙伴。"

"有一次,我在我的酒吧间里雇了个招待员,名叫汉弗莱·胡佛,"我父亲说,"他常说:'数数丢了的盐瓶,然后再乘上五百。这就是一晚上的收据。'"

他们大笑起来。汉弗莱·胡佛!我父亲的又一个诡计。他能让雷杰西那样的人一晚上坐在椅子上不动屁股。阿尔文·路德又接着讲他那个故事。里根似乎着手准备进行一次反可卡因大搜捕。可那个同谋是个叛徒。罗纳德在进门时,脸被子弹打烂了。那颗子弹是从锯掉了枪托的短枪里射出来的。他们给他做了手术,想恢复他那给打烂了的半边脸。"我真为那小子难过,"雷杰西说,"所以我抱了条小斗犬到医院去看他。我到他病房时,医生正给他安塑料眼睛呢。"

"噢,不不。"我父亲说。

"是这样,"雷杰西说,"一只塑料眼睛。医生给他安眼睛时,我站在一旁等着。等他们都走了,我把那条狗放到了床上。罗纳德那只好眼睛流出一滴泪来。罗纳德说——可怜的家伙——他说:'狗见着我害怕吗?'"

"'不,'我告诉他,'小狗已经爱上你了。'要是往毯子上撒尿是爱的表示的话,那小狗就已经爱上他了。"

"'你觉得我看上去怎么样?'罗纳德·里根问,'我想听真话。'可怜的家伙!他的一只耳朵也没了。"

"'噢,'我说,'不错。你从来就不是盆兰花。'"

他俩又笑了起来。他们在我进去之前,可能会一个故事接着一个故事地讲下去。所以我离开地下室来到外面,在前门遇到了玛蒂琳。她正鼓足勇气准备按门铃呢。

我没亲她。这可能是个小失误。

相反,她抱住我,把脑袋耷在我肩上,直到不哆嗦了为止。"真抱歉,我用了这么长时间,"她说,"我转回去两次。"

"没什么。"

"我把那些相片拿来了。"她说。

"到我车里去。那儿有支手电筒。"

在手电筒的光下,我再一次惊呆了。这些照片跟我拍的那些在淫猥程度上相去无几。但这里的人物不仅仅是帕蒂·拉伦。剪子剪下来的是杰西卡的脑袋。我又仔细看了一次。不,玛蒂琳看不出照片的差异。杰西卡的身子看上去很年轻,她的脸模糊不清,这是没照好,却也进一步暴露了阿尔文·路德·雷杰西的真面目。把妻子或女友的脸用脸罩遮好来拍裸体照是一码事,但说服跟你同床还不到一个星期的女人照这种相片是另一码事。本事毕竟是本事,我闷闷不乐地想道。我反复考虑是不是告诉玛蒂琳这个模特是谁。但我不想进一步让她感到不安,于是我就没吱声。我不知道告诉她在她丈夫的浪漫生活中又闯进来一个女人,是不是会使她业已破裂的心再裂开一半或是两半。

她又颤抖起来。我决定把她领到屋里。

"咱俩得轻点,"我说,"他在里面。"

"那我不能进去。"

"他不会知道。你可以待在我屋里,还可以把门锁上。"

"也是她的屋,是吗?"

"那你就躲在我书房里。"

我们悄悄走上楼,到了三楼后,我让她坐在窗户边儿那把椅子上。"你想要个亮儿吗?"我问。

"我情愿摸黑待着。窗外的景色可真美呀。"我想这可能是她头一回看到月圆时的海滩夜景。

"你到下面干什么去?"她问。

"不清楚,但我得和他谈谈这事儿。"

"那可不行。"

"当我父亲不在时。这是我们的好机会。"

"蒂姆,咱俩走吧。"

"咱们可以走,但我得先问他几个问题。"

"为了以后心静吗?"

"为了不发疯。"我差点儿没说出声来。

"握住我的手,"她说,"咱俩在这儿坐一会儿。"

我俩握住手。我想,她的思想可能顺着我们扭在一起的手指头传给了我,因为我突然想起了我们初次相遇的那些日子。当时我是个侍者,当时侍者很稀缺(在纽约,好的年轻侍者在餐馆老板心目中的形象不亚于好的年轻职业运动员),她在一座黑手党控制的镇子中心的一家餐馆里当女老板,她俊俏迷人。她叔叔,一个值得尊敬的人,让她干那项工作,可她把餐馆看成自己的产业——有多少美男子、公子哥到她的餐馆去,想从她那儿捞到点儿好处,可我俩处了一年,一年美满的浪漫生活。她是意大利人,在爱情上十分真诚,我爱她。她喜静。她喜欢坐在昏暗的屋子里,一坐就是几个钟头。与此同时她用赤诚的爱温暖了我的全身。我可能会永远跟她待在一起,但我当时很年轻,一会儿就烦了。她很少看书。她知道随便哪位著名作家的名。但是她很少看书。她聪明伶俐,多情动人,就像缎子一样。但我们除了到自己家外,哪儿也不去。这对她来说足够了,可对我来说不行。

现在,我可能会回到玛蒂琳身边去。我的心上下跳动就像大海的波涛。月光下的波涛。帕蒂·拉伦给我的感情和阳光相似，可现在我是奔四十的人了。月亮和薄雾同我的情趣更接近些。

我放开她的手，在她唇上轻轻吻了一下。它使我想起她的双唇是那么甜美，活像一朵玫瑰。她的喉咙里发出轻微的响声，沙哑而富有肉感。要是我的思路不集中在厨房里的话，那真会美妙无比。

"我给你留支手枪，以防万一。"我说。随后把沃德利那把22号手枪从口袋里掏了出来。

"我有一把，"她说，"我把我自己那把带来了。"她从上衣兜里拿出一把很小的大口径短筒手枪。两发子弹。这时，我想起了雷杰西那把马格南左轮手枪。

"我们都成了武器库了。"我说，在昏暗的微光里，我看见她笑了。有时我想，一句好话，要是讲好了，会帮助你让她高兴起来的。

所以，我放心地走下楼来。

但是，我不愿意在裤兜或上衣袋里藏着把枪跟雷杰西说话，鼓鼓囊囊的，根本没地方藏。琢磨来琢磨去，最后我把枪藏在电话机上面那个架上，离厨房门不远，一伸手就能抓到。然后，我大步流星走进厨房。

"喂，我们可没听见你开院门声啊。"我父亲说。

我跟雷杰西打了个招呼，但我俩谁都没正视对方。我给自己倒了杯酒，消消双倍的疲劳。我把第一杯酒一口干了。倒第二杯时，才往杯里放了些冰块。

"你在舔谁的大腿呢?"雷杰西问。他喝醉了。我仔细看他眼睛时才看出来,他并不像我在厨房窗户外面看到的那样镇静,也不像我在地下室里听他说话时猜想的那样坦然——不,他像许多有权有势的大人物那样,能把不安的心情藏到身体的各部位中间去。他会像头野兽似的一动不动地坐着,但要是他有尾巴的话,它可能会一直在抽打椅子横档儿。只有他那双眼睛,一双异常明亮、野蛮的眼睛,才能透露出一丝线索来,告诉你他正坐在什么东西上。

"马登,"他说,"你父亲是个大好人。"

"嘀嘀,"我父亲说,"你认为我俩处得不错。"

"道奇,你这人最好啦,"雷杰西说,"谁要是不同意,我就砸扁他。你说呢,蒂姆?"

"喂,"我把酒一下子干了进去说,"干杯。"

"干杯。"雷杰西一仰脖把酒喝光。

我们三个人谁也没吱声。过了一会儿,雷杰西说:"我告诉你父亲了,我需要长期休假。"

"我们喝酒是庆祝你退休吗?"

"我准备辞职,"他说,"这个镇子上的人都不喜欢我。"

"当初他们就不该派你到这儿来。"

"对。"

"佛罗里达是你该去的地方,"我说,"还有迈阿密。"

"是谁,"雷杰西说,"把毛放在你屁股上啦?"

"全镇的人都这么说,"我告诉他,"众所周知,你是专捉毒品贩子的便衣警察。"

他眼皮重重地耷拉下来。我可不想夸大事实。但这就像他不得不翻个床垫似的。"很明显,是吗?"他问。

"当缉毒便衣警察有一种职业病,"我父亲心平气和地说,"你藏不住。"

"我告诉过提拔我的那些傻瓜们,硬装州警是没什么好果子吃的,但这只是个圈套罢了。葡萄牙人愚蠢、倔强,但有一点例外。你不能胡说乱扯,骗他们。代理警察局长!"要是有痰盂的话,他会往里面吐口唾沫,"对了,我得定了。"他说,"还有,马登,别说'高呼三声万岁'。"他打了个嗝,考虑到这样有点粗鲁,就对我父亲说,"对不起。"他一下子变得愁眉不展起来。"这回我让海军陆战队的老兵给制服了,"他说,"你能想象出一个陆军特种部队的'绿色贝雷帽'会接受一个海军陆战队队员的一串命令吗?这就像把肉排放在火上烤,然后再把一个长柄平底锅放在肉排上。"

我父亲觉得这很有意思。也许他笑的目的是想改变一下我们几个人的情绪,可雷杰西这番话并没把他逗笑。

"我只有一件事感到遗憾,马登,"雷杰西说,"那就是咱们还没来得及谈谈咱俩的哲学。可能是一醉解千愁。"

"你现在不是已经喝醉了?"我说。

"根本没醉。你知道我能喝多少?道奇,告诉他。"

"他说,他喝的还不到他酒量的五分之二呢。"我父亲说。

"要是你把一只米老鼠放进我杯里,我也能把它喝下去。我身体壮实,酒一沾肚就吸收了。"

"你有好多东西要吸收。"我说。

"哲学。"他说,"我给你举个例子吧。你认为我是个粗鲁、斗大的字儿不识一筐的家伙。我的确这样,而且还对此感到自豪。你知道这是为什么吗?警察是生来就愚蠢的人,而且又在愚蠢中长大。但他也指望能聪明点儿。你知道这是为什么?这是上帝的希望。每当傻瓜明白点事儿时,魔鬼就给吓了一大跳。"

"我总认为,"我说,"当警察的人是想得到保护伞,好逃脱他的罪行。"

在这种场合下,这句话实在太冒失了。我刚说完就感到有些不妥。

"他娘的。"雷杰西说。

"嘿……"我说。

"他娘的。我正想谈谈哲学呢,你却挖苦人。"

"你再说一遍。"我竖起一个手指头,说。他刚想再说一次,又把话咽了回去。我父亲嘴闭得紧紧的。我这种做法让他老大不高兴。我能看得出来,把他放在那儿才不明智。雷杰西跟我不一样,容不得不同意见。要是我和阿尔文单独待在一块,他一晚上都说"他娘的"我也不在乎。

"肮脏灵魂的力量是什么?"雷杰西说。

"告诉我。"我说。

"你相信因缘吗?"

"是的,"我说,"几乎总是这样。"

"我也是。"他说。他伸出胳膊,握住我的手。我想,他有一瞬间在反复琢磨是不是应该捏碎我的手指头,然后善心大发,松开了我的手。"我也是。"他又说了一遍,"这是一种亚洲思想,但见鬼的是,在战争中,是异体受精,对吧?应该是这样。是杀人那些人。最起码,咱们在这组纸牌里抓上他几张新牌,行不?"

"你的逻辑是什么?"

"我有一个,"他说,"它跟铁匠用的大锤一般大。要是在一场战争中,许多人不必要地死了,许多无辜的美国小伙子。"——他举起手,意思是你别回辩——"许多无辜的越南人,我可以告诉你,那问题就变成了:他们得到了什么样的赔偿?在事物发展过程中,他们得到了什么样的赔偿?"

"因缘。"我父亲说,一下子就击中了他的要害。要是我父亲都不知道怎样制服一个醉鬼,还有谁会知道?

"不错,是因缘,"他说,"你知道,我不是个普通警察。"

"那是什么,"我问,"轻浮的交际花吗?"

正巧,我父亲喜欢这个词。我们都笑了起来。雷杰西笑得挺勉强。

"普通警察抓没本领的恶棍,"他说,"我不,我尊敬他们。"

"那是为什么?"我父亲问。

"因为他们有勇气生出来。好好琢磨琢磨我的论点:想想,腐朽、肮脏的灵魂的力量是,不管它多么丑陋,它还是成功地获得了再生。回答这个问题。"

"那么同性恋者能再生吗?"我问。

这回我可把他给问住了。他的偏见不得不向他的理智让步。

"他们也能。"他说,但是他对这个问题的争论感到厌烦。

"是的。"他说,看了看他的平底玻璃酒杯。"我决定辞职。实际上,我已经辞了。我给他们留了个条儿。我有些私事,准备休个长假。他们会看到那张条子,把它送交给华盛顿海军陆战队总部的,交给我的上司。他们把那个家伙电脑化了。现在,他只能用电脑来思维!你想他会说些什么?"

"他会说,你的个人私事变成心理原因。"我说。

"他娘的,管他怎么咧咧呢。"他说。

"你打算什么时候动身?"

"今晚,明天,下星期。"

"干吗不今晚走?"

"我得把警车开回去。那是镇子里的财产。"

"你今晚不能送回去吗?"

"我想干什么就能干什么。我想休息一下。我一口气儿干了八年,连一回真正的假也没休过。"

"你为自己难过吗?"

"我?"我又犯了个错误,不该拿话激他。他看了看我父亲,又瞧了瞧我,好像头一次打量我们俩。"伙计,有话实说吧,"他说,"我没什么可抱怨的。我过着上帝想让你过的生活。"

"什么样的生活呢?"我父亲问。我认为他真的感到好奇起来。

"有刺激性的活动,"雷杰西说,"我做我想做的刺激性活动。生活给了男人两个卵子。我告诉你,我一天不干两个女人的次数都很少。要是不玩上第二个,我觉都睡不好。你看得出来吗?每个人的本性都有两方面。在我睡着之前,我得让它们表现表现自己。"

"你说的那两方面指什么?"我父亲问。

"道奇,你听着。它们是我的理智和我的疯狂。它们是我自己的两个名儿。"

"你现在讲的是哪个?"我问。

"理智。"他自己笑了笑,"你们寻思我是不是来讲讲疯狂。可你们还没见过它。我现在只是被迫跟两个所谓的好人谈话。"

他说得太过头了。我对他的侮辱并不介意,但让我父亲受这种凌辱是没理由的。

"在你把警车开回去时,"我说,"注意把行李厢里垫子上的血洗干净啦。大砍刀上的血把垫子都弄脏了。"

这就像从一千码外射过来的子弹。当他听明白时,子弹的力量也用尽了。最后,它落在他脚下。

"啊,对了,"他说,"那把大砍刀。"

然后,他狠狠地扇了自己一个大嘴巴,我从没见过自己打自己还有那么狠的。要是换个人,这可能会很好笑。可是,是他打自己,那啪的一声响在厨房的空气中散开去。

"你会相信吗?"他说,"这会让我清醒些。"他抓住桌子边,用力捏了一下。"我试图,"他说,"在这件事上做个正人君子,然后悄悄离开镇子,马登,我既不侵犯人也不让别人侵害我。"

"这就是你到这儿来的原因吗?"我问,"悄悄地离开?"

"我想看看事态的发展如何。"

"不,"我说,"你是想找到一些问题的答案。"

"也许，这回你没猜错。我想，来看看你比抓你审讯更有礼貌些。"

"这是你需要的一切，"我说，"要是你把我抓起来，你就得按法律办事。我会一言不发，只去找个律师就行了。等我把我知道的都告诉了他以后，他会让州立法院调查你。雷杰西，帮个忙吧。用你对待葡萄牙人的礼貌来待我。少跟我胡编乱扯。"

"说得好，"我父亲说，"阿尔文，他已经把话挑明了。"

"你知道什么，"雷杰西说，"你儿子并不是没事儿的人。"

我瞪了他一眼。当我们的目光碰到一块儿时，我感到好像是个小木筏险些跟一艘大船撞上。

"咱俩谈谈，"他说，"咱俩之间相似的地方要比相反的地方多。这对吧？"他问我父亲。

"说吧。"我父亲说。

我父亲刚说完，雷杰西的面部表情就一下子变软了，我想，就好像我俩是吵架的弟兄，要求父亲说句公道话似的。有时，会有一种力量促使你把事情看穿，因为这时我才意识到，由于雷杰西在道奇身边，我是多么忌妒他呀。这好像，他是大麦克想帮助的心肠好、胳膊粗、力气大、难以管教的儿子，而我不是。上帝呀，我就像大部分姑娘对待她们母亲那样，对我父亲并不太好。

现在，我们三个人谁也没吭声。下象棋时每走一步都需要时间。他现在正琢磨下一步该怎么走，所以我保持沉默。

最后，我想，他的思维比我还要混乱。

所以，我说："要是我说错了，请给纠正一下。你是想得到下列问题的答案吧：第一，斯都迪在哪儿？第二，蜘蛛在哪儿？"

"对。"他说。

"沃德利在哪儿？"

"不错。"

"杰西卡在哪儿？"

"一点不错。"

"还有，帕蒂在哪儿？"

"让你说着了，"他说，"这些正是我要问的问题。"

要是他有尾巴的话，我一提到杰西卡，它就会狠狠地朝地上抽一下子，而在提到帕蒂时，可能会加重一倍。

"好了，"我说，"让我们来找找答案吧。"

我琢磨他是不是带录音机了。后来一想，带录音机也没什么大不了的。他并不是以警察的身份到这儿来的。那把257号马格南左轮手枪是我要去注意的东西，它现在待在椅子上挂着的枪套里。我用不着在乎他是不是会把我说的话录下来这种没多少可能性的事情。他到这儿来找我，毕竟是想让他自己神志清醒些。

"答案呢？"他又问一遍。

"那两个女的都死了。"我告诉他，好像他不知道似的。

"死了？"他那种吃惊的样子看上去有点虚假。

"我在藏大麻那个地方找到了她们两人的脑袋。"我等了一小会儿。他真不明白，硬装出吃惊的样子并不起什么作用。

"那两个人脑袋怎么了？"他问。

"是你把两个人脑袋放在那儿的，是不是？"

"我从没把那两个人脑袋放在那儿。"他说。让我感到奇怪的是,他突然呻吟起来,就像头受伤的动物。"我一直在地狱里,"他说,"我不能相信。我一直在地狱里。"

"我认为你是在地狱里。"我父亲低声说。

"这再也没有多大关系了。"雷杰西说。

"你干吗要把杰西卡的脑袋割下来呢?"我父亲问。

他踌躇了一会儿。"我不能告诉你。"

"我相信你是想告诉我的。"我父亲说。

"咱们慢慢说,"雷杰西说,"要是你告诉我我想知道的,那我就告诉你你想知道的。这叫等价交换。"

"这没用,"我说,"你得相信我。"

"你那堆《圣经》在哪儿?"他问。

"这没用,"我又说了一句,"每次我告诉你一些事儿时,你总是问另外一个问题。等我给你讲完了,我没理由让你再告诉我些什么事。"

"那咱们倒过来,"他说,"要是我先说的话,你想告诉我什么呢?"

"你那把马格南左轮手枪。"我说。

"你认为我会连眼睛都不眨就一枪把你撂倒吗?"

"不对,"我说,"我想你会压不住火儿。"

我父亲点点头。"这符合逻辑。"他嘟囔了一句。

"那行,"雷杰西说,"但是,你先说吧。告诉我一件我不知道的事儿。"

"斯都迪死了。"

"谁杀的?"

"沃德利。"

"沃德利在哪儿?"

"该你说了,"我说,"你问吧。到时候,我告诉你。把你想交换的东西保管好。"

"我想听听这位沃德利,"雷杰西说,"我每迈一步,他都在我脚底下。"

"你会见到他的。"我说。我刚说完,就觉得这几个字有多吓人。

"我是想见他。我得给他一把牙齿。"

我笑了起来。我实在忍不住了。但这可能是我的最佳反应。雷杰西给自己倒了一杯酒,一口干了。这时我才意识到,从我提到大砍刀到现在,这是他的第一杯酒。

"好了,"他说,"我把我知道的告诉你。是条好消息。"他看了看我父亲。"道奇,"他说,"没多少人让我尊敬。可我尊敬你。我从刚进屋时,就敬佩起你来,能和你相媲美的是我在特种部队当兵时的上校。"

"提升他当上将。"道奇说。

"我们会这样做的。"雷杰西说,"但我想先说明白。我要讲的可不太中听。"

"我想会是这样。"道奇说。

"那你就不会同情我了。"

"因为你过去恨我儿子吗?"

"过去。那是过去时态。"

我父亲耸了耸肩。"看上去你现在也很尊敬他。"

"不是这样。我只尊敬他一年。以前我认为他很下贱、卑鄙。可现在,我对他态度有所改变。"

"这是为什么?"我问。

"你听着好了。"他说。

"可以。"

"直说了吧。我干了不少事儿。蒂姆,我一直想方设法要把你逼疯。"

"你差点儿大功告成。"

"我有权这样做。"

"为什么?"道奇问。

"我妻子,玛蒂琳。在我第一次见到她时,她都快完蛋了。是你儿子使她堕落的。她吸毒。我都应该把她抓起来。你儿子叫她无节制地放荡,然后跟别人撞车,把她子宫弄坏了。一年以后,他把她甩了。我得到的就是这么个女人,为填饱自己的鼻子,不得不用身子来换毒品。我和一个不能给你生儿子的女人在一起生活。所以,直说了吧,马登,我恨透你了。"

"而你呢,反过来又把我老婆拐跑了。"我心平气和地说。

"我是想这么干的。可能是你老婆把我拐跑了。我给夹在两个女人中间,你老婆和我老婆。"

"也有杰西卡。"我说。

"我不会向你表示歉意。你妻子跑了,她不单是离开了你,也离开了我,老兄。我有个习惯。爱情跟它没关系。我每晚要干两个女人。想知道本能的力量有多大吗?我甚至和斯都迪的几个窑娘们儿混过。"他有些自豪地说,"杰西卡只是帕蒂的代用品罢了。"

"那么,你跟玛蒂琳……每天晚上你都回家?"

"当然。"他又喝了几口酒,"这很简单。咱们别跑题。我想说的是,我恨你。我思想比较简单。所以,我把杰西卡脑袋砍了下来,放在了你的大麻地边上,然后告诉你去看看。"

"你不认为我会联想到你吗?"

"我想,这会让你惊慌失措得拉裤子的。我想,你会躺在你自己的屎尿里上西天。我希望的就这些。"

"是你把血洒在我车的前排座位上的吗?"

"是我干的。"

"那是谁的血?"

他没回答。

"杰西卡的?"

"是的。"

我刚想问:"你是怎么干的?"这时,我看见他眼神时隐时现,好像那个场面想从他的思维中挣脱出来,而他呢,拼命把它推了回去。我琢磨他是不是用她脑袋干同样的事,但我还没来得及细想,就赶快把它放到了一边。

"为什么,"我父亲问,"第二天你没化验车座上的血?"

雷杰西像猫一样地笑了笑。"要是我麻木不仁,没化验车座上的血,然后又让你用水把它冲掉,"他说,"没人会相信是我干的。他们怎么能指控我有罪呢?"他点了点头。"那天早晨,我一睁开眼,就担心有人会指控我陷害你。现在听上去有些发傻,可当时我就这么想的。"

"你想指控蒂姆的大部分证据就没了。"

"我并不想把他抓起来。我当时只想把他逼疯。"

"是你杀的杰西卡?"我问,"还是帕蒂杀的?"

"待会儿我会告诉你。这并不是眼下我想说的。我想说的是,我给帕蒂迷住了。可她说的都是关于你的事,说她都恨透你了,你怎么样耗费了她的生活。我能看出来,你点子没她多,所以她还发什么牢骚。后来我才明白。她他娘的必须得毁了个爷们儿,因此我要不整你一下,她几乎会把我给毁掉。她跑了。所以,我才明白。我应该把你干掉。把警察的誓言都丢了吧,干件事。"

"这可不是件小事。"道奇说。

"他娘的,妙极了。"他摇了摇头。"那细节才叫绝呢。我告诉帕蒂,要她把杀死杰西卡的那把枪不擦就放到枪盒里。捂的那股味可能就会让你心脏病发作。等你躺在那儿昏过去时,她来到床前,把枪拿走。"

"那天晚上,你是怎么找到我那些相片的?帕蒂不知道我把它们藏在哪儿了。"

他看上去茫茫然。

"什么样的相片?"他问。

我相信这回他没装模作样。我的心一下子掉进了冰窟窿里。

317

"我找到了一些相片,相片上人的脑袋都给剪掉了——"我告诉他,"帕蒂说,你喝醉酒时,会做出些稀奇古怪的事儿来的。可能是你自己把那些相片的人脑袋给剪掉了。"

我并不想与那种想法生活一辈子,但我怎么能驳倒他呢?

"假设你剪断了一张相片,"我问,"那你干吗要这么做呢?"

"我不会这么做的。只有疯子才干那种事。"

"可是,你确实干了。你把杰西卡的相片给剪了。"

他呷了一小口波旁酒,突然感到嗓子难受,把酒又吐了出来。

"不假,"他说,"我是把杰西卡的相片给剪了。"

"什么时候?"我问。

"昨天。"

"为什么?"

我想,他可能要发病。"这样我就不会再看到最后一个表情了,"他挣扎着说,"我想永远忘掉她。"

他的下巴来回抽动,眼睛往外鼓,脖子上的肌肉都抽在了一起。但他用力挤出个问题:"帕蒂是怎么死的?"

我还没来得及回答,他就叫了一声,很吓人。他站了起来,朝门口走去,用脑袋往门的侧壁上狠狠地撞。

我父亲从他身后走过去,抱住他的胸部,试图把他拖过来。他把我父亲甩到了一边。我父亲都七十岁啦。但我不能相信。

但是,这倒让雷杰西镇静下来。"真对不起。"他说。

"它也是。"我父亲说,和他最后一个幻觉彻底告别了。他以前总以为自己还有把子劲儿。

我又害怕起雷杰西来,好像我是被告,他是受害者的伤心丈夫一样。我轻声说:"我和帕蒂的死没关系。"

"你要是说一句谎话,"他说,"我就用手把你撕成两半。"

"我在地洞里看见她的脑袋时,才知道她死了。"

"我也是。"他说,然后哭了起来。

他可能从十岁起就再没掉过眼泪。他的哭声就像一台零件松了的机器发出来的声音。要是把我的伤心程度拿来和他比,我感到我就像妓院里打杂的小童。他真爱我妻子!

我知道,我现在可以问他所有问题。他哭得无依无靠的,他已经从领导席上下来了。他可以在由问题汇成的泥潭里打滚。

"是你把杰西卡的脑袋从地洞里挪走的吗?"

他翻了翻眼。"不是。"

我灵机一动。"是帕蒂?"

他点了点头。

我想问他为什么,可他说不出话来。我不知道再怎样问下去。

我父亲插了一句。"是不是帕蒂认为,"他问,"不管我儿子该得到什么样的报应,你也不该用那个人脑袋去陷害他?"

雷杰西犹豫了一下,然后点了点头。

我怎么知道这是真的呢,还是她有意这样做,好使我更糊涂呢。但不管怎么说,他点头了。我也考虑到,帕蒂是不是想用这个人脑袋来敲诈沃德利,但我找不出答案来。

"帕蒂要你保管那个人脑袋吗?"我父亲继续问。

他点了点头。

"你把它藏起来了。"

他点了点头。

"然后帕蒂离开你跑了?"

他点了点头。"跑了,"他吃力地说,"她把人脑袋留给了我。"

"所以,你决定把人脑袋送回到原来的地方?"

雷杰西点了点头。

"在那儿,你也看到了,"我父亲用最轻柔的语调说,"帕蒂的脑袋。它也藏在那个洞里。"

雷杰西把手放在脑袋后,然后压了一下脖子。他点了点头。

"那是你看到的最可怕的情景?"

"是的。"

"你是怎么挺下来的?"

"我一直挺得住,"雷杰西说,"可现在坚持不住了。"他又开始哭起来。他的哭声就像马叫。

我想起了我们在他办公室里一起抽大麻那个时刻。他可能在我走进他办公室几个小时前就发现了帕蒂的脑袋,可他把焦虑藏在心底,从外表上根本看不出来。看到意志异常坚定的人在精神上垮下来,心情是不太好受的。这是否就是人在中风前的模样呢?

我父亲说:"你知道谁把帕蒂的脑袋和杰西卡的脑袋放在一起的吗?"他点了点头。

"尼森干的?"

他点了点头,然后又耸了耸肩。可能他不知道。

"是的,就是他。"我父亲说。

我同意父亲的看法，肯定是蜘蛛干的。我考虑，蜘蛛当时可能会感到自己要被牵连进去。当然，他也想把我拐带进去。是的，他跟斯都迪想在我拎那两个人脑袋时把我抓住。要是我真的被他们抓住了，谁还会相信我是清白的？

"你杀的杰西卡？"我问雷杰西。他耸了耸肩。

"帕蒂干的？"

他先是摇摇头，随后又点了点头。

"帕蒂干的？"他点了点头。我想，要是我不知道这一切该有多好。但我可以肯定：是帕蒂跟雷杰西，而不是沃德利，在维斯角见到了杰西卡，可能是帕蒂把装有朗尼尸体的那辆车开回了望夫台酒家。然后，他们三个人坐进同一辆警车里。在一片林子里，他们停了下来。在那儿，帕蒂开枪打死了杰西卡。

我说不好帕蒂干吗要那么做。在她有足够理由开枪打死杰西卡时，谁会知道她气成了什么样？杰西卡挖空心思要为自己买下帕拉米塞兹房地产。杰西卡又和阿尔文·路德有私情。在关键时刻，只要有一条理由就可以叫帕蒂火冒三丈。是的，现在我可以看见她把枪筒塞进杰西卡那张爱撒谎的嘴里时的情景。当时，要是庞德乞求雷杰西救她，要是雷杰西想把枪抢走，那她扣动扳机也是有道理的。帕蒂就跟我似的，多年来一直生活在扳机边缘。所以，像我俩这种情况，杀人是一剂包治百病的良药。我这么说可能太吓人了。

雷杰西坐在椅子上，就像个在最后一轮比赛中让对手狠狠揍了一顿的拳击手。

"你干吗要把杰西卡的脑袋砍下来?"我问。刚才我已经问过一遍了,可我不得不再问一遍:在我脑海里,我看见了大砍刀从上面砍下来。

他的喉咙发出咕噜咕噜的响声,脸向一边歪去。我想他确确实实是中风了。一个沙哑、充满了敬意的声音从他牙缝中挤出来,"我想,"他说,"把她的命运跟我的命运最终结合在一块儿。"

他从椅子上滚到地上,四肢开始来回抽搐着。

玛蒂琳走了进来。她手里端着那支大口径短筒手枪,但我想她并没意识到她的这个姿势。也许她在楼上书房里一直端着来的。她看上去老了许多,更像个意大利人了。她面部表情麻木,可能就像一堵石头墙快要扒倒时所感觉到的那样。她一颗眼泪儿也没有,比我们更坚强。"我不能离开他,"她对我说,"他病了。我想他可能会死的。"

雷杰西除右脚外,一切都恢复了平静。他右脚还在地上来回抽搐,这是他所没有的那条尾巴在抽打。

我和我父亲用尽全身力气把他架到楼上,差点没把我俩累死。我把他放在我跟帕蒂曾经躺过的那张大床上。真奇怪,是他愿意为她而死,而不是我。

尾 声

雷杰西整天躺在床上，玛蒂琳无微不至地照料他，好像他是个奄奄一息的神仙。在普罗文斯敦，避开惩罚的方法，真是叫人难以置信。第二天早晨，玛蒂琳给警察局挂了个电话，说他身体不佳，她准备带他出去旅游，可能需要很长时间。他们能否帮助写个报告，替他请个长假？我灵机一动，在天亮前把那台警车的行李厢冲洗干净，然后又把它停在市政办公大楼旁，把车钥匙放在座位下面，这样他不上班就与我的房子没有任何关系了。玛蒂琳有意地每天都给他的办公室挂电话，和警察谈谈雷杰西的病情，巴恩斯特布尔的恶劣气候和她为了他的身体健康如何不让他接电话。她一连打了四天。她确实把电话撤了。第五天，雷杰西的病见好，这可是他的一个大错误。我们这些人可遭罪了。

他躺在床上，把我们骂了个狗血喷头。他说，他要把我们都抓起来。他要把我关进监狱，因为我有一块大麻地。他准备指控我杀死了杰西卡。他声明，我父亲是不公开的鸡奸犯。他，雷杰西，要到非洲去。他要当个职业士兵。他也准备在萨尔瓦多待几天。他要给我邮张明信片。那可能是他手拿大砍刀的照片。哈，哈。他坐在床上，身上的肌肉从丁字领衫里鼓了出来，嘴因为中风歪向了一边。他由于大脑发生了变化，声音也变得不一样了。

他抓起电话，发现电线被切断时，狠狠地把它摔了（我反应很快，早就把电话线切断了）。我们给他吃了几片镇静药，可他就像一头撞坏篱笆墙的公牛一样挣破了药剂的束缚。

只有玛蒂琳能管住他。我看到了她的另一面，这是我在以前从没见到过的。她安慰他，把手放在他的前额上，让他镇静。如果这些都不成功的话，她就会责备他，把他说得不吭声。"安静点，"她常常这样对他说，"你这是罪有应得。"

"你打算还跟我在一起吗？"他问。

"我跟你一辈子。"

"我恨你。"他告诉她。

"这我知道。"

"你是一个肮脏的浅黑型女人。你知道浅黑型女人该有多脏吗？"

"你自己倒该洗个澡了。"

"你叫我恶心。"

"把药吃了，把嘴闭上。"

"这药会损伤我睾丸的。"

"对你有好处。"

"我都三天没硬起来了。我可能再也硬不起来了。"

"别害怕。"

"马登在哪儿？"

"我在这儿。"我说。我一直在那儿。她晚间独自一人照料他，可我和父亲总是轮班在门厅里守着，手持马格南左轮手枪。

楼下的电话响的次数很少。失踪的人与我的关系都不大。大家都知道，雷杰西现在正在旅途当中。贝思走了，蜘蛛也走了，所以每当人们想起他们时，会认为他们两口子出去旅游了。这是因为，他们那辆面包车也不见了。斯都迪的家人害怕他，所以不见他露面实在让他们感到高兴。我知道，没人会想念"博洛"。人们会认为帕蒂可能在大世界某处玩乐呢。沃德利也是这样。几个月后，沃德利的亲属可能会认为他走的时间太长了，上警察局去报案。七年之后，与他血缘最近的亲属会把他的房地产归为己有。几个月后，我也会到警察局报案，说帕蒂失踪了。或者不吱声，把这件事瞒下来。我想，我听天由命，看看事态的发展再说。

杰西卡·庞德的儿子，朗尼·奥克伍德可能会把事弄糟。但，他怎么会把她跟我联系起来呢？但我担心的是我胳膊上那个刺花纹和哈坡，可并不十分担心。哈坡已经把我告了一次，他不会再干第二次了，至于那个刺花纹，我要想改，马上可以把它改了。

真正的麻烦是雷杰西。如果我们的安全都寄托在阿尔文·路德身上的话，那我们随时都会处在危险之中。他到处给你找麻烦。我也不喜欢他躺在床上的方式。从他那个样子来看，他是在等待时机，准备反扑。但不管怎样他没离开床一步。

但是，在这期间，他那张嘴可够吓人的。我们听到他对玛蒂琳说："我让你一宿起来十六次。"

"这不假，"她说，"哪一次都不怀好意。"

"那是，"他满怀希望地说，"因为你没有子宫。"

她那天下午开枪把他打死了。我们谁都会开枪打死他，可这碰巧是玛蒂琳。我和父亲已经在门厅里谈过这种事情了。"没别的办法,"道奇说,"一定得把他杀了。"

"他现在有病。"我说。

"他可能有病,但并不是受害者。"道奇看了看我。

"我来干这件事。我了解他。他是我这号人。"

"如果你变了主意的话,"我说,"我也能干掉他。"我能。我能看到我将要干的事的那种该死能力变得越来越清晰了。在我的脑海中,我把雷杰西的马格南左轮顶在他胸上。枪把儿的剧烈振动把我的胳膊抛到空中。他的脸歪到了一边。我撂倒了这个疯子。雷杰西看上去就像头野熊。然后,他咽气了。他死后,脸上浮现出一种严肃的神色,他的下巴僵硬得就像乔治·华盛顿的下腭。

你知道吗?这就是雷杰西在死时贡献出来的最后一个表情。玛蒂琳那支大口径短筒手枪响了两次后,我走进屋。他躺在我的婚床上,正在咽气呢。看上去在她扣动扳机之前,他说的最后一句话是:"我喜欢帕蒂·拉伦。她叫我高兴。我是属于她的。"

"祝你走运。"玛蒂琳说。

"我见到你时,我认为你是会叫我高兴的,"他说,"但你是个小土豆。"

"这我信。"玛蒂琳说,然后扣动了扳机。

杀死个人是很平常的,但她是自己决定一定要干掉他的。在危险的地方的疯子一定得除掉。你在喝黑手党的奶时,学的就是这些。

一年以后,她在谈起这件事时,对我说:"我只等着他说那句呢。我一听那句话,肺都气炸了。"别管意大利女人叫小土豆。

那天晚上，我父亲把他的尸体扔到海里。和雷杰西一起下葬的是一块钢筋水泥板，我父亲用铁丝，分三道，在腋窝、腰和膝盖等处把尸体绑在水泥板上。当然了，我父亲已经进行过这方面的练习，在阿尔文·路德中了风，躺在地上失去知觉那天早晨，道奇坚持要我用船带他到鬼城，到沃德利的墓地那儿。他硬要我去找到那些坟。我找到了。那天晚上，当我守着我们那位倒下了的捉毒品犯的警察时，父亲卖了六个小时最最肮脏的苦力。天刚亮时，他迎着潮水，把五具尸体运到深水处，然后平平安安地把它们沉到海底。毫无疑问，我现在处于撰写一部爱尔兰喜剧的危险之中，所以我不想描述道奇为了把阿尔文·路德送到尸体安息地而做准备工作时的那股子热情。但我要提一下他干完活时说的那句话："可能，我一直在干我不应该干的事儿。"可能是这样。

我和玛蒂琳到科罗拉多州待了一阵子。现在我们住在基韦斯特。我试图写点东西。我们是靠着她在本地一家饭店里当女招待挣的钱以及我在她饭店对面的酒吧当"业余"侍者挣的钱过活。偶尔，我们等待着有人敲门，但我不能肯定一定会有人找上门来。劳雷尔·奥克伍德的失踪引起了很大的骚动，许多家报纸上都有她儿子的照片。他说，要是找不到他的母亲他是绝对不会善罢甘休的。但我认为，从他的照片上看，他缺少做这种事儿的气质。报上的特写暗示说，圣巴巴拉的人认为劳雷尔和潘伯恩·朗尼曾在经济上犯了一两个小错误，现在可能找到了一个富有的新加坡商人或者是哪个有钱的人。尽管车后行李厢底部那摊血上有褶纹，警方照旧认为他是自杀。

《迈阿密先驱报》登出一篇文章，报道了米克斯·沃德利·希尔拜三世失踪的事儿。有位记者真的顺藤摸瓜，到基韦斯特来找我了。他问我，我是不是认为帕蒂和沃德利会再度结合。我告诉他，他俩已经和我没有任何来往了，现在他们可能是住在欧洲，可能是在塔希提岛，或是在两个地方之间的什么地方。我认为，那种事总是会再次出现的。

看起来似乎谁也不想知道雷杰西现在怎么样了。几乎没有什么人以官方的身份向玛蒂琳打听雷杰西的情况，这真叫人难以置信。华盛顿毒品管理局的一个人曾经给玛蒂琳打过电话。玛蒂琳告诉他，雷杰西和她开车准备到墨西哥去，但阿尔文在拉雷多就把她给甩了，所以她再也没有越过国境（早些时候，在我们去科罗拉多时，我们俩就绕道去了拉雷多，目的是弄到一张汽车旅馆的收据。这样，如果警方查问时，就有话说了）。但是，我认为，与毒品打交道的那些警官们对雷杰西失踪一事都会感到高兴的。现在，那件事就算了结了。有一次，我向玛蒂琳问起阿尔文的弟弟。可他那几个侄子照那张相时正是她唯一的一次见到他的家人——他的一个弟弟。

我们由于手头的钱不充裕，所以想把我们各自的房子卖掉。但那两幢房子的房主名儿并不是马登和玛蒂琳。我猜，这两幢房子迟早会因交不上税金而被没收。

我父亲还活着。那天，我收到他的一封信，信上说："祝我走运吧，但那些二百五大夫说，我的病好了许多。这叫他们大吃一惊。我病情的好转解除了他们的责任。"

可是，道格拉斯·马登的儿子，蒂姆·马登对此有自己的看法。我怀疑父亲最近的心理状态这么好是与他沉到海底的那些人头和尸体有关。

怪不得治疗癌症得花那么多钱。

我自己呢？有许多事情把我牵连了进去，所以我必须用笔来把我从由忧郁、内疚和根深蒂固的精神罪孽组成的牢笼中解救出来。是的，我要利用这次机会。实际上，一切并不那么糟。我和玛蒂琳互相搂在一起睡觉。我生活在她的功绩的怀抱里，既舒服又安全，我同她结下了生死之交。同时，我也意识到，现在我头脑的清晰、平静是建立在杀人罪——这坚实的基础之上的。

但我不能说，我们彻底地、一点也没受伤害地摆脱了鬼城。我们住在基韦斯特时，有一个夏日的黄昏，赤道的热风越过加勒比海，朝我们这边刮来，室内空调机也不太管用，我想起了玛蒂琳和帕蒂的那些照片（我是用把剪子把她们的脑袋剪下来的）。睡不着，因为这迷人的黄昏使我想起我拿剪子剪照片那个时刻正是现在这时候。（当时我试着按伏都教①的说法从头部把照片剪开，我想这样就会阻止帕蒂离开我了。我剪完之后就和帕蒂去参加由哈坡主持的降神会。你可记得，在会上，尼森大声尖叫起来，因为他看到了帕蒂命运的结局。）

我能告诉你什么呢？我所听到的，来自普罗文斯敦的消息是，哈坡疯了。这我是从一位路过基韦斯特，心肠很好的流动工人那

---

① 西印度群岛和美国南部等地某些黑人中流行的巫术信仰。

儿听到的。他似乎是在前一段时间里又主持了一次降神会,并声称看见了海底的六具尸体。在海底,两具无头女尸跟他说过话。可怜的哈坡被关进了监狱。我听说,今年晚些时候才被放了出来。

喜剧:

坏人和坏事、婚姻、酒宴、赌博、诓骗、淘气的用人、好吹牛的老爷、阴谋、年轻人的轻率、吝啬的老年人、拉皮条和诸如此类的事,每天都会在普通人中间发生。

悲剧:

死亡、绝望、杀婴和弑父母、大火、乱伦、战争、叛乱、恸哭、嚎叫、叹气。

——马丁·奥皮茨·范·博勃费尔德(1597—1639)

作者附言

普罗文斯敦是个真实的地方，位于科德角。书中提到的名字和地方，有几个是经过改编的，几幢房子也是想象出来的。有一件重要的事纯属编造，据我所知，在普罗文斯敦，从来也没有一个代理警察局长。顺便提一下，本书所描写的警察与该镇上现实中的警察没有任何关系。书中所有的人物全是我想象的产物，所有的情景皆为虚构。任何一种与现实人物的相似性均系巧合。

我得向约翰·厄普代克致以谢忱，感谢他宽宏地允许我借用《邻居的妻子》中的一段描述。《邻居的妻子》收在《认识的人》一书中。《认识的人》由加利福尼亚的劳德·约翰出版公司于1980年出版。在本书中引用该段描述是不合时宜的，但很必要。此外，我要感谢我的老友罗杰·多诺霍，是他给我讲了这段逸事。本书的名字便是从该逸事派生出来的。

诺曼·梅勒

译后记

诺曼·梅勒（Norman Mailer），是美国当代最杰出的也是最有争议性的小说家之一。自1948年出版的第一部小说《裸者与死者》到这里译出的《硬汉不跳舞》，他已出版有二十余部小说作品。新作每出，即在美国文坛引起非凡的轰动。

《硬汉不跳舞》的出版昭示了梅勒创作思想的更为精深与艺术的更为纯熟。通过主人公——作家马登对自己的一段痛苦经历的诉说，小说成功地表现了当代美国知识分子与一般大众的具有零余者色彩的苦恼与绝望。小说以作者惯用的疑案小说的叙述套式展开了对于当代美国人的深层心理的细致入微的开掘与描画，情节曲折、悬念迭生。

小说结构密致而又无一丝雕琢的痕迹，语言通俗，简洁而又蕴藉深远，如此等等，都显示了一个卓越的小说大师的魅力与风采。

在我们着手翻译这部小说的时候，国内还没有一本梅勒小说的译本出版。我们觉得，对这样一位在当代美国文坛乃至世界文坛上产生了巨大影响的小说家，我们没有较为系统而全面的介绍是令人遗憾的。鉴于此，我们动手翻译了这部小说。

在翻译过程中，我们得到了各方面朋友的大力支持与勉励，在这里，我们向他们表示衷心的谢忱。

两位译者都还年轻，学识有限，错讹之处在所难免，敬希译界前辈与同龄的朋友们批评指正。